徐悲鸿像　吴为山塑

徐悲鸿画传

庞翔文题

邵晓峰 著

学术支持单位

江苏省徐悲鸿研究会
南京林业大学艺术学院美术与设计研究中心

自序

今年是徐悲鸿先生诞辰120周年，徐先生的艺术与精神在今天获得了文化界的高度认可。岁月流逝，经历了坎坷与曲折，中华大地亦发生了翻天覆地的变化，充满了文化复兴的希望。在今天，徐悲鸿作为艺术家的社会责任感，对作品精益求精的要求，对事业忘我付出的态度，对学生、同事和朋友的真挚情感，仍是一笔丰富而宝贵的精神遗产。如今中国的美术教育发展到了历史上从未有过的规模，当我们回顾以徐悲鸿为代表的美术教育工作者所走过的不平凡的道路，对照今天的中国美术教育甚至中国教育，所获得的教益与启迪必将如灯塔一样照亮我们今后前进的道路！

就社会层面的大众传播而言，徐悲鸿艺术作品屡屡在拍卖会上创造新纪录是最令世人瞩目的，人们一方面以不菲的金钱表达了对其艺术的尊重，另一方面也在实际上促使其艺术与精神不断被发扬光大。就学术研究的有机展开而言，以江苏省徐悲鸿研究会为代表的一些学术团体高举起徐悲鸿先生的这面大旗，通过一系列研讨会、展览、评奖以及相关媒体传播的新型方式，使"悲鸿精神"不断深入人心。以上这些是笔者撰写《徐悲鸿画传》的主要原因。近几十年来，涉及到徐悲鸿的著述不计其数，关于其人生经历的传记也诞生了好几部。然而，若以图像的角度来见证、诠释徐悲鸿一生的著作，《徐悲鸿画传》则是一种创新，这不但是笔者试图努力的动力所在，而且是近四十年来关注、学习、研究、传播徐悲鸿先生的艺术与精神，探索建构"徐悲鸿学"的一个较为系统的见证。

是为自序！

目录

P001
第一章
英才长成（1895年—1919年）

P019
第二章
留学生涯（1919年—1927年）

P041
第三章
踌躇满志（1927年—1939年）

P127
第四章
任重道远（1939年—1946年）

P171
第五章
壮心不已（1946年—1953年）

P231
附图

第一章 英才长成
1895年—1919年

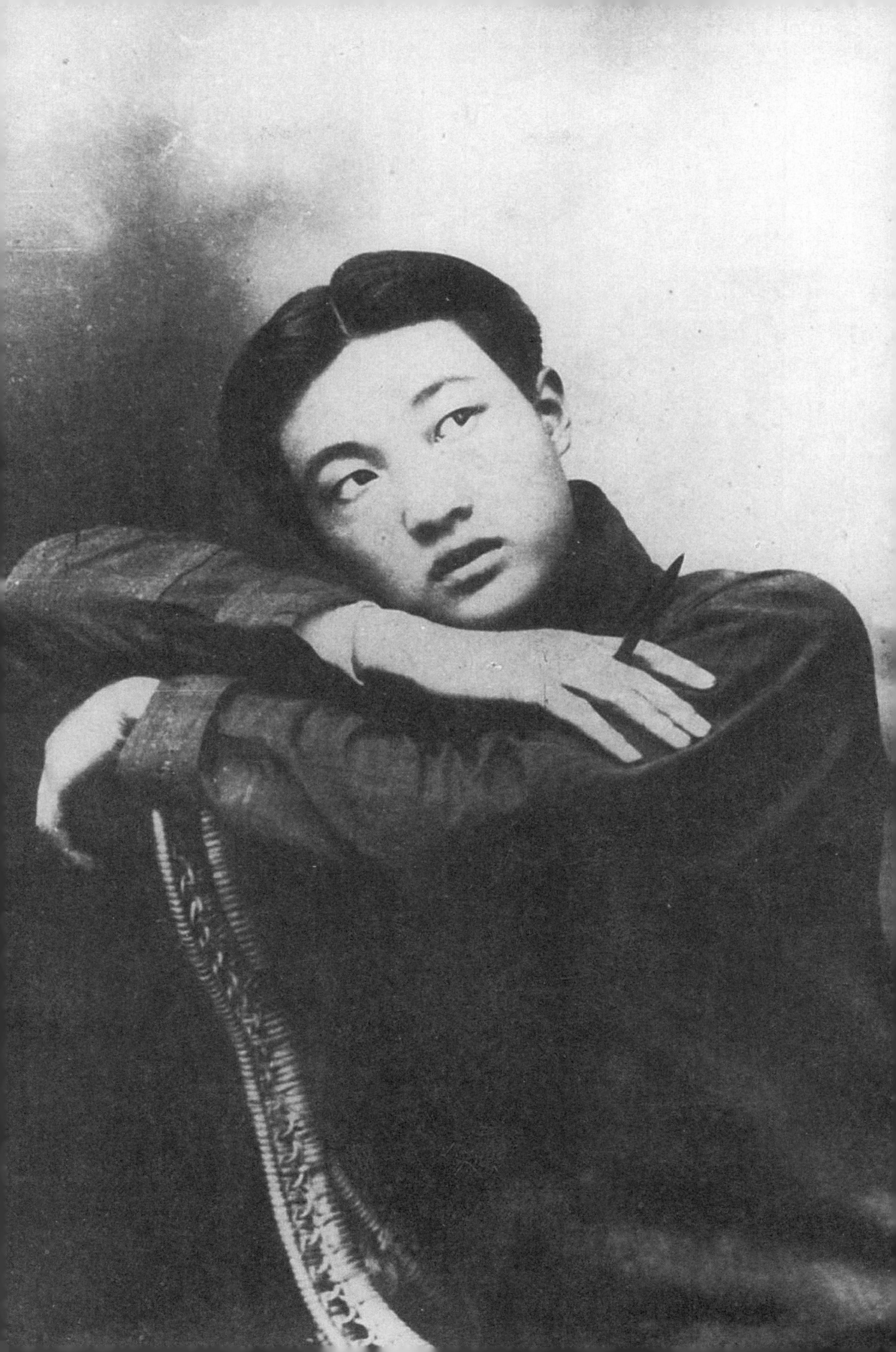

图1-1
徐悲鸿出生地——江苏宜兴屺亭桥镇

第一章
英才长成

　　图1-1所呈现的为新中国成立初期江苏省宜兴县屺亭桥镇之景。屺亭桥镇现在叫作屺亭镇，位于江苏省南部的宜兴市。宜兴毗邻烟波浩渺的太湖，交通便利，物产丰厚，在古代这里就是鱼米之乡，并具有较为繁茂的商业。照片中展现的这条河叫作塘河，一座高大的单孔石拱桥（图1-2）连接了它的两岸，此桥叫屺亭桥，屺亭桥镇的地名也因此桥而来。

　　宽阔的塘河以南山为屏，是屺亭桥镇的母亲河，哺育了岸边的居民，两岸民居鳞次栉比，当时的镇上住着五六十户人家。遥想当年，清

图1-2 屺亭桥

潋流淌着的河水和频繁穿梭的船只如同跳跃着的音符，为这个小镇带来收获与希望。

  屺亭桥镇属于典型的江南水乡，不但水清鱼肥，土地肥沃，风景秀丽，民风淳朴，而且具有较为深厚的文化底蕴，培育了许多人才，堪称人杰地灵，被称为"教授之乡"、"书画之乡"、"紫砂之乡"。中国现代美术的一代宗师徐悲鸿（1895—1953）就是成长于此。1895年6月18日（光绪二十一年五月二十六日），徐悲鸿出生于宜兴屺亭镇徐家老宅，其父亲徐达章给这位的长子起名为徐寿康。

  值得关注的是，这一年的12月19日（光绪二十一年十一月四日），著名画家任伯年逝世，享年五十六岁。在父亲徐达章的影响之下，徐悲鸿少时即知有位杰出的画家叫任伯年。任伯年是徐悲鸿最为崇敬的画家之一，并自认是其"后身"。徐悲鸿酷爱他的绘画，注重收藏他的作品。1926年3月，徐悲鸿经黄震之介绍认识了画家吴仲熊（任伯年之女任霞的继孙），吴得知徐十分喜爱任伯年的画之后，将十余幅六尺整张的任伯年大幅作品赠予徐悲鸿，令徐欣喜不已。这些画是吴仲熊的继祖母任霞从娘家带来的"陪嫁"，它们连吴仲熊的舅公任堇（任伯年之子，能诗，精鉴别，字写章草，间作花卉）都未见过。这些数量颇丰的任画原作给徐悲鸿的研究与创作提供了丰富的资料。这些画现藏于北京徐悲鸿纪念馆。

  徐悲鸿成名之后，

图1-3 徐达章绘《松阴课子图》，中国画，1906年

见到任伯年的画作,就拿自己的画交换。最初,徐画三四张才换任画一张,后来逐渐减少,到二十世纪四十年代,一张徐画就能换任画一张。徐悲鸿还为任伯年写了《任伯年评传》,他在其中认为:"中国三百年来之艺术家,除任伯年与吴友如外大抵都是苏空头(苏州人比喻外强中干、内心空虚人的绰号)。"1926年,在巴黎留学的徐悲鸿曾持任伯年的画拜访恩师达仰。达仰对任伯年的画也十分赞赏,并用法文写下了极高的评价。1927年,徐悲鸿创作了油画《任伯年像》以纪念任伯年。

图1-3表现了古松下的三位人物,手持羽扇坐在树根扶手椅上的中年人,身着长裳,一派读书人打扮。其前面端坐着一位少年,相貌英俊,目不斜视。少年前面的长案上摆放着文房用品以及一册用于诵读的书籍。画面的左侧绘有一位侍女,她一手托腮,面含微笑,侧身而立。这是流传下来的徐悲鸿的父亲徐达章代表作《松阴课子图》,该画动人而传神地记录了三十七岁时的徐达章亲自教授徐悲鸿读书的情景。由此可见渔樵耕读、诗书传家的门风使得少年徐悲鸿的生活是多姿多彩的。《松阴课子图》画面的左边中还有徐达章的题跋,其中有:"光绪三十有一年,岁次乙巳中秋之月,法我斋主人自绘并题。茌苒青春卅七年,平安两字谢苍天。无才济世怀惭甚,书画徒将砚作田。……切愿康儿勤学问,读书务本励躬行。……落落襟怀难写处,光风霁月学糊涂。"这些内容反映了徐达章不求名利、乐于耕读传家的清高心境。

徐达章(1869—1914),字砚耕,号成之,自幼酷爱绘画,可是他家境贫苦,只能凭借天生的悟性刻苦自学和临摹画谱,逐渐成为当地颇有名气的画师。徐达章在学画时有个好习惯,即喜欢写生。他在乡间田野劳作之余经常对着实物现场写生,从鸡、犬、牛、羊,到父母、姐妹(徐达章无兄弟)、邻人,甚至乞丐都成为他的描写对象。他看待写生对象严谨精微,提笔绘画时会心会神。所画的写意花鸟受到徐文长、任伯年等前辈画家的影响,所画的山水则属于较为写实的一类,笔法遒劲,清新淡雅。据说,宜兴的私人藏家至今仍收藏着达章公画的《荆溪十景图》,图中描绘了宜兴的张公洞、善卷洞等名胜。徐达章还长于吟诗作词,书法篆刻,具有文人画家的气质,因而他的画受到当地市场的欢迎,当时宜兴的一些大户人家会买他的作品,但徐达章对那些欺横蛮

图1—4 徐悲鸿绘《徐达章像》，油画，纵75厘米，横54.5厘米，1928年

霸的权贵却不趋炎附势。

徐达章久居乡间，虽无功名，但诗书画三绝冠于一方，宜兴县志里存有当时的宜兴县令器重徐达章才学的记载。但是他以淡泊宁静的态度来看待荣华富贵，有一次他听说那位县令以访贤为名要来登门拜访，就立即躲到一所寺庙里去了，由此事看其气质，颇具陶渊明之风。

徐达章在徐悲鸿六岁时教他读书，故徐悲鸿几年之后就能熟读《诗》、《书》、《易》、《礼》、《论语》等。在徐悲鸿九岁左右时，有一次与父亲徐达章坐船到溧阳，即兴赋诗一首："春水绿弥漫，春山秀色含。一帆风信好，舟过万重峦。"简明上口，颇具唐诗风味，可见这时徐悲鸿的诗才已经不同凡响。

父亲见徐悲鸿具有绘画的天分，就每天午饭后教他临摹清代末年最为著名的插图画家吴友如的石印人物画，并且学习绘画调色、设色之法。徐悲鸿后来曾说："吴友如是我的启蒙老师。"徐悲鸿十岁时，已能帮父亲在画面次要部分填彩赋色，还能为乡里人写春联。

1928年，徐悲鸿曾为父亲徐达章画过一幅油画肖像（图1-4）。画中的徐达章头戴黑色瓜皮帽，身穿土黄色长衫，眉宇不俗。由于至今没有发现徐达章的照片，徐悲鸿很可能是凭着少时的记忆默写出来的。

现存徐达章的印章存有"半耕半读半渔樵"、"读书声里是吾家"、"儿女心肠，英雄肝胆"、"闲来写幅丹青卖，不使人间造孽钱"等，他将自己高洁的志向和抱负表现在印章里。父亲徐达章的画艺、人品与修养对于徐悲鸿产生深远的影响，徐悲鸿成名后曾写下长篇《悲鸿自述》，在这篇文章中，他用敬重的口吻称赞父亲："生有异秉，穆然而敬，温然而和，观察精微，会心造物。"

当时的徐家种有六亩多的水稻，以及八分地的西瓜。加上卖画、教书，比其他人家的收入要好，但是为什么还是穷困呢？因为徐家孩子多，徐悲鸿兄弟三个，姐妹三个，这是八口之家。因此徐达章父子虽然勤奋作画与耕作，但是家境仍较为清贫。1908年，宜兴遭受水灾，为了维持一家人的生计，年仅十三岁的徐悲鸿不得不随父辗转于临近各县村庄，靠写字卖画来维持一家人的生活。后来徐悲鸿的父亲身染重病，作为家中长子，徐悲鸿开始挑起了生活的重担。

1934年，当徐悲鸿走

图1-5 徐悲鸿绘《时迁偷鸡》，白描戏剧画，1912年

出国门在德国、苏联举办近代中国画展时,观众发现,有一幅中国画总是醒目地挂在前面,那就是其父徐达章所画的《松阴课子图》。这对于徐悲鸿而言,意在表达对自己这位不凡的父亲的敬意。

图1-5为1912年徐悲鸿所画的《时迁偷鸡》。这一年12月的一天,徐悲鸿在《时事新报》上偶然看到一则绘画比赛的征稿启事,这对于这个少年绘画天才来说,可是一个展示自己才能的好机会,他很快便给报社寄去了自己得意的作品——《时迁偷鸡》。时迁是《水浒传》里的人物,绰号鼓上蚤,为人仗义滑稽,上墙窜梁的身手十分敏捷。徐悲鸿的这幅作品生动地记录了这位梁上君子双手抓住横杆的精彩瞬间,他双腿猛蹬,动作夸张,形象有趣,构图简洁,富有新意。

《时事新报》在当时是由商务印书馆主办,其主持人叫张元济,是清朝末年的秀才,后来成为了中国出版业的奠基人之一。张元济在评审寄来的众多的投稿作品中,发现了徐悲鸿的《时迁偷鸡》,很是欣赏,给徐悲鸿评了二等奖,并刊登于《时事新报》1912年12月31日(星期二)第1815号。这个奖项对于徐悲鸿来说是意义非凡的,它像深夜海岸边的灯塔,照亮了徐悲鸿向往的艺术航程,增添了他的信心。不久徐悲鸿便来到上海领奖,这是他第一次迈出家乡宜兴的土地来到了繁华的大都会上海。《时事新报》给徐悲鸿带来的上海之行,激起了他学习西画的强烈兴趣。

图1-6为徐悲鸿十七岁时的照片,在形象上这是一位眉目清秀的少年,但是仍未脱离稚气。据徐悲鸿在其《悲鸿自

图1-6 1912年,徐悲鸿十七岁时的照片

图1-7 1914年徐悲鸿十九岁时的照片

述》中说,当时的他游走于上海数月,想要学习西画,但是一直未得门径。因而这次上海之行在他看来只能算作是一次短暂的旅行,不久他便回到了宜兴,在和桥彭城中学当图画课教员。

1912年,由于父亲徐达章病重,徐悲鸿作为徐家长子,家庭生活的负担落在他单薄的肩上,在生计的压力下他不得不加倍工作。他一连接受了三所学校的聘书：一所是宜兴女子师范学校，一所是始齐女子学校，一所是彭城中学。

图1-7为1914年徐悲鸿十九岁时的照片。其中的徐悲鸿相貌英俊，头发中分，后来的他一直保持这一发型。他身子斜靠在藤椅上，右肘托腮，目视前方，右手指间夹着一支铅笔。既好像在憧憬着人生的未来，又好像在期盼着能早日实现自己的艺术梦想。这幅照片的视觉效果颇具艺术"范"，即使放在今天仍是时尚的，很可能是徐悲鸿摄于1914年在上海学画期间。

辛亥革命之后，青年人对西方新文化、新思想的探索欲望十分强烈。与此同时，许多新式学堂和教育机构也开始粉墨登场。1913年，乌始光和刘海粟在上海成立了上海图画美术院（后改名为上海美术专科学校），他们在《申报》上刊登了两次招生广告：第一次刊登于1913年1月28日，第二次为1913年2月16日。广告上说："专授各种西法图画及西法摄像、照相、铜板等美术，并附属英文课。讲义充足，范本精良，无论已习未习，均可报名。"徐悲鸿看到了上海图画美术院的第二次招生广告，便决心到这所新办的美术学校学习西画。但是徐悲鸿的这次上海求学并非如他所憧憬的那样，由于上海图画美术院办学伊始，资金不足，因此异常简陋，教学马虎。徐悲鸿所报的又是该院的选科，教学效

图1-8　1914年，徐悲鸿书写的葬父借贷书。

图1-9　徐悲鸿绘《仓颉像》，1916年

果更不理想，师资力量非常薄弱，甚至在课堂上老师竟拿徐悲鸿的习作作为范本。所以徐悲鸿入学仅两月便逃离了这所学校。在多年以后，当徐悲鸿回忆起这段经历时十分愤慨，并在《申报》上发文谴责这所"上海图画美术院"。他在报上说："该院既无解剖，透视，美术史等要科，并半身石膏模型一具都无，惟赖北京路旧书中插图为范，盖一纯粹之野鸡学校也。……既而，鄙画亦成该院函授稿本。数月他去，乃学于震旦，始习素描。"

1914年末，徐悲鸿的父亲徐达章去世，当时的徐家家徒四壁，在《悲鸿自述》中，徐悲鸿写道："先君去世，家无担石，弟姊众多，负债累累……"徐悲鸿无法凑出为父亲入殓的丧葬费，于是只得写信向一位做药材生意的长辈借了二十银元。图1-8为徐悲鸿所书写的葬父借贷书，词真意切，读后令人唏嘘不已。

1916年3月，上海哈同花园向全国的画家征集仓颉画像，徐悲鸿的好友黄警顽在得知此消息后告诉了他。徐悲鸿凭借着过硬的绘画技艺与创意，使得他所画的仓颉像被哈同花园总管姬觉弥和仓圣明智大学（设在哈同花园内的一所义务学堂内）的教授青睐而力拔头筹。姬觉弥很欣赏徐悲鸿的才能，不仅给他提供一笔丰厚的奖金，还邀请他到此作画，同时聘请他担任哈同花园的美术老师。是年暑假，徐悲鸿住进了哈同花园。他给哈同花园的主人犹太人哈同及其夫人罗迦陵以及总管姬觉弥分别画像。图1-9为徐悲鸿所绘《仓颉像》，该画像于1916年8月在《广仓学会杂志》第1期刊出。同年10月25日，仓颉救世赈灾汴晋湘鲁大会广告刊行，此幅《仓颉像》被刊登于刊头。徐悲鸿原计划绘制八幅仓颉像，最终在离园时完成了五幅。

图1-10 康有为书《写生入神》，书法，纵29.5厘米，横103厘米，1917年

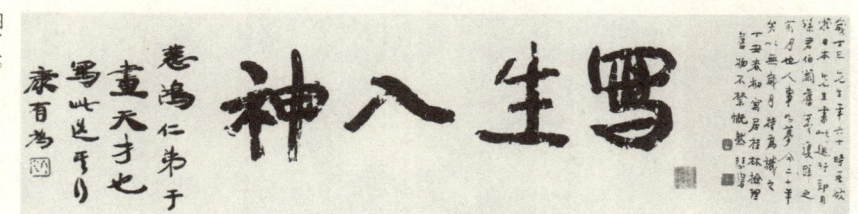

图1-10是1917年康有为为徐悲鸿题赠的《写生入神》。"写生入神"这四个大字位于横幅中央，左边是康有为署款："徐悲鸿仁弟，于画天才也，写此送其行。"右边是徐悲鸿所写的感言。透过这幅作品我们可以感受到康有为具有北碑风骨的书法的雄强，其大字落笔肯定，力透纸背；其小字署款拙厚大度，入木三分。这幅为徐悲鸿东渡日本送行的作品不但表达了康有为对徐悲鸿艺术的由衷评价，而且蕴含着这位著名的政治家、书法家对于这位青年才俊弟子的殷切寄托。由这幅书法作品会自然地联系到康有为和徐悲鸿之间的交往，因为在徐悲鸿成为艺术大师的道路中，康有为的提携与帮助起到了十分关键的作用。

徐悲鸿是在哈同花园总管姬觉弥的引荐之下认识了他一生中最为重要的恩师——康有为。此时的康先生年过花甲，已不再收徒，但他看到

图1-11 徐悲鸿绘《康有为像》，油画，纵47厘米，横56厘米，1926年

徐悲鸿的作品后，老人甚为欣喜，应允收徐悲鸿为最后一个入室弟子。

在拜师之后，康有为邀请徐悲鸿住到自己家中。在恩师家中，徐悲鸿饱览了大量历代书法绘画名作原迹，并且得到了南海先生的亲身教导，在这里他的艺术造诣得到了长足进展。

康有为对于传统中国画抱有改良的思想，是"美术革命"先驱人物之一。因此他提议徐悲鸿应到西方去求得西画优秀之法。但由于此时的欧洲正在经历第一次世界大战，故去欧之路不畅。康有为认为徐悲鸿的学画之旅不能耽误，于是又安排徐悲鸿先去日本学习。在和康先生为徒的日子里，徐悲鸿还认识了他心仪的爱情伴侣——蒋碧微（1899—1978，原名蒋棠珍，碧微系徐悲鸿为她所改）。1917年5月13日，蒋碧微离家出走，第二天毅然跟随徐悲鸿前往日本长崎。

图1-11为1926年5月徐悲鸿自新加坡回上海之后为康有为所画的油画像。画中的康有为虽然是花甲之年，但是风采依旧，不失一代政治家所具有的从容不迫的精神与气度。

图1-12是徐悲鸿给梅兰芳画的一幅画像，展示了梅兰芳在京剧《天女散花》中所扮演天女的风采，同时也见证了徐悲鸿与北平京剧界一些著名人士的友谊。

1917年12月，徐悲鸿坐海轮自上海到天津再到北京之后，住于好友华林在北平东城方巾巷的四合院。安顿好之后，徐悲鸿拿着恩师康有为的介绍信以及自己的绘画作品去拜访康有为的大弟子、名士罗瘿公。罗瘿公看了徐悲鸿的画，颇为欣赏，不仅写信将他推荐给了教育总长傅增湘，还带他进入京城文化圈，与众多文化名人经常在一起谈画听戏，徐悲鸿对罗瘿公很是感激。

一天，罗瘿公带徐悲鸿去听程砚秋唱《桑园寄子》。演毕，大家到后台问候砚秋。徐悲鸿将一把折扇送给砚秋。砚秋展开，只见扇上绘有一幅精致的古装美人图，观者都说美人颇像砚秋，砚秋十分高兴，连声向徐悲鸿道谢，于是两人结下情谊。1918年底，徐悲鸿还为程砚秋精心绘了两幅画，一幅是程砚秋《武家坡》剧照像（此像后来遗失，但1926年出现在琉璃厂，程砚秋友人出高价将画购回，送给了程砚秋，砚秋大喜。），另一幅就是这幅《天女散花图（梅兰芳演天女）》，它作为程

晚华写其风采曼妙天女散花之影 江南徐悲鸿

该人欲识梅郎面 无术灵空更驻颜 不有徐生传妙笔 安知天女在人间 戊午二月 癭公题

图1-12
徐悲鸿绘《天女散花》（梅兰芳演天女），中国画，1918年。
北京梅兰芳纪念馆藏

砚秋拜梅兰芳为师的拜师礼。

1918年春,由罗瘿公编剧、梅兰芳主演的《天女散花》在北京首演,这是在京剧舞台上有史以来第一次出现色彩缤纷的绸舞表演。梅兰芳经多次实践,将舞动的绸带减为两根。人物造型则借鉴敦煌石窟的雕塑和绘画,配上二黄、西皮和昆曲的唱腔,悠扬迷人,婀娜多姿。梅兰芳边舞边唱,效果出神入化。徐悲鸿看罢这出《天女散花》后,非常欣赏,觉得此剧宛如一幅动人的画卷,美轮美奂。他以数幅剧照作为参考,花了约六天时间精心完成了这幅《天女散花图》。在徐悲鸿这幅早期的中西结合的画作中,从蒸腾的云海中缓缓升起的天女,她双手合十,俏丽多姿,脸部刻画借鉴了西洋写真法,其眉眼神态呼之欲出。天女的服饰,飘逸多彩,似乎随舞而动,画家徐悲鸿以自己精湛的画艺将绸舞的灵动瞬间在纸上定格。徐悲鸿在画上题诗曰:"花落纷纷下,人凡宁不迷。庄严菩萨相,妙丽貌神姿。"还题曰:"戊午暮春为畹华(梅兰芳原名)写其风流曼妙、天女散花之影。江南徐悲鸿。"作为《天女散花》编剧的罗瘿公在徐悲鸿题诗左边也题诗一首:"后人欲知梅郎面,无术灵方更驻颜。不有徐生传妙笔,安知天女在人间。"梅兰芳很喜欢这幅画,甚至从画上发现了人所未见之处。1945年春,上海"梅兰芳、叶玉虎画展"开幕之后,有人觉得梅兰芳所画的《纨扇仕女图》的人物气质与神态很是近于作者自己,便问梅兰芳是否将自己画进去了,他笑着说:"有些画家不知不觉把自己的某种神情画了出来,但并非有意为之。譬如,1918年徐悲鸿先生替我画的《天女散花图》是拿我的照片作蓝本的,部位准确,面貌逼真,但一双眼睛,就像他自己。"由此可知,梅兰芳不但知己,还深知徐悲鸿。

梅兰芳将《天女散花》一直珍藏在身边,直到新中国成立后,才把它装裱起来,挂在北京护国寺一号家中的南客厅。"文革"动乱之中,这幅画被人从梅家老宅劫走。所幸"文革"结束之后,这幅画躲过灭顶之灾,在某个仓库的角落被发现,如今藏于北京梅兰芳纪念馆。

1917年下半年,徐悲鸿在日本游学半年后回到了上海,便立即和妻子蒋碧微前去拜望恩师康有为。在和恩师交谈时徐悲鸿表达了想去欧洲留学的念头。康先生说现在欧洲战事正酣,若立即赴欧,则难以实现。

图1—13 1918年徐悲鸿（后排左五）任北京大学画法研究会导师时的集体合照

不如先去北京，想办法争取一个官费留学的名额，等时局缓和后再去。徐悲鸿听后，感到自己又找到了一个人生的方向，遂拜谢恩师。在去京前，康有为给徐悲鸿写了两份重要的介绍信。

1917年1月，蔡元培到北京大学任校长，倡导"思想自由，兼容并包"，并组织了一些艺术团体。

康有为给徐悲鸿写的第一封介绍信正是给北京大学校长蔡元培的。到了北京后，徐悲鸿拿着这封介绍信来找蔡元培，想在北京大学谋一职位。蔡元培见到徐悲鸿并看了他的画后，被其才华所打动，心中定下用人计划。1918年2月21日，北京大学成立了画法研究会，蔡元培亲自任会长。这一年3月8日，徐悲鸿被聘为画法研究会导师，为研究会会员指导中国人物画和西方水彩画，工资每月50元。图1-13为1918年徐悲鸿任画法研究会导师时的集体合照，可见其学员构成较为丰富。

当时任画法研究会导师的校内教员有李毅士、钱稻孙、贝季美、冯汉叔，校外画家则有陈师曾、贺履之、汤定之、徐悲鸿。其中以徐悲鸿最为年轻，著名画家陈师曾比徐悲鸿年长十九岁，他是诗人陈散原之子，历史学家陈寅恪之长兄。陈师曾早年赴日留学，归国之后曾任江西省教育厅厅长，后至北京任职于教育部。他画有《北京风俗画》三十四篇以表现劳苦大众的贫寒生活。陈师曾与徐悲鸿谈诗论画，十分投缘，陈师曾认为中国绘画若不革新就没有出路，因此鼓励徐悲鸿到法国去，日后一起来革新中国绘画。

就这样，在蔡元培的帮助下，徐悲鸿不但在北京有了一份稳定的工作，而且能潜心研究画理。1918年5月14日，徐悲鸿为北京大学画法研究会会员演讲《中国画改良方法》，提出了著名的"古法之佳者守之，垂绝者继之，不佳者改之，未足者增之，西方绘画之可采者融之"的构想。虽然在如何"守"、"继"、"改"、"增"、"融"方面他倾向于现实主义而长期为人非议，但客观而论也只有现实主义绘画才能称得上中外绘画史中最为重要的篇章。而且，当时中国画坛最为需要的也是现实主义绘画，何况在现实主义这一广阔领域中，徐悲鸿的审美视角是相当开放的，在这一点上，恐怕在古今中外的艺术家中少有人能与之相比。徐悲鸿的这一观念虽说受惠于康有为、蔡元培诸先生，但是他经过自己的归纳与总结以一种完整的方式提出，乃杰出论断。在笔者看来，这种说法揭示了当时中国艺术发展最应遵循的规律，在当时，鲜有美术理论家、美学家、画家和学者能把这一问题阐述得如此清晰、简洁、明了。

康有为给徐悲鸿写的第二封介绍信是给罗瘿公的。罗瘿公是北京名士，政教两界相通，在他的帮助下，徐悲鸿认识了当时的教育总长傅增湘。傅增湘对徐悲鸿十分赏识，后来在傅增湘的帮助之下，教育部正式批准徐悲鸿以官费生资格赴法留学。1919年1月，北大画法研究会为徐悲鸿留法举办了一场隆重的欢送晚宴。在宴会上陈师曾赠言道："徐悲鸿此次游学欧洲，定能沟通中外，成为世界著名的画家！"参加欢送晚宴的还有沈尹默、李毅士等文化艺术名人。1919年3月，徐悲鸿赴法留学。《申报》发文报道："徐氏为中国公派留学美术第一人。"

第二章 留学生涯 1919年—1927年

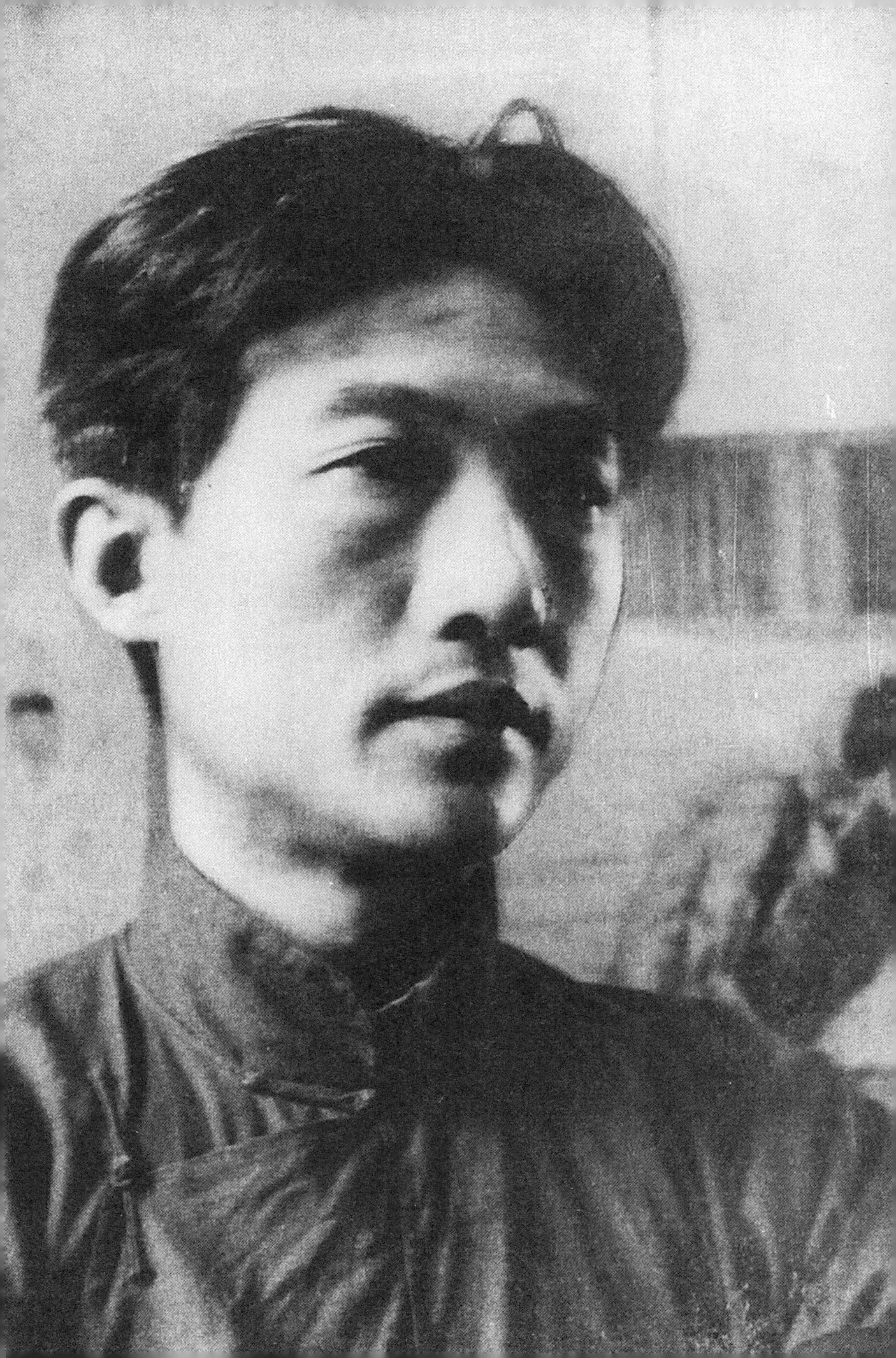

图2-1
1919年徐悲鸿在法国留学时的照片

第二章 留学生涯

图2-1为徐悲鸿1919年在法国留学时的照片。其中的徐悲鸿身着中式长袍，其背景能看出是画室。徐悲鸿在法国留学时十分勤奋，经常在画室里聚精会神地观察对象，如饥似渴地练习与研究西洋绘画技法。

徐悲鸿赴欧的行程并不顺利，由于一战刚结束，想去欧洲的人太多，若正常买票，日期则被排到了一年以后。可徐悲鸿到欧洲求学心切，哪能等到一年以后！1919年3月17日，徐悲鸿带着蒋碧微从上海出发，坐货轮先到日本，又从日本转道英国伦敦，再从伦敦去往法国巴黎。

好不容易来到法国后，徐悲鸿内心的艺术激情砰然爆发，他实在是太兴奋了！因此来到法国的第一天，他便早早地来到了向往已久的卢浮宫，在这个世界著名的博物馆中，他看到了古希腊时期的杰出雕塑《断臂维纳斯》，文艺复兴时期巨匠达·芬奇的代表作《蒙娜丽莎》，拉斐尔的《圣母像》等许多杰作。徐悲鸿对西方艺术的向往自小便萌生了，可就这么看，哪能满足呢？下午徐悲鸿便带着干粮、水和画箱来到这些名画前临摹。此后的日子里，他总是第一个入馆，最后一个离馆。

在经过了短暂的兴奋之后，徐悲鸿很快意识到了自己的不足。在国内他没有经过系统的造型训练，所以绘画的表现技巧并不是很到位。1919年5月，徐悲鸿便来到了巴黎朱丽安学院，从基础素描开始学起。朱丽安学院是一所私立学校，设备精良，资料齐全。中国画和西画在造型技术上具有很大的差别。刚开始学习素描的徐悲鸿在适应这种转变的过程中，也是痛苦而艰难的，有时他为了画准一具石膏像而通宵达旦。也许正是徐悲鸿刻苦研习的精神感动了上天，不到两个月，他便逐渐领悟到了素描的门道。不久之后，徐悲鸿决心报考巴黎国立高等美术学院。

图2-2 中国驻法国总领事赵颂南致巴黎国立高等美术学院关于徐悲鸿的情况函，1920年

1920年9月24日，中国驻法国总领事赵颂南发函给巴黎国立高等美术学院（图2-2），函曰："院长先生：我很荣幸地向您推荐中国学生徐悲鸿，现住在巴黎少姆哈路九号（音译），他刚向我表达了在您学校注册的愿望。另外，我证明他出生在中国江苏省宜兴。非常感谢您为这个学生提供的方便。我请求您接受我非常崇高的致意。"这份文件是当时中国驻法国大使馆给徐悲鸿提供的证明，以国家的名义证实徐悲鸿这位中国留学生的身份。

赵颂南对徐悲鸿的帮助甚大，1924年，徐悲鸿的官费完全中断，因此徐悲鸿夫妇在法国的生活很是窘迫，维系日常生活十分困难。徐悲鸿给书店出版的小说画插图，蒋碧微给罗浮百货公司做绣工，但是报酬都很微薄。有一次借钱也没有借到，两人饿了一天。徐悲鸿只得求助于中国驻法国总领事赵颂南，所幸赵颂南施以援手，才渡过难关。为表示感谢，徐悲鸿为赵颂南的夫人画了一幅像，名《赵夫人像》。在《悲鸿自述》中徐悲鸿写道："我学博杂，至是渐无成见，既好安格尔之贵，又喜左恩之健，而己所作，欲因地制宜，遂无一致之体。我于赵夫人像，乃始能作画前决定一画之旨趣，有从容暇逸之乐。"

后来，赵颂南还将徐悲鸿介绍给了黄孟圭，之后黄氏对徐悲鸿的帮助更大。

图2-3为徐悲鸿给他的法国恩师达仰先生所作的素描肖像。徐悲鸿在作画时特意选择了一个全侧面的角度，画中的达仰眼眶深凹，眼神深邃，表情恬淡自然。整幅画面对于虚实轻重的处理很是巧妙，头部进行重点刻画，肩胸表现得言简意赅，看似简括，但是对于结构的处理却没有丝毫的含糊。

巴黎国立高等美术学院是当时法国最好的专业美术学院，学院设有绘画、雕塑、建筑等学科，还设置了专门的博物馆来收藏名家画作。徐悲鸿之所以选择报考巴黎国立高等美术学院还有另外一个重要的原因就是这里不收学费。

巴黎国立高等美术学院虽然条件是最优越的，但是想入学深造的门槛也是十分苛刻的。光入学考试就有三次：一试为画人体素描，二试为画石膏像素描，三试为美术理论基础。徐悲鸿在入学考试中一次比一次考得好，从一试的一百多名，到二试的六十多名，再到通过最后的理论考试，最后成为中国留学生中唯一一个通过的考生。

在进入该校后，所有学生都需要先把素描学习到位，这些课程包括静物素描，石膏人物和人体素描。待到素描功底扎实后，学生方能进入各个名家的画室进行深入学习。在该校，每个画室都是以其主持人的名字来命名的。徐悲鸿选择了校长——著名画家弗拉孟（Francois Flameng，1856—1923）的画室，自此他才在真正意义上开始了西画学习之路。徐悲鸿受教于弗拉孟之后，开始接受正规

图2-3
徐悲鸿绘《达仰像》，素描，二十世纪二十年代

的西方绘画教育。弗拉孟格擅长于历史题材的人物画，其画作不尚细节的刻画而注重色彩的和谐搭配与互衬，对徐悲鸿日后油画风格的形成有着巨大的影响。徐悲鸿每天乐此不疲地进行西洋画的基本功训练，上午在巴黎国立高等美术学院学习，下午去叙里昂研究所画模特儿，有时还抽空去观摩各种展览会。

　　1919年岁末，徐悲鸿参加了法国雕塑家的聚会，会上法国雕塑家唐泼忒夫妇把徐悲鸿引荐给了时年六十七岁的法国大画家——达仰（Jean Dagnan，1852—1929）。达仰是当时法国学院派绘画的主要人物，他的画以历史人物画和宗教画为主，成就极高，在当时许多新修的建筑都以能请到达仰为其作画为荣。

　　达仰是徐悲鸿崇拜的偶像，当这个机会降临在他面前时，他兴奋至极，不顾一切当场就向他提了学画的请求。可对于这个唐突的请求，达仰似乎还没摸着头脑，因此并没有直接应允徐悲鸿的请求。见到达仰，徐悲鸿哪肯轻易放过？在蒋碧微的回忆录——《我与徐悲鸿》中，关于求学于达仰，有这样的描述："他不计一切地登门拜访，拿出自己的画

图2-4　徐悲鸿绘《女人体》，素描，纵35厘米，横47厘米，1921年。徐悲鸿纪念馆藏

作请他指教，果然获得达仰先生的青睐，收他为入门弟子，以后每个星期天便到他的画室去面聆教益。"

达仰是绘画大师柯罗的弟子，在徐悲鸿第一次来到达仰家里时，便告诫徐悲鸿："学艺术要有自信和诚实，绘画不是一件轻而易取的事，不要盲目逐波逐流，不能满足于现有的成就。"达仰的教学方法和别的老师有很大的区别，他要求学生先对着实物写生，而后再把写生过的东西默画一遍，把两次画的作品进行对比，改进不足之处，以加深自己对事物的感受。

徐悲鸿每星期日携画到达仰画室求教，对他来说，达仰的教导对其艺术道路的发展起到了关键作用，在这里徐悲鸿真正切切地拿到了打开西画之门的钥匙。后来他曾感慨地回忆说："除了我父亲之外，指导我最多的人就是达仰了。"

1921年，徐悲鸿画就素描《女人体》（图2-4），其笔触轻松，形象生动，画中人物体态闲适，光影自然，关键的轮廓略用线条勾勒，反映了徐悲鸿严格研习西画后，素描造型愈加娴熟，并具有了自我的理解，形成了自己的风格。

可贵的是，虽然这是一幅小幅素描，但是徐悲鸿在题跋与印章的运用上，使之具有中国画的章法。在这幅作品的右上部，徐悲鸿题有大段文字，其中有"西历一千九百廿一年四月廿六日，法国国家美术会先法国艺人会五日开展览会，余赴观。时已吾华暮春，忽大雪，余无外衣，会中寒甚，不禁受而归，意浴可却寒。遽浴未竟，腹大痛，遂成不治之胃病。嗟乎！使吾资用略足作一外衣者，当不致是。今已四年，病作如故，作则大痛。人览吾画，焉知吾之为此，每至痛不支也……"当时，徐悲鸿穷困而无钱买一件足以御寒的外衣，因而受寒落下病根。题跋中所谓的"不治之胃病"实为现代医学的"肠痉挛症"，这与他当时无钱去医院看病而无法确诊有关。尽管徐悲鸿"每至痛不支也"，他依然勤奋作画，并在画面的左下部盖有"自强不息"的印章，感人肺腑。

图2-5为1924年徐悲鸿创作的一幅油画作品——《奴隶与狮》。这一年是徐悲鸿来到法国的第5年，他三十岁。在苦练了5年后，此时的徐悲

鸿在艺术上已经取得了丰硕的成果。在这一时期，他创作了很多具有代表性的作品，《奴隶与狮》即是其中之一。二十世纪初的法国处于艺术大变革时期，很多现代画派纷纷登上舞台，不少留学的中国学生选择了新潮画风，徐悲鸿却没有追随潮流，而是选择了学院派作为主攻的方向。学院派的绘画在题材选择上的特点是喜欢描绘历史和宗教故事。徐悲鸿的这幅《奴隶与狮》便是他向学院派学习的成果结晶，凸显了他的艺术锋芒。

　　奴隶与狮的历史故事来自《伊索寓言》，故事主要内容为：有一位奴隶长期饱受主人的压迫，一天他实在忍受不了，便逃到了山洞中。不巧的是，当他刚刚进入洞口就碰见了一只雄狮。奴隶当时害怕极了，但这只狮子并没有扑向奴隶，而是痛苦地呻吟，原来它的脚掌扎进了一根大刺。这时奴隶明白了狮子的意思，便帮狮子把刺拔了出来，还帮它包好了伤口，此后奴隶就和狮子一起住在了山洞里。可好景不长，奴隶和狮子后来均被人抓住了，关进了斗兽场中。人们打算把狮子饿几天，然后看着狮子把奴隶吃掉。但是当凶猛的雄狮冲到奴隶面前时，它辨认出了他的恩人，不仅没有吃掉奴隶，反而表现得异常温顺。在场的观众看了后都感到十分诧异。后来这个故事也叫做"感恩的雄狮"或者"奴隶与狮"。

图2-5 徐悲鸿绘《奴隶与狮》，油画，纵123厘米，横153厘米，1924年。徐悲鸿纪念馆藏

图2-6 1924年1月24日，徐悲鸿致蔡元培的手札信封

图2-7 1924年1月24日，徐悲鸿于巴黎写给蔡元培的手札

在徐悲鸿这幅十分写实的画中，故事被定格在了奴隶与狮子相逢的惊悚的一刹那。画家成功运用了两个对比：黑乎乎的山洞与洞口明亮的阳光构成了鲜明的对比，奴隶的惊恐万状与狮子的凶猛有力构成了鲜明的对比。如此，画面气氛被渲染得十分恐怖，满是悬念。这就摆脱了一般故事性绘画平铺直叙的乏味，一下子抓住了观众的内心，激起人们的共鸣。当然，徐悲鸿的终极目的则是试图将那种知恩感恩的情感上升为一种超越世俗的博爱情怀。

图2-6为徐悲鸿于巴黎写给蔡元培的书信信封，从邮戳可见此信寄发于1924年1月24日。手札仅一页纸，其内容（图2-7）如下：

子民先生赐鉴：

日昨匆匆言别，至李君前日颁到先生言行录及时报馆各册，均忘拜谢，良歉！姜君且嘱代达谢忱者，亦为鸿中饱，可叹又何如也。德国近代美术家如Mengol, Klinger, 鸿最折服。Van' Dyek之画杰作，均藏奥京。

先生此行，幸多罗致，以飨国人。盖皆他处所不可见，今并影本亦不可得者也。鸿所言之孟君名心如，彼与德使馆甚洽，恳先生抵柏林后以住址赐之，俾往谒也。

敬颂。

旅祉！

徐悲鸿拜上

廿四日

这时的徐悲鸿已经来到欧洲求学五年，学业优异。1923年5月，徐悲鸿曾以30件作品参加法国画家春季沙龙，深受好评。为节约费用，1921年7月—1923年春，徐悲鸿曾在德国学习绘画，因此对德国的美术状况较为了解。他在德国马克贬值时，购买了大量世界名画的印刷品，按目录画圈，特别好的就画4个圈，也就是买4张。他从国外购得的图片有4万张之多，据说后来都赠给中央美术学院图书馆收藏，它们对研究学习西方美术是极好的资料。

在这封信中，徐悲鸿的主要目的是告诉将去德国的蔡元培一些德国近代美术家的情况，希望蔡元培多收集他们的美术作品，以飨国人。令徐悲鸿没有想到的是，不久之后他的留学官费就中断了，自此徐悲鸿进入了经济上的困顿时期。

蔡元培对于徐悲鸿的帮助很大。1917年12月，徐悲鸿来到北京，结识了时任北京大学校长的蔡元培。1918年2月21日，蔡元培组织成立的北京大学画法研究会成立，报名会员七十余人，聘任的导师有陈师曾、胡佩衡、徐悲鸿等八人。从蔡元培发表的《北京大学画法研究会旨趣书》可知，此会成立目的是由于大学设科偏重学理，至于具体技术及实际练习机会，则由研究会指导，如此才符合美育的本意。

画法研究会聘请的导师如陈师曾、胡佩衡等人均为当时的画坛名家。徐悲鸿担任导师时刚满二十三岁，是画法研究会中最为年轻的导师。在画法研究会，徐悲鸿主教人物画和水彩画。在这一年，徐悲鸿在北大演讲了《美与艺》、《中国画改良之方法》，提出了自己的艺术主张，初步奠定了他以后的艺术道路。1918年秋，徐悲鸿画《三马图》赠给蔡元培。

当时傅增湘担任教育总长，为争取公费留法学画，徐悲鸿带着自己的作品拜访傅增湘。傅增湘看了徐的作品后，大加欣赏，表示可以帮忙。可是事与愿违，第一批留法公费名单公布，并没有徐悲鸿的名字。徐悲鸿认为自己受了愚弄，于是写了一封信严责傅增湘。不久，第二批公费留法名单公布，徐悲鸿榜上有名。徐悲鸿本以为第一次名额被挤占，误解了傅增湘。不曾想第二批有自己的名字，又想起自己曾经冒犯傅增湘，深觉歉意，觉得无颜再见傅增湘。蔡元培知道这一情况之后，主动给傅增湘写了一封信，帮助徐悲鸿斡旋。蔡元培在得到傅增湘的答复之后让徐悲鸿去见傅增湘。徐悲鸿拜见并感谢傅增湘时,觉得无地自容,但是傅增湘与平时一样,并不介意,表示自己只是不失信而已。这些在徐悲鸿的《悲鸿自述》中有过记录:"讵七(1918年)十一月,欧战停。消息传来,欢腾大地。而段内阁不倒,傅长教育屹然,无法转圜。幸蔡先生为致函傅先生,先生答曰:'可。'余往谢,既相见,觉局促无以自容,而傅先生恂恂然如常态不介意,惟表示不失信而已。余飘零十载,转走千里,求学之难,难至如此。吾于黄震之、傅沅叔(增湘)两先生,皆终身感戴其德不忘者也。"

1918年12月中旬,徐悲鸿被教育部批准以公费生资格赴法国留学,成为中国学美术的第一位公费留学生。1918年12月17日,蔡元培在《北大二十一周年纪念会演词》中说:"此一年之中,各方面多少均有进步。画法研究会与书法研究社成立不满一年,今竟有成绩在此陈列,供诸位之观览矣。"又说:"此次纪念会尚有一特异之点,即是夏学长(元瑮)与本校教员杜伯斯古、李石曾、张君劢、冯千里、徐振飞、徐悲鸿诸先生,不日将赴欧美研究战后情形。将来回国贡献于本校者必更多。今日特为之饯别是也。"

诚然,徐悲鸿之所以能够出国留学主要是得益于傅增湘的帮助,但蔡元培写信给傅增湘为徐悲鸿说合,并在《北大二十一周年纪念会演词》中表扬画法研究会,以及鼓励即将出国留学的徐悲鸿,能够看得出蔡元培对于徐悲鸿这位青年艺术家的青睐与提携。

图2-8为1924年徐悲鸿所绘素描作品《琴课》,画中的主人公是他的妻子蒋碧微,蒋碧微曾在巴黎学习小提琴。《琴课》中的蒋碧微梳着短发,身穿窄袖上衣。她面对琴谱,左手端琴,右手拉弦,完全陶醉在悠扬的琴声之中。其身后的徐悲鸿抓住了这动人的一幕,用画笔记录下了这一精彩瞬间。

年轻的蒋碧微曾为徐悲鸿付出甚多。19岁的蒋碧微因不满于父母的包办婚事,冲破了重重束缚,毅然地跟随徐悲鸿私奔到日本,和他结下了传奇姻缘。蒋家为了瞒住世人和亲家——查家,只得谎称女儿得了重病去世,为此还特意办了场假丧事,方才平息了这场风波。蒋碧微在徐悲鸿留欧学画期间,为他倾其所有,放弃了在国内的优越生活来照顾一

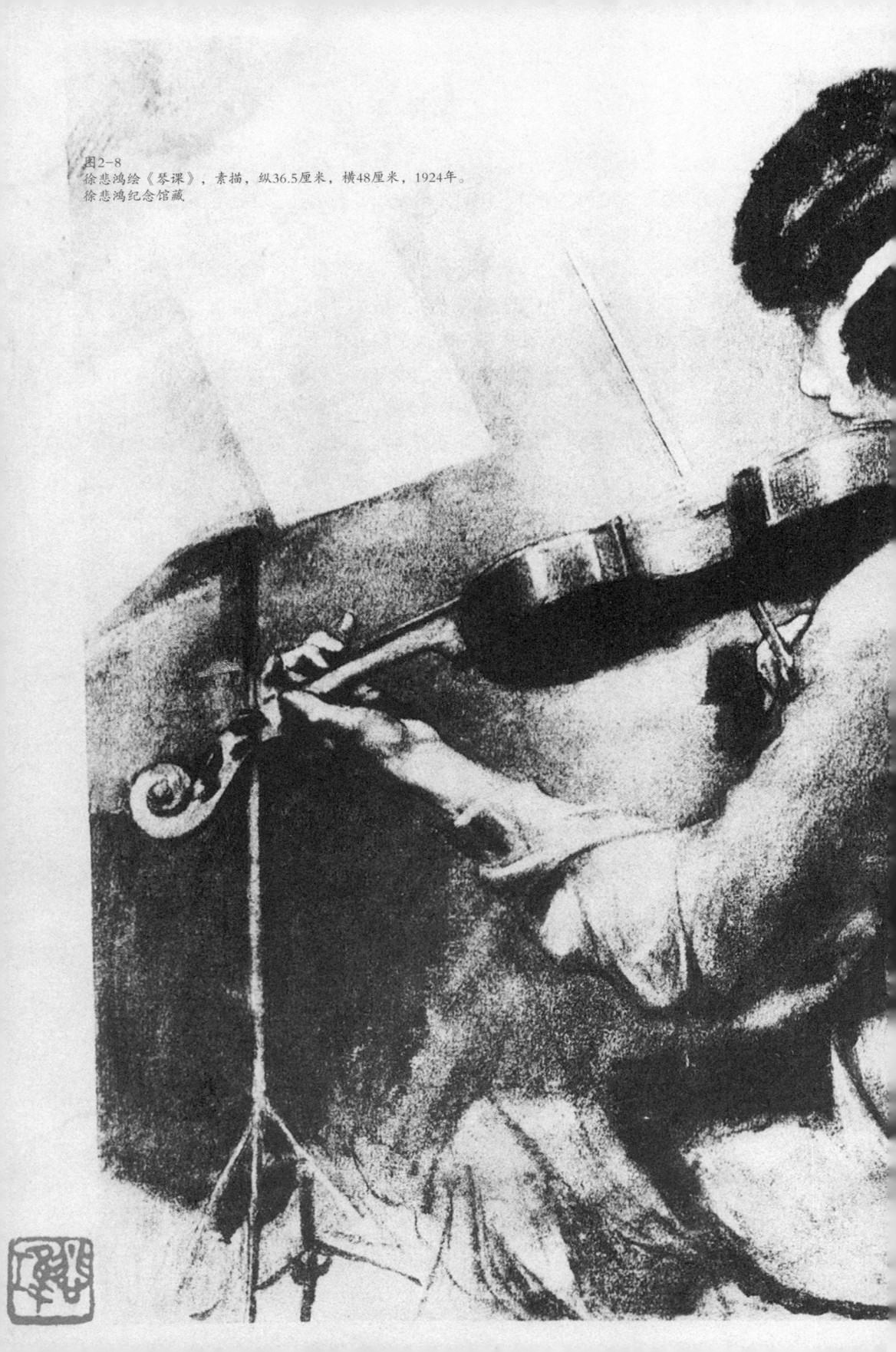

图2-8
徐悲鸿绘《琴课》,素描,纵36.5厘米,横48厘米,1924年。
徐悲鸿纪念馆藏

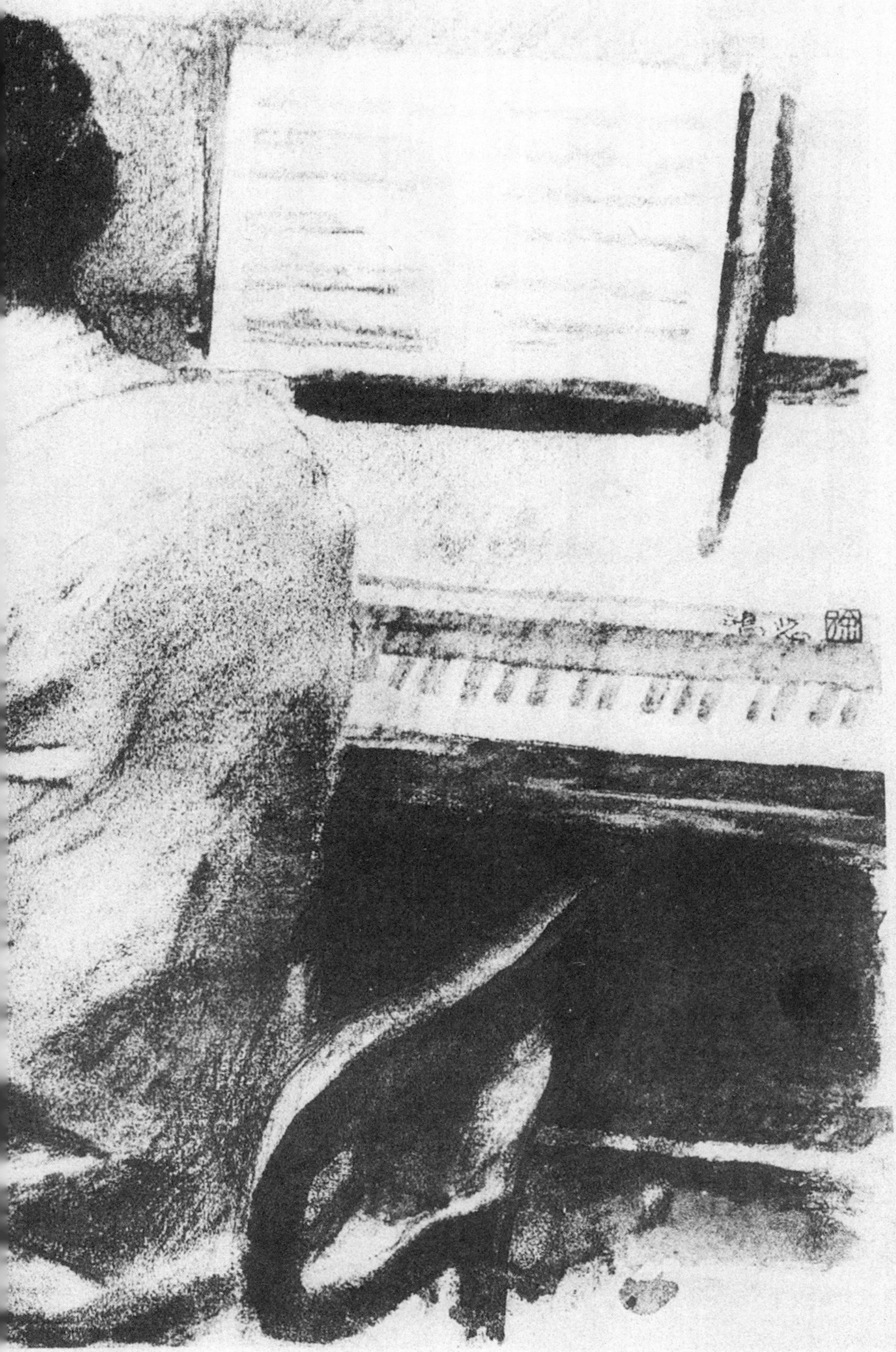

图2-9 二十世纪二十年代,徐悲鸿与蒋碧微在巴黎

图2-10 徐悲鸿绘《自画像》,素描,纵41厘米,横27.5厘米,1925年。徐悲鸿纪念馆藏

心将画画视为自己生命的徐悲鸿,即使在寒冷的冬天,也舍不得给自己添置新的衣物。徐悲鸿在欧洲求学的过程充满了辛酸苦辣,夫妇俩常常被经济问题所困扰。在练习人物素描时,徐悲鸿没有闲钱来请模特,这时自己的妻子蒋碧微就成为他的义务模特。异国他乡的生活虽然艰辛,但是当时的徐悲鸿、蒋碧微能够患难与共,彼此恩爱。(如见图2-9)

除此之外,徐悲鸿还经常对着镜子来画自己。我们现在所看到的许多蒋碧微肖像和他的自画像多成画于这段时期。譬如,图2-10中的徐悲鸿素描《自画像》画于1925年,为赭石炭条精纸本。写有作者款识:"乙丑二月,徐悲鸿自写。"印章为"徐悲鸿(朱文圆印)"。由此幅自画像来看,这时的徐悲鸿头发向上梳起,结有法国艺术家爱戴的领结,充满了成熟与自信,已经具有了一代艺术家的气质。在法国留学4年之后,徐悲鸿的绘画水平已达到可与欧洲同时期的艺术家相媲美的地步,其油画作品《老妇》于1925年入选法国国家美术展览会(沙龙)。

图2-11为1925年徐悲鸿与黄孟圭的合影。黄孟圭(1889—1963),福建南安人,他出身商业世家,乃闽南望族后代。早年曾受业于林琴南,学得吟诗作对。上海中南银行老板黄奕柱每月寄20英磅供其留学。

黄孟圭交际甚广，爱好收藏。

后来在一次晚宴上，经中国驻法国总领事赵颂南推介，徐悲鸿认识了黄孟圭。黄孟圭在看到徐悲鸿的画作后赞叹不已，并十分欣赏他的为人。由于这一时期徐悲鸿夫妇生活十分困顿，黄孟圭遂将自己的生活费分给徐悲鸿一些，以解燃眉之急。后来，陈嘉庚捐助厦门大学，电报黄孟圭回国担任厦大校长。为了真正帮助徐悲鸿渡过难关，黄孟圭写信给二弟黄曼士，请他帮助徐悲鸿，黄曼士当时于新加坡担任南洋兄弟烟草公司新加坡公司总经理。黄曼士回信大哥黄孟圭，愿意介绍徐悲鸿来新加坡给南洋华侨领袖们画像。

黄曼士还安排徐悲鸿住进自己在新加坡的住所——江夏堂（图2-12）的二楼客房，二楼小客厅则是徐悲鸿的专门画室。以后，徐悲鸿每到新加坡即住在江夏堂。

徐悲鸿与蒋碧微商量后决定，由徐悲鸿只身前往新加坡，蒋碧微留在法国，等筹到经费后再一同回国。黄孟圭还特地写了一封信让徐悲鸿带给二弟曼士，让其善待徐悲鸿。

当徐悲鸿从法国来到新加坡之后，黄曼士以丰盛的宴会招待他。不想徐悲鸿在宴会上竟然大哭起来，黄曼士问其缘由，徐悲鸿告知担心远在法国的蒋碧微付不起房租，也许连买面包的钱都没有。黄曼士立即到附近邮局给蒋碧微电汇去800法郎。徐悲鸿甚为感动，当晚与黄曼士畅饮，大醉，至次日傍晚方醒。从此之后，徐悲鸿一直称黄孟圭、黄曼士为大哥、二哥。

图2-11 1925年徐悲鸿与黄孟圭的合影

图2-12 黄曼士在新加坡的住所——江夏堂

在新加坡期间，徐悲鸿给陈嘉庚以及他的家人画像，并得到了二千五百块大洋的报酬。除此之外，还给大商人黄天恩夫妇等当地名人画像。黄曼士向富裕的商人绅士推荐徐悲鸿说："你们有钱有地位，可百年之后将默默无闻。惟有生前请名家画像，后人代为研究，同时考据人物，才能与名画流芳千古。"这段时间，在黄曼士的大力帮助下，再加上徐悲鸿不辞辛苦地为富商画像，他得到了不菲的收入，使得徐悲鸿夫妇的生活得到了很大的改善。在新加坡，徐悲鸿和黄曼士结下了深厚的情谊，终生不渝。徐悲鸿一生多次得到黄孟圭、黄曼士兄弟的帮助而称他们为"生平第一知己"。

图2-13 1934年冬，徐悲鸿（左一）、蒋碧微（左三）陪同黄曼士夫妇（右三、右四）同游南京玄武湖

1928年，时任福建省教育厅厅长的黄孟圭邀请徐悲鸿到福州参加福建省首届美术大展，并为在"五卅"惨案中牺牲的福州人蔡公时创作油画《蔡公时被难图》，于是徐悲鸿全家来到福州。此画耗时两个月才完成，当年一经展出，即轰动一时。该画作原本悬挂于西湖，但在抗日战争中遗失，如今只留下创作这幅油画的素描草图。

是年8月下旬，黄孟圭同意由福建省教育厅以官费派徐悲鸿的得意弟子——中央大学学生吕斯百、王临乙赴法国留学。后来引起福建省内部分人士的不满，使得黄孟圭在全国教育会上饱受诘责，导致黄被罢官。

1934年冬，黄曼士夫妇来南京拜访徐悲鸿，已是中央大学教授、声名赫赫的徐悲鸿热情招待他们，并与夫人蒋碧微带着儿子伯阳、女儿静斐，陪同黄曼士夫妇一起游玩南京玄武湖。图2-13是当时的照片，合影中两家人其乐融融的情谊可见一斑。

图2-14为二十世纪四十年代，徐悲鸿（左）在新加坡举办画展期间与黄孟圭（中）、黄曼士（右一）的合影。图2-15为1939年徐悲鸿在新加坡为黄曼士所绘的素描像。图2-16为1941年9月11日下午，徐悲鸿在新

加坡敬庐为黄孟圭所绘的素描像。

太平洋战争爆发后,黄孟圭逃往印尼,后来被日军宪兵抓捕,备受酷刑,直到1945年日本投降之后才被释放,后去澳洲治病。1949年5月,徐悲鸿弟子陈晓南由美国来到新加坡,黄曼士将抗战期间徐悲鸿留在新加坡的几十箱艺术品交给他带回北京。

徐悲鸿一直没有忘记有大恩于他的黄孟圭,所以尽其所能给予回报。1948年,当新加坡银行家陈延谦之子陈笃山请徐悲鸿为其父亲重画《寒江独钓图》时,徐悲鸿请他将画酬寄给黄曼士,以接济当时困在澳洲养病的黄孟圭。

图2-14 徐悲鸿(左)与黄孟圭(中)、黄曼士(右)合影,二十世纪四十年代

1925年,为了筹措在法国完成学业的经费,徐悲鸿离开法国远赴新加坡,为多名富商巨贾作画,收入颇为丰厚。1926年1月,徐悲鸿从新加坡回到上海会友。2月18日,田汉、黎锦晖在上海大东旅舍发起盛大的文

图2-15 徐悲鸿绘《黄曼士像》,素描,1939年

图2-16 徐悲鸿绘《黄孟圭像》,素描,1941年

艺界聚会"梅花会",主要目的是欢迎蔡元培,上海文艺界150多位名流到场。在这次大会上,徐悲鸿展出了自己的油画40多幅,轰动一时。图2-17这幅照片摄于这一时期,其中的徐悲鸿踌躇满志,艺术名家的气质已成。不久,徐悲鸿重返巴黎完成学业。

图2-17 1926年春,徐悲鸿在上海

《箫声》为徐悲鸿在法国的成名油画作品。1924年,徐悲鸿创作出素描《箫声》(图2-18-1),款识为:"甲子深秋写碧微镜中,徐悲鸿。"1926年,徐悲鸿再以油画创作《箫声》(图2-18-2)。徐悲鸿自感这一年是其创作最为丰硕的年度,其中不乏得意之作,如油画《箫声》、《睡》等。1927年,在徐悲鸿即将结束留学岁月返回中国前夕,他有9幅作品入选此年法国的全国美术展览会,《箫声》是其中的一幅。

此作系徐悲鸿在巴黎第八区六楼画室完成的,其中的吹箫女子以蒋碧微为原型。此作颇具朦胧的诗意美,具有中国的意境。画中的年轻女子头发蓬松,神情专注地执箫而吹。画面中景为一棵沧桑的老树,枝杈疏疏落落,远景的树林若隐若显,有飞鸟掠过其间。

图2-18-1 徐悲鸿绘《箫声》,素描,纵48.5厘米,横31.7厘米,1924年

法国著名诗人(日后成为法兰西院士)保尔·瓦莱里在《箫声》素描稿上面以法文题写了几行诗。其意为,这位东方画家是一位能够把握瞬间的魔术师,在这幅画中,读者仿佛看见美好的景致从竹箫中间流淌出来。

徐悲鸿曾自信地对学生说,很多人画油画,技术不过关,作品与世界级大师的油画摆在一起,经不住比较。而《箫声》可以与伦勃朗的画

图2-18-2
徐悲鸿绘《箫声》，油画，纵80厘米，横39厘米，1926年

图2-19
徐悲鸿绘《渔夫》，中国画，纵91厘米，横57厘米，1926年。
徐悲鸿纪念馆藏

摆在一起，还能站得住。

这幅作品的成名还得益于徐悲鸿在上海震旦公学读法文的老同学盛成。盛成以小说《我的母亲》一书轰动法国，获得法国"总统奖"。盛成写了一封信给在法国文坛及世界文坛具有不可替代地位的瓦莱里，特别介绍徐悲鸿。还写了一封信给瓦莱里的志愿秘书、大银行家莫诺。徐悲鸿到巴黎后去看了他们。瓦莱里在徐悲鸿的油画《箫声》上题了两句诗，于是这幅画一举轰动巴黎，并被莫诺高价买去，使得徐悲鸿画名远播法国。

图2-19为徐悲鸿1926年所绘作品《渔夫》。画中以较为传统的笔法简练地描绘了一位老人和一个小孩的鱼趣之乐，笔笔入木三分，没有丝毫的犹豫，所画人物比例准确，表情生动。

画中的老人年过古稀，他那驼着的背和赤裸的腿是其一辈子渔樵于江渚的真情写照。仔细观察我们还可以看到老人的腰间有一个绣花烟袋，这可能来自于他那巧手的媳妇，表现了老者具有的爱美之心。老者对面的小渔孙手里拎着一条肥鲤，似乎在向老者展示他的捕鱼技巧，虽然年幼，但是其技术却不含糊。

描绘小孩的线条较为圆润，这与描绘老者的线条的劲健形成了对比。老人家正准备双手接过肥鲤，小孩抬头看着爷爷，其乐融融，观者似乎能感受到有一阵愉悦的湖上清风迎面吹来。

1926年2月，徐悲鸿由新加坡回到上海，他的挚友田汉迎接徐悲鸿的归来，并举行了一场欢迎宴会。在宴会上，徐悲鸿向大家介绍了西画严谨的写实造型取向，不但能经得起反复地推敲，而且能有效地传达社会生活。他还认为一味注重习古，不注重对生活的观察与写生，中国画就很难得到长久的进展，因此用现实主义来改良中国画已经刻不容缓。在场的朋友听了徐悲鸿的阐述后，似醍醐灌顶，纷纷表示赞成其推陈出新改良中国画的举措。之后，徐悲鸿画了这幅《渔夫》。

徐悲鸿回国后所画的这幅作品表达了他想要改良中国画的探索，画中的两位人物摆脱了以往画坛一味复古的腐朽画风，造型准确，新鲜生动，但又充满了中国传统绘画的意蕴。

第二章　踌躇满志　1927年——1939年

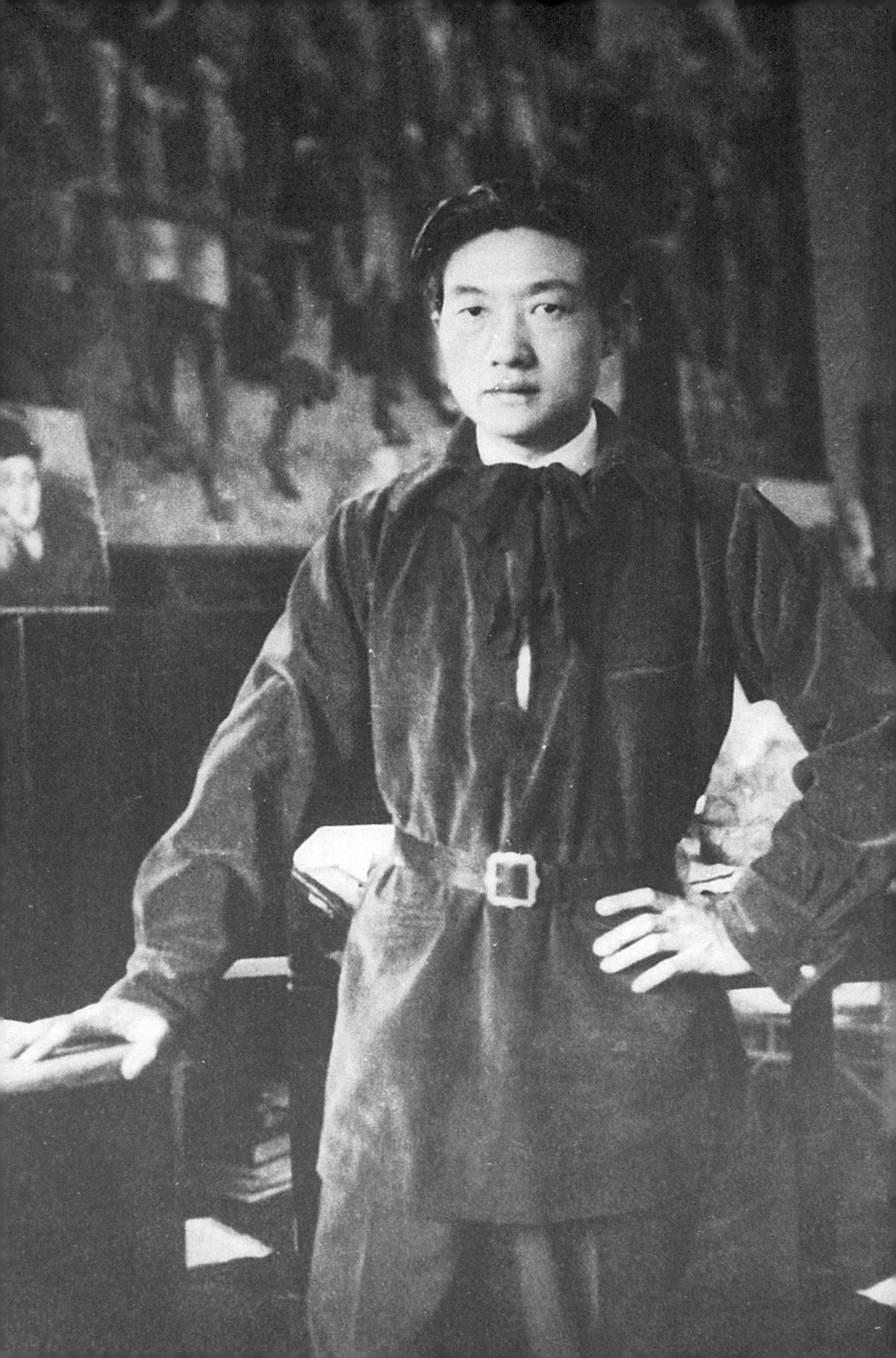

第三章 踌躇满志

1927年9月初，徐悲鸿留学欧洲八年学成归国。回到上海之后，好友田汉就邀请他来到即将成立的南国艺术学院担任美术科主任。

早在1926年，在田汉的倡议下，一批爱国青年成立了一个名为南国电影剧社的文艺团体。这个组织演出一些带有进步思想的小型剧目，田汉还常把他们排演的小戏带到南京、杭州等地演出，产生了广泛的影响。1927年，南国电影剧社改名为南国社，主要从事电影、文学、音

图3-1
1928年徐悲鸿（左三）与南国艺术学院部分师生合影

乐、美术与戏剧等文艺活动。1928年，南国社筹备成立南国艺术学院，这一年1月30日，田汉发表了《南国艺术学院创立宣言》并担任校长。

图3-1为1928年徐悲鸿与南国艺术学院部分师生的合影。在和田汉推心置腹的交流中，他们共同决定把南国艺术学院办成中国第一个现实主义艺术教育的阵地。

在这所学校中，有一位很特别的学生，他是从上海艺大转学过来追随徐悲鸿的吴作人。徐悲鸿看到吴作人的素描之后，当场表扬他的造型准确，还让吴作人站到自己前面，为他画了一张素描头像，作为给学生们的现场示范，并进一步讲解人物的结构和透视。课后，徐悲鸿把自己的住址告诉吴作人，欢迎他随时来家中做客。

然而，南国艺术学院是一所私办义务学校，由于不收学费，所以老师们在这里也是义务上课而不拿工资的。徐悲鸿在这里的工作十分投入，经常很晚回家，因此南国似乎成为他的第二个家。蒋碧微对徐悲鸿在南国艺术学院担任义务老师非常不解，经常在家责怪徐悲鸿。徐悲鸿在南国不到两个月，蒋碧微趁着他到南京国立中央大学上课的时候跑到南国美术系，把他所有的画具全部搬回了家里，坚决不让他在这里继续工作了。就这样，徐悲鸿不得不离开了心爱的南国，来到南京国立中央大学工作并定居在这里。

图3-2为1929年南国社在南京第一次公演之后，部分南国社成员在南京

图3-2 1929年徐悲鸿（右二）与部分南国社成员在南京国立中央大学合影

图3-3 1930年徐悲鸿在南国艺术学院起稿油画《田横五百士》时的照片

国立中央大学校园内合影,左起为谢寿康、俞珊、田汉、吴作人、蒋兆和、吕霞光、徐悲鸿、刘艺斯。这张照片是著名徐悲鸿研究专家王震先生在民国时期的《南国月刊》上翻拍的。《南国月刊》是1927年田汉与徐悲鸿一起创办的南国社刊物,刊登有很多当时的照片和资料。

图3-3为1928年徐悲鸿在南国艺术学院起稿巨型油画《田横五百士》时的照片。图像中的徐悲鸿左手插腰,右手扶桌,穿着一件深色工作服,打着他喜爱的法国艺术家常戴的大领结,腰系皮带,十分精神。他的背后就是其名作《田横五百士》,此画的前面陈设了一幅小画,这是徐悲鸿留学法国期间就读的巴黎国立高等美术学院院长倍难尔送给徐悲鸿的肖像油画,他一直珍藏在身边。此画与《田横五百士》一起出现在这幅珍贵的照片中,也象征着一种艺术的传承与发展。徐悲鸿的眼神和表情中还透露出些微的愤慨和激动,这也许与其创作的内容相关。

《田横五百士》(图3-4)这幅画表现的是一个古代的分别场景,左部的一位红衣人正向右边的人群拱手辞行。其身后,有一人为其牵马。其前面,有老弱病残的数十人,他们似乎十分依依不舍,有人愤怒,有人难过,有人掩面而泣,有人挥手致别,其中还有一位拄着拐杖的老人想要上前拉住红衣人,但是红衣人的表情是非常毅然的。这位红衣人是田横,《田横五百士》所展现的正是田横告别自己部下时的场景。

那么,徐悲鸿笔下的田横是何许人也?《田横五百士》是司马迁《史记·田儋列传》中记载的一个故事。田横是战国时期的齐国人,他和他的兄弟田儋、田荣都是当地的望族,很得民心。在陈胜、吴广起义之后,田横和他的弟兄不屈服于刘邦、项羽,因此田家率领的齐国军队遭到了双重夹击,仗打得十分艰难。在刘邦统一全国以后,田横怕刘邦继续追剿,就带着五百多个部属逃到了海州的一个小岛(今为山东即墨县)上。但是刘

图3-4
徐悲鸿绘《田横五百士》,油画,纵198厘米,横355厘米,1928—1930年。徐悲鸿纪念馆藏

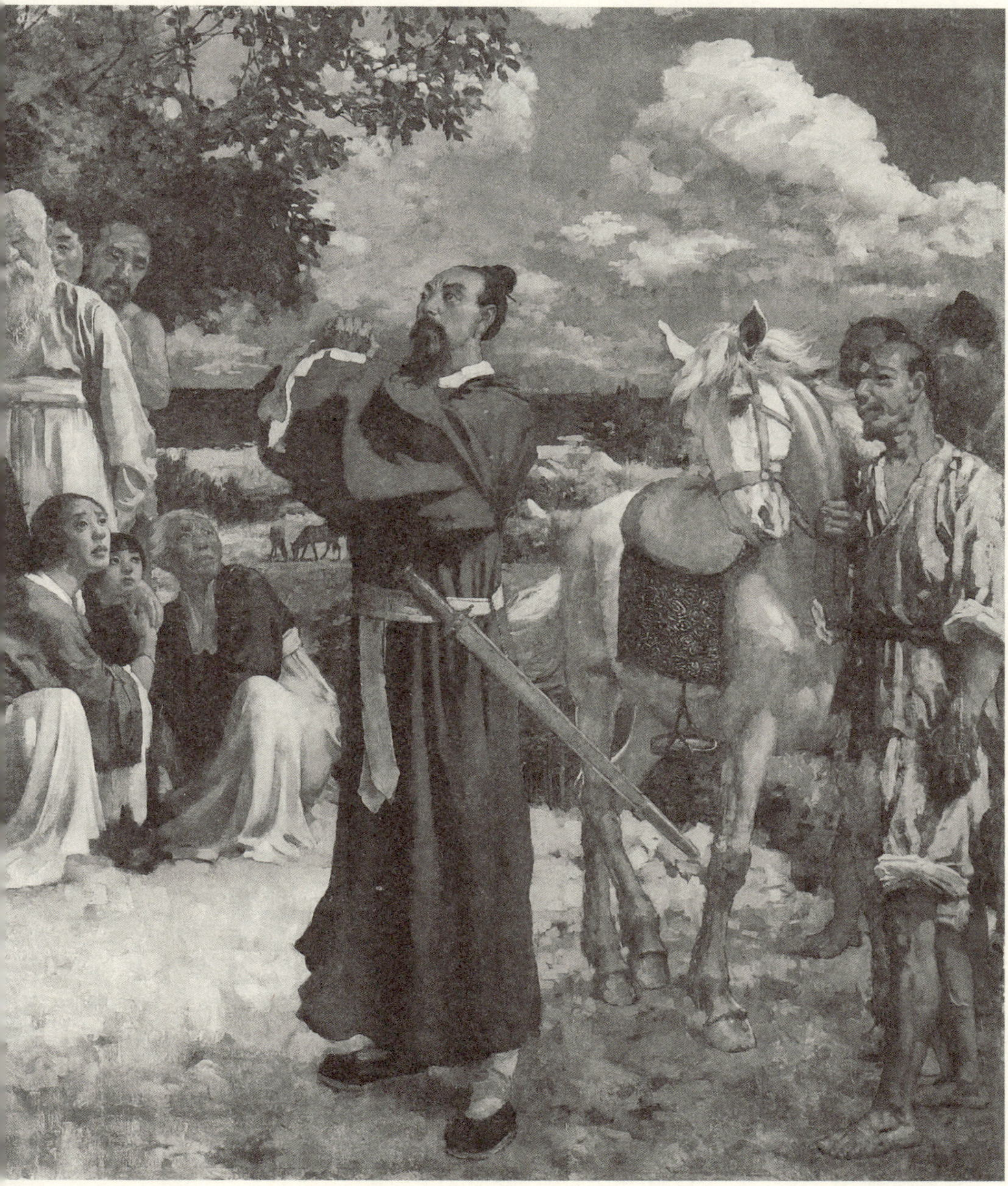

邦心里清楚,田横在齐人中的威信很高,而追随他而去的那五百多勇士个个身怀绝技,若不把这些人解决,定会后患无穷。刘邦想出了一个计策就是招安田横,

图3-5 1939年,徐悲鸿送给符志逖的《田横五百士》照片

并发出了诏文,说:"田横来我大汉,可以分王分侯,如不来则指日以大兵诛之。"田横为了自己的弟兄免遭屠杀,便带着两名随从去往西汉都城长安。可是快到长安时,田横对他的随从说:"刘邦是当今天子,而我则是亡命之徒,现在被刘邦招安,岂不是贻笑于天下!现在离都城不远了,我把头颅留下,你们带去给刘邦一看,他也就不会追剿大家了。"话音刚落,田横便拔剑自刎了。两位随从按照田横的遗嘱把其头颅带给了刘邦,刘邦见到后十分悲伤,叹息这位将才的殒灭。而后,这两位随从也谢绝了刘邦的封爵而自刎了。不久,这三人的不幸消息传到了小岛上,五百弟兄也不愿苟且安生,于是相继跳海。这是一个十分悲壮的历史故事,后来这个海岛也因此叫作田横岛。

徐悲鸿为什么要选择这个故事作为创作的主题呢?

在1928年前后,日本军国主义觊觎中国东北,并妄图侵占全中国,有不少卖国求荣的人成了日本的爪牙走狗。看到汉奸大行其道,徐悲鸿心里特别痛恨,于是萌生了创造一幅大型油画来警醒世人勿做汉奸,《田横五百士》就这样应运而生了。这幅画徐悲鸿创作于南国艺术学院,除了上课外,他几乎把所有的精力都放到了这幅作品上。《田横五百士》的创作使用了许多模特,譬如,田横的形象是参照徐悲鸿好友田汉的形象来画的。中间有一位妇女抱着小女孩蹲在地上的情景,是蒋碧微和女儿徐静斐给徐悲鸿当的模特来画的,而她们旁边的黄衣人则是以徐悲鸿自己为原型画上去的。当时的创作条件十分艰苦,其中的好多模特还是南国艺术学院的学生,吴作人也客串充当过模特。这幅画的放大稿是在吴作人、王临乙的共同协助之下完成的，一共画了约两年时间，直到1930年才在南京正式完成。

这幅巨作展示了徐悲鸿高超的油画技术，画中的笔法非常娴熟，所刻画的人物性格鲜明，栩栩如生。除了能看到徐悲鸿从欧洲学来的油画技巧之外，透过画面我们还能感受到徐悲鸿不屈不挠的民族气节。

《田横五百士》画成之后，除了参加了许多大型画展，还被徐悲鸿制作成照片送给朋友以及艺术同道进行再次推广，图3-5为1939年徐悲鸿送给符志遂的《田横五百士》照片。符志遂是新加坡著名医生，徐悲鸿客居新加坡时，与符志遂成为好友。徐悲鸿还在这幅照片上题有："《田横五百士》，符志遂惠教。民国十七年在上海起手，翌年迁宁写成。徐悲鸿志。"在当时，《田横五百士》的照片为这幅名画的不断传播与深入人心发挥了重要作用。

图3-6这是六朝古都南京的骄傲——世界上现存最长的城市中的古城墙。始建于明代的南京城墙，历经了六个多世纪的风风雨雨，倔强地记载和诉说着这座城市的沧桑历史。徐悲鸿在南京前后生活了约十年。这里有他的家庭、学生，也有他的事业，更有黯然的神伤。可以说南京这座城市承载了徐悲鸿太多的情感与责任。

图3-6 二十世纪四十年代的南京古城墙

1928年，国民政府实现了中国在形式上的统一，南京成为当时中国的政治中心。各军政机构急需建房，纷纷打报告请示拆除南京城墙，理由是城墙本身已失去军事意义（即使在这一点上也是目光短浅的，因为1937年底的首都保卫战，国军正是依托坚固的城墙给攻城日军以不小的杀伤。），城墙砖厚重结实，无疑是上好的建筑材料，就地取材用来建房，可以大大节省成本。南京陆军军事学校率先行动，准备拆除离学校最近的明城墙。兼任该校校长的蒋介石考虑到社会影响，指示学校给政府呈送报告，履行手续，从这一点上来看，说明政府已同意拆墙。然而如果先例一开，南京城墙将在短时间内遭遇毁灭性的破坏。

此时的徐悲鸿三十三岁，任国立中央大学教育学院艺术专修科主持、教授，兼南京古物保管委员会委员。得知南京明城墙危在旦夕，他心急如焚。别人尚在观望议论之际，徐悲鸿已挺身而出，上书北平政治分会，详陈城墙保护之价值，坚决反对拆除明城墙，并将电文见诸报端而引发强烈的社会反响。国民政府因此召开紧急会议，蒋介石表示军政机构的各项工程俱已开工，且有相关手续，不能停止拆除明城墙。这是一场极不对等的交锋，然而面对众多的好言相劝，徐悲鸿没有退让，他以一股倔强的意志在《申报》1929年1月16日增刊第5版、第6版发表了文章《徐悲鸿对南京拆墙的感想》，以西湖雷峰塔倒掉为例，痛陈拆除城墙是"续貂之举"，并接受中外记者采访。大声疾呼的徐悲鸿得到社

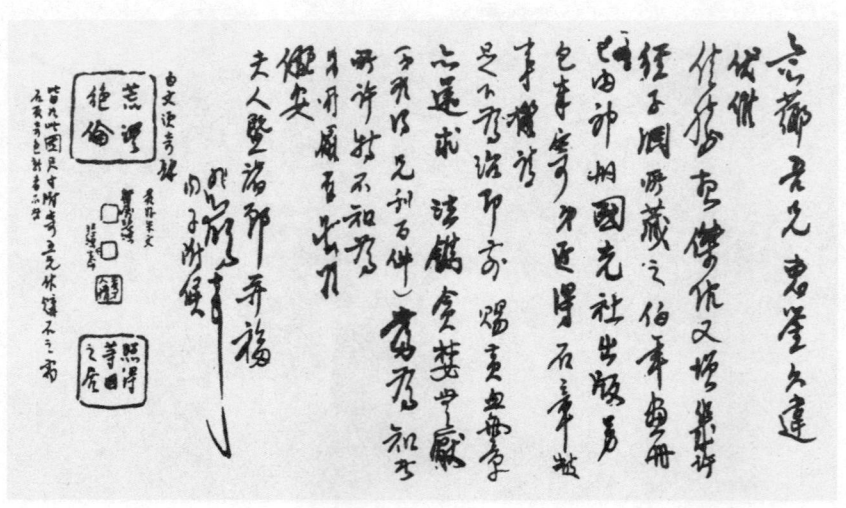

图3-7 徐悲鸿致陈子奋的信札。天津市艺术博物馆藏

会各界越来越多的支持，影响不断扩大，迫使蒋介石及国民政府在这件事上不得不顺乎民意，遂于1929年3月下令停止拆除南京明城墙。

抚今追昔，当我们尚能看到南京明城墙并回忆这段往事，不胜感慨！希望不要再重复伤害并妥善保护已经六百岁高龄的南京明城墙。诚如此，南京之幸，中国之幸也！

徐悲鸿不但喜爱书画，而且酷好篆刻。天津市艺术博物馆完整收藏了多达24封徐悲鸿致陈子奋的信札，反映了徐悲鸿的印学等艺术思想，其中有一封关于请其治印五方的信札（图3-7），其内容为：

意芗吾兄惠鉴：

久违。伏维佳胜。想杰作又增几许？经子渊所藏伯年画册，已由神州国光社出版，另包奉寄。弟近得石章数事，拟请足下为治印，前赐黄血两章，亦还求法镌。贪婪无厌（弟欲得兄刊百件），当为知者所许。特不知为兄所厌否？

此颂

俪安

夫人暨诸郎并福。

徐悲鸿顿首。内子附候。

在这份信中，徐悲鸿不但提出了"欲得兄刊百件"这样所谓"贪婪无厌"的期望，而且画出了请陈子奋刊刻五方印章（"荒谬绝伦"、"暂属徐悲鸿"、"徐悲鸿生命"、"秀才人情"、"照得等闲之居"）的简稿。其中对于"荒谬绝伦"的要求是"白文须奇肆"，对于"暂属徐悲鸿"的要求是"最好朱文"。总体的要求是"皆如此图尺寸，附寄五元作购石之需。石取奇色，新者不妨"。能让徐悲鸿如此赏识的陈子奋是何许人？究竟与徐悲鸿有何种交情呢？

陈子奋（1898—1976），福建长乐人，擅白描，得陈老莲、任伯年用笔之妙。尤善篆刻，幼承家学，宗邓石如，所作能融甲骨、钟鼎、玺印于一体。

1928年，徐悲鸿应好友、福建教育厅长黄孟圭邀请，来福州参加

福建省第一届美术展览，他对其中陈子奋的作品颇为欣赏。次日，徐悲鸿携家人乘黄包车登门拜访住在福州水玉巷一号的陈子奋。隔天，徐悲鸿又只身来访，并为陈子奋画了一幅素描肖像，二人一起吃晚饭，陈子奋连夜为徐悲鸿治印数方。

图3-8 徐悲鸿题签的《陈子奋先生治印》内页之一

1928年9月12日离开福州前夕，徐悲鸿为陈子奋作《九方皋图》，并题跋云："戊辰夏尽，薄游福州，乃识陈先生意芗，年未三十已以书画篆刻名其家。为予治'游于艺'、'长颔额而何伤'、'天下为公'诸章。雄奇遒劲，腕刀横绝，盱衡于世，罕得其匹也。画宗老莲、伯年，渐欲入宋人之室，旷怀远志，品洁学醇，实平生畏友。吾国果文艺复兴，讵不以意芗者期之哉？兹将远别，怅然不释，聊奉此图，愿勿相忘。徐悲鸿画竟并志。"

徐悲鸿带着十余方寿山石章归南京之后，请好友谢公展一同鉴赏，并写信给陈子奋叙述谢公展的观感并鼓励他说："忆此行足纪者，为获一良友，及所刻印十余方。昨示谢君公展，相与叹赏者久之。高艺动人，此世知音者度不少也。足下当益奋发努力于不朽之业。"

自1928年结识后，徐悲鸿经常去信讨论治印，并在一封书札中对陈子奋评价道："当代印人，精巧者若寿石工，奇岸若齐白石，典丽则乔大壮，文秀若钱瘦铁、丁佛言，汤临泽等亦时有精作，而雄浑无过于兄者。"他还认为陈子奋的篆刻"乍观不奇，细味之，殊有妙处"。

1931年秋，陈子奋建成颐萱楼孝亲，徐悲鸿用六尺宣纸以隶书赠诗夸赞陈子奋："闽中自古多才士，吾行福州识子奋。金石书画妙入神，秉性孝悌追古人。自惟廿载风尘老，换却当年颜色好。安得避地从君游,歌咏登临乐此楼。意芗贤兄筑楼奉亲今之高士书此申贺。辛未之秋。徐悲鸿。"

陈子奋不忘知遇之恩,为徐悲鸿刻印多达80多方。譬如,有朱文"天下为公"、"克明俊德"、"困而知之"、"徐悲鸿"、"游于艺"等,白文印"徐悲鸿之印"、"徐悲鸿欢喜赞叹欣赏之章"、"有诗为证"、"荒谬绝伦"等。据统计,在徐悲鸿给陈子奋的24封信中,言及请陈子奋刻印的就有十几封,还托请陈子奋采购田黄、艾绿等寿山石佳品。徐悲鸿曾特别邮寄《齐侯罍》拓片铭文赠给陈子奋,希望他能百尺竿头,再进一步。1985年,福建美术出版社出版了由徐悲鸿题签的《陈子奋先生治印》一书(其内页见图3-8),较为全面地呈现了陈子奋一生的治印艺术,也见证了徐悲鸿的慧眼以及他与陈子奋二十余年的情谊。

图3-9为1930年徐悲鸿所绘《黄震之像》。画中绘有一位老人身着蓝紫色长衫倚坐在劲松下的大石上,其面目慈祥,凝望远方。远处画有丛竹与菊花。从其落款中的"黄震之先生六十岁影",可知这幅画的主人公是曾经帮助过落难时的徐悲鸿的黄震之。

徐悲鸿早年在上海时,一次在给审美画馆送画的时候正巧碰到了周末闭馆,在他正准备打道回

图3-9 徐悲鸿绘《黄震之像》,中国画,1930年

去时遇见一位老者。这位老者见年轻的徐悲鸿身上只穿着单薄的衣服但怀里却夹着两卷画，便走上前去和他聊了几句。在打开了徐悲鸿手里的画时，老人十分惊讶于他的绘画技艺，又十分同情他的穷苦遭遇，便邀请他去自己那里，为他提供食宿。这位老人的举动对徐悲鸿来说可谓是雪中送炭，他就是黄震之。

黄震之是上海的一位商人，当时他把徐悲鸿安排住在自己在一家赌场里租下的休息室中，在赌场没有人的时候徐悲鸿便能作画习字，对于徐悲鸿来说即便是这样的条件也很难得！在赌场寄居其间黄先生对徐悲鸿特别照顾，他常常吩咐店里的伙计去给徐悲鸿买夜宵，尽量不让饱受风餐露宿的徐悲鸿再挨饿受冻。

后来黄先生赌败，几乎破产，就无法再帮助徐悲鸿了。但是徐悲鸿没有忘记他。1927 年，在徐悲鸿结束了长达八年的留学生涯后，由新加坡抵达上海，即住在黄震之家为其画像。1930年黄震之六十大寿时，徐悲鸿又特意创作了《黄震之像》为其祝寿。并在画上题诗云："饥溺天下若由已，先生岂不慈！衡量人心若持鉴，先生岂不智！少年裘马老颓唐，施恩莫忆仇早忘！赢得身安心康泰，矍铄精神日益强。我奉先生居后辈，谈笑竟日无倦竟，为人忠谋古所稀！又视人生等游戏，纷纷来民欲何为？先生之风足追企，敬貌先生慈祥容，叹息此时天下事！"徐悲鸿把黄震之画在长青的苍松古树下，神态悠然安详。其旁画有丛生的翠竹，傲霜的菊花。这是徐悲鸿感戴黄震之扶助的精心构思，使人格外感受到人世间的温暖。

徐悲鸿在上海结识的另一位好友是黄警顽，他是书店职员，徐悲鸿经常来他的书店站读，虽然从不买书，但是黄警顽不但不歧视，而且爱惜他是具有上进心的人才。黄警顽喜爱武术，学的是谭腿。为了设法帮助徐悲鸿，他策划了一套《谭腿图说》的挂图方案。每天下班之后，黄警顽摆架子，徐悲鸿来画，如此画了一百多幅。由黄推荐到中华书局出版，得了三十元稿酬，这是徐悲鸿第一次靠卖画挣到的大额收入。

徐悲鸿饱尝过人间的苦难，深知应该如何去处理患难生活和安乐事业的关系。因为他是饮水思源、注重情感之人，一直感激和怀念帮助过他的仁者，而且毕生扶贫济穷，帮助学生，爱护有才之人。譬如，为了感戴黄震之、黄警顽等黄氏好友，徐悲鸿考取上海震旦大学预科，曾一

图3-10-1 1930年,《中华图画杂志》所刊《爱的结晶——画家徐悲鸿君、夫人蒋碧微女士及爱子伯阳》

图3-10-2 1928年,徐悲鸿、蒋碧微与徐伯阳

图3-10-3 1930年春,徐悲鸿、蒋碧微与徐伯阳在南京

度改名为"黄扶",即不忘记他们对自己的扶助。

1927年12月,从欧洲学成归来之后的徐悲鸿曾制定过一份油画肖像的润格:"胸像500元,半身像(到膝为止)700元,全身像1000元,末行加黄姓者减半。"所谓"加黄姓者减半",这是为了不忘当年黄震之、黄警顽的扶助,而泽及姓黄的人。

而且,徐悲鸿在创作《田横五百士》这幅名作的过程中,也把自己画了进去,并穿着一身黄色的服装,以表示自己永远不忘帮助过自己的黄氏好友。当黄警顽生活上发生困难时,徐悲鸿立即把他接到当时的北平艺术专科学校任职,并亲自为他安排好起居,逢年过节总是亲自用汽车接他到家中去共度良宵,畅叙往事。

图3-10-1为当时的时尚期刊《中华图画杂志》1930.7.1NO.1所刊《爱的结晶,画家徐悲鸿君、夫人蒋碧微女士及爱子伯阳》。在经历了八年留学的艰苦生活之后,徐悲鸿踏上回国之路。1927年12月蒋碧微生下了徐伯阳,这给徐悲鸿带来了莫大的欢乐。图3-10-2是1928年徐悲鸿、蒋碧微与尚在襁褓之中的徐伯阳。在蒋碧微的印象中,天天忙碌的徐悲鸿愿意为儿子挤出时间。在这幅图像之中,徐悲鸿、蒋碧微合抱着爱子徐伯阳,两人脸上洋溢着幸福的笑容。这一家三口还时常来到户外草地上,共享天伦之乐(图3-10-3)。徐悲鸿是国立中央大学艺术科教授,夫人蒋

图3-11 二十世纪三十年代的徐悲鸿

碧微则是面容秀丽、见过世面的知识女性，如今他们有了爱的结晶——爱子伯阳，这在当时，如此的一家三口，实在令人羡慕。那时的徐悲鸿英姿勃发，踌躇满志，已是天下闻名的画家（如见图3-11）。

图3-12是1930年7月初徐悲鸿为诗人陈散原所绘的油画像。陈散原，即陈三立（1853—1937），字伯严，江西修水人，陈宝箴之子。近代著名诗人，为晚清民初影响最大的诗歌流派"同光体"的主要首领之一，著有《散原精舍诗集》、《散原精舍文集》。

1886年，陈散原中进士，后任吏部主事。1895年秋，其父陈宝箴出任湖南巡抚，他积极辅佐父亲开办新政，提倡新学，支持变法，赢得了广泛的社会声誉。戊戌变法失败后，陈散原与其父一同被革职，后兴办实业，创立江西铁路公司等。1929年至1933年他寓居庐山，后迁居北京。陈散原常以诗文抒发积郁心头的愤激之气，在京城久负盛名。1937年七七事变后，他拒绝日本人的游说拉拢，平津陷落后他忧愤急发，常于梦中呼喊"杀日寇"。从这一年9月14日起，他拒药绝食五日而死，表

图3-12 徐悲鸿绘《陈散原像》，油画，纵59.5厘米，横70厘米，1930年

现了中国文人的高尚气节。

徐悲鸿与陈散原一家素有交情。1918年,徐悲鸿任画法研究会导师,与陈师曾成为同事。陈师曾比徐悲鸿年长十九岁,是陈散原长子。他早年留学于日本,为表现劳苦大众的贫寒生活,画有《北京风俗画》三十四篇。陈师曾与徐悲鸿较为投缘,认为中国绘画若不革新就没有出路,因此鼓励徐悲鸿到法国去学习。可惜1923年陈师曾英年早逝,年仅四十七岁,梁启超叹为"中国文化界的地震"。陈散原三子陈寅恪也是徐悲鸿留学欧洲时在柏林结识的好友。陈散原之五子陈登恪留学法国期间,在巴黎和徐悲鸿夫妇皆为"天狗会"会员。

1919年徐悲鸿赴法留学,1927年回国不久,专程看望陈散原老人。1928年,徐悲鸿为陈散原画过一幅素描肖像(图3-13)。

1930年夏,时任国立中央大学教育学院艺术专修科主持、教授的徐悲鸿利用暑假来游庐山,住在陈散原寓所"松门别墅",历时一月有余。陈散原与徐悲鸿相谈甚欢,常携手同游庐山胜景。陈散原作诗《徐悲鸿画师来游牯岭,相与登鹰嘴,下瞰州渚作莲花形,叹为奇景,戏赠一诗》赠徐悲鸿,曰:"秘泄瀛寰亦一奇,龙钟为显古须眉。来师造化寻穷壑,散落天花写与谁?"陈散原时年七十有八,长徐悲鸿四十二

图3-13 徐悲鸿绘《陈散原像》,素描,1928年

岁，但依然陪他同登鹞鹰嘴，足见与徐悲鸿的亲近。徐悲鸿居"松门别墅"期间，作了油画《陈散原像》相赠。画面上的陈散原面庞清癯，双目炯炯有神，倾注了徐悲鸿对这位诗人的深刻理解与敬仰之情，画出了诗人的气度，似乎也寄托着徐悲鸿对诗人之子陈师曾的怀念。

1932年，是陈散原的八十寿辰。徐悲鸿建议请雕塑家为陈散原创作一尊头像作为纪念。于是他亲自致信经他一手提携而成长为一代雕塑家的滑田友，请他为陈散原先生做像。滑田友将此事又告诉了著名雕塑家江小鹣，江小鹣说："他是我年伯，我也应当去做。"于是两人各做了一个，做成后，陈散原对滑田友做的较为满意。徐悲鸿又联合了三十多位教授具名铸铜塑像，作为献给陈散原的寿礼。

由上可见，陈散原和徐悲鸿的忘年之交是二十世纪中国艺坛弥足珍贵的一页！

新中国副主席、一代政治家、革命家李济深（1885—1959）和徐悲鸿也是挚交，早在1936年之前，二人就以诗画相交。在抗战年代，他们的交往更见深情厚谊。徐悲鸿担心自己的大量作品与藏品在战争中流失，想把它们藏起来，却找不到合适的地方，甚是着急。李济深为徐悲鸿找了一个偏僻的山洞，帮他把画全部放在洞里，还安排卫兵在门口站岗。正是在李济深的关心和保护下，徐悲鸿当年的作品才得以保留下来。1938年8月，李济深还与徐悲鸿、张大千同游漓江。在南京时，李济深听说徐悲鸿爱吃枇杷，于是每逢枇杷熟时，就会派人送些给徐悲鸿。徐悲鸿怀念这段友情，曾特地画了四幅水墨枇杷送给李济深。其中的一幅上有徐悲鸿1939年写于新加坡的题记："每因佳果识时节，当日深交怀李公。此乃五年前因不食枇杷，五年之想念李公赐食白沙枇杷之诗也。于今又五年矣，仍未得食也。用寄新城老友，俾知久居上海者应得福知福也。二十八年，又食枇杷时候，徐悲鸿客星洲。"图3-14中二人的合影大概摄于上世纪三十年代，反映了这两位杰出的艺术家与政治家的不凡交谊。

在出版界的好友当中，徐悲鸿与中华书局编辑所所长舒新城、香港中华书局经理郑健庐结下了十分深厚的友谊。

徐悲鸿先后在中华书局出版《徐悲鸿画集》、《徐悲鸿描集》、

《徐悲鸿近作》等作品集，并将齐白石、左恩（初伦）等人的画作及《八十七神仙卷》等收藏品推荐到中华书局出版。他与舒新城经常通信，多达二百余封，起于1931年，止于1952年，现在这些信函完整地保存在中华书局档案中，这些信札基本上与徐悲鸿在上世纪三四十年代的艺术生涯相始终，其内容十分丰富。

二十世纪二十年代末至三十年代初，徐悲鸿在中华书局出版《徐悲鸿描集》等画作，与舒新城有了较多通信。譬如，1931年11月13日（文中日期皆为中华书局收信日期）致舒新城："集名《徐悲鸿画集》（所以别描集、绘集），将有自题签作封面，共二十幅。兹又托曾先生带上四幅，请立饬人摄出带下，余六幅在影印中，不日寄奉。册直式，序文待寄，用石印。不必珂罗版，太贵也。"此后的一年多里，徐悲鸿与舒新城反复磋商画集的印刷、排版与销售，甚至细到目录的排序、画幅的横直，徐悲鸿均亲自加以指导。徐悲鸿对作品的印制要求极高，例如对用纸的要求就曾专门致信舒新城说："描集纸质亦劣，不识连史纸有更好者否。向例样张均极好，须饬工友细心工作，倘有破纸，或色太淡之页应剔去（常常发现，实属可恶）。"1932年10月8日，徐悲鸿致舒新城书信，言及因制版不佳，愿以初版税抵偿重印画集。

名人签名售书以及限量版售书是今天司空见惯的图书营销策略，其实早在74年前，徐悲鸿就已与舒新城进行过签名售书与限量售书的策划与尝试。例如，1931年3月2日，徐悲鸿在书信中与舒新城讨论《徐悲鸿绘集》平装、精装的营销策略问题，他说："制珂罗版，其价当然

图3-14 徐悲鸿与李济深合影，二十世纪三十年代

在两元以外，其宣纸精印者，尚须编号，自一至二十并须由作者署名盖章，以示名贵。此类把戏欧洲习见之（如《散原诗集》大可如此做，因彼声望足以号召也），其价至少四元。由贵局开风气，不亦可乎！"（图3-15）

1937年5月，徐悲鸿为了购得《八十七神仙卷》，即与舒新城联系，请他寄来三百元港洋。如愿得到此画卷之后，便谋划将此画出版，1939年9月20日致舒新城："弟之《八十七神仙卷》此时尚在港汇丰银行内……定价至少港币四元或国币十元。宣纸精印，以夏布为布套。另印'仙乐队全部'横幅单片附入，俾可装框。"从信中可见徐悲鸿对视若生命的《八十七神仙卷》要求甚高，需以宣纸精印，以夏布为布套，并附赠精彩片段的横幅单片，便于装框。

徐悲鸿除了刊印自己的画集、优秀藏品之外，还致力于引进、传播西方艺术。譬如，他编写《西洋美术史》，并介绍西方著名艺术家的作品到中国来。1930年11月17日，曾催促舒新城印制《初伦（左恩）画集》及《普吕动画集》。

徐悲鸿交游广泛，古道热肠，多次向舒新城推荐出版高剑父、张大千、陈之佛、齐白石、杨度、孙多慈等人的作品。1931年前后，在徐悲鸿致舒新城的信中，有十余封是为齐白石画集之事而写的。譬如，1931年8月31日，向舒新城推荐齐白石。1931年9月29日，催促舒新城印制《齐白石画集》。1931年10月30日，向舒新城盛赞齐白石："白石翁为中国今日唯一之画家。湖南人，其画见重东西洋各国，深愿先生为力，令其集早日出版。"1931年11月28日，再次催促舒新城："白石翁者，彼今年七十二矣，务恳兄赶催制就，弟事已亟，且愿让之。"徐悲鸿前后反复叮嘱舒新城，不亚于对待自己的作品，并亲自为之写序，称：

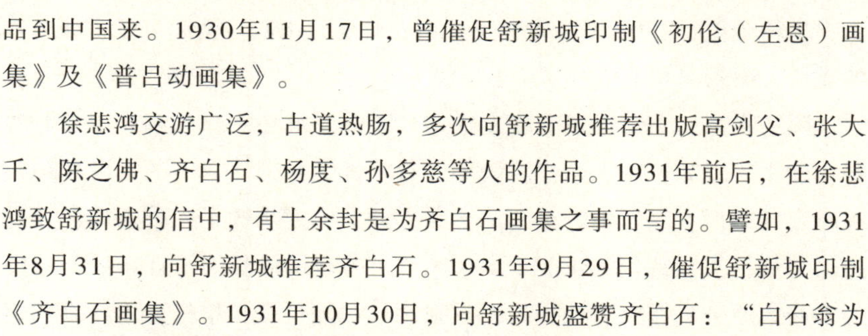

图3-15
1931年3月2日，徐悲鸿致舒新城信

图3-16 1931年5月,徐悲鸿与中大艺术科绘画班毕业参观团在天津

"白石翁老矣,其道几矣,由正而变,茫无涯。何以知之?因其艺至广大,尽精微也。"1932年7月,《齐白石画册》出版。由此可见,齐白石的成功,徐悲鸿和中华书局功不可没。

除了在出版书籍画册上帮助徐悲鸿,舒新城还是徐悲鸿艺术事业的得力助手。譬如,唐太宗李世民书《晋祠碑》是书法史上的著名碑刻,当时存于山西太原晋祠。徐悲鸿无法去观赏,便想到了中华书局遍及全国的分局网点或许能帮上忙。1937年4月10日,他写信给舒新城,请中华书局太原分局派人为他拓碑,且强调:"须觅良工精拓,用好纸,不要省钱。"舒新城均使徐悲鸿满意。徐悲鸿在国外时期,需要书籍以及特制画笔等,舒新城也帮忙邮寄。徐悲鸿每当紧张之时,也常求助于舒新城为他垫付或汇款。甚至还于1932年托舒代存款一千元,备其子女入学之用。由于徐悲鸿每到中华书局各分局,其负责人对他的接待十分热情,花费也铺张,并乘机向其索画,甚至作画之纸亦由公账报销。因此,1936年11月21日,舒新城写信告诉中华书局各分局,以后不必对徐过于招待,不必为其垫付款项。

作为徐悲鸿的挚友,舒新城颇能理解他的苦衷,因为舒新城自己也遭遇婚变,所幸并没引出太大麻烦。对于徐悲鸿与孙多慈的情感纠葛,他认为徐悲鸿过于多愁善感,因此在给徐悲鸿的回信中写道:"台城有路直须走,莫待路断枉伤情。"

徐悲鸿嗜印，多请名家为其治印。但是徐悲鸿也能治印，目前文献中关于徐悲鸿治印的事迹仅见于他与舒新城的通信之中。在1931年11月17日徐悲鸿致舒新城的信中，信末钤有徐悲鸿自刻印章一枚。此印章旁写有徐悲鸿自署："此弟客串之作，用《散氏盘》字。"此印文为"道心惟微"，刀法确如《散氏盘》，古拙苍劲。

另一方面，徐悲鸿也为舒新城做了许多事情。譬如，为舒新城的《美的西湖》、《美术照相习作集》等摄影集作序。1931年6月，徐悲鸿还请托著名篆刻家、音乐家杨仲子为舒新城刻了一方"新城捉得"印。

图3-16为1931年5月，徐悲鸿与国立中央大学教育学院艺术科绘画班毕业参观团在天津时的合影。左起：2.蒋碧微、3.徐悲鸿、5.潘玉良、6.郑阿梅、8.蒋仁、9.张树英、10.黄二南、11.窦重光、12.高国梁、13.李维权、11.颜钟梁、15.朱雅墅、16.陆其清、17.张安治、18.张金生。值得注意的是，这幅合影的背景是位于天津的北洋画报社。《北洋画报》创刊于1926年，问世不久即成为天津乃至整个华北地区的热销画报，当时在中国传媒界被称为"北方巨擘"，其内容包括时事、社会活动、人物、戏剧、电影、风景名胜及书画等，以照片为主，兼有文字，其宗旨在于"传播时事、提倡艺术、灌输知识"。副刊专载长篇小说、笔记、名画、漫画等。当时的社会重大事件、重要人物，如溥仪出走津门、陆小曼与徐志摩成婚、鲁迅在北平师范大学演讲等，都能在《北洋画报》中找到图文线索。此次天津之行系徐悲鸿、潘玉良带领中央大学艺术科毕业班同学参观天津美术馆展出的第八次美术展览，并访问当地的收藏家与艺术家等。

图3-17为二十世纪三十年代徐悲鸿在苏州网师园张善孖家中和其所养的老虎的合影。一只肉嘟嘟的小虎仔趴在案上，身穿白色西服、打着大领结的徐悲鸿站在虎仔旁边，似乎有些害怕，但又好像对这眼前的这只虎仔充满了好奇之心。

张善孖（1882—1940），四川人，以画虎著称，是画家张大千的二哥，张大千则是徐悲鸿的好友。张善孖曾居住在苏州网师园中，在这里作画吟诗，广交艺友，许多像徐悲鸿这样的社会名流常常在这里聚会。

张善孖擅长画虎，于是他便在网师园中养了一只小老虎，以便于写生观察。当然喂养老虎绝非一件容易的事，起初全家人都很反对，张善孖只得苦心去给他们一一做工作，家人最终熬不过，只得同意养虎。养虎期间，张善孖每天都给老虎喂很多肉食，除此之外，最重要的就是要调教了。老虎可是个天生野性十足的动物，稍有不慎，便会伤人。为此，他和弟弟张大千每天都亲自调教老虎，这样我们才能在照片上看到这只小老虎安静乖巧地趴在案子上供人合影。

图3-17 徐悲鸿与张善孖所养的小老虎合影，二十世纪三十年代

图3-18这幅照片是1930年徐悲鸿到南昌时与当地画家会面时拍摄的，右边抱着胳膊的白衣青年是傅抱石（1904—1965），这是徐悲鸿、傅抱石初次见面的合影。徐悲鸿和傅抱石同是二十世纪中国画坛具有巨大影响力的画家，他们之间的交往是二十世纪中国美术史上具有光彩的一笔。

1930年夏天，徐悲鸿带领国立中央大学教育学院艺术专修科的学生上庐山写生，途经南昌，住在江西大旅社，不少美术爱好者前来拜访，时年二十六岁的傅抱石也是其中的一位。经友人廖兴仁、廖季登叔侄介绍，傅抱石拜见了徐悲鸿。徐悲鸿仔细观看了傅抱石带来的印章和画，称赞有加，并提出次日去傅家拜访。第二天徐悲鸿如约来到傅家，仔细观看了傅抱石的画作，询问了其生活和学习的情况。出身贫寒的傅抱石苦学成才，使徐悲鸿深为感动。徐悲鸿找到时任江西省主席的熊式辉，提出由江西省政府出资给傅抱石留学法国，并赠给熊式辉一张自己的画。熊式辉勉强同意出一笔钱，但这笔钱不够傅抱石去法国留学的费用，于是傅抱石放弃法国而选择去日本留学。两年后，傅抱石留学回

图3-18 徐悲鸿与傅抱石在南昌,1930年

国,徐悲鸿又聘他去中央大学任教。傅抱石于是留在了南京中央大学。有了立足之地、没有后顾之忧的傅抱石潜心于美术史与山水画的研究。中年创"抱石皴",笔墨放逸,气势豪健,擅作泉瀑雨雾之景。人物画多作仕女、高士,形象高古。徐悲鸿为傅抱石的重庆壬午画展专门写过评论,并在1942年10月11日的《中央日报》、《扫荡报》联合版上刊发。徐悲鸿在此篇评论的结尾说:

抱石先生,潜心于艺,尤邃于金石之学。于绘事在轻重之际(古人气韵之气)有微解,故能豪放不羁。石涛既启示画家之独创精神,抱石更能以近代画上应用大块体积分配画面。于是三百年来谨小慎微之山水,突现其侏儒之态,而不敢再僭位于庙堂,此诚金圣叹所举不亦快哉之一也。抱石年富力强,傥更致力于人物、鸟兽、花卉,备尽造化之奇,充其极,未可量也。(张)大千、(黄)君璧之外,又现一巨星,非盛世将至之征乎?

徐悲鸿认为由于傅抱石对于古人的气韵之说具有自己独到的理解,因此作画时能够豪放不羁。傅抱石继承了石涛的创造精神,善于驾驭画面的整体性(应用大块体积分配画面),从而改变了三百年来山水画之中谨小慎微之局面。最后,徐悲鸿对傅抱石寄予了厚望,认为他是可以比肩于张大千、黄君璧的又一位画坛巨星。

北京徐悲鸿纪念馆藏有傅抱石《大涤草堂图》。1942年秋天,徐悲鸿在上面题有"元气淋漓,真宰上诉",并有跋语:"八大山人大涤草堂图未见于世,吾知其难必有加乎此也。徐悲鸿欢喜赞叹题,壬午之秋。"流露出徐悲鸿对于傅抱石这一杰作的由衷赞叹。另外,徐悲鸿还

图3-19 徐悲鸿绘《九方皋》，中国画，纵139厘米，横315厘米，1931年作。徐悲鸿纪念馆藏

为傅抱石的长卷《拟顾恺之云台山记》、《丽人行》题过字，为其《拟倪云林洗马图》补过马。1945年，徐悲鸿五十大寿，傅抱石则专门画了一幅《仰高山》送给徐悲鸿祝寿。画上题了许多字，充满了傅抱石对徐悲鸿的特殊情谊。画名为"仰高山"，即高山仰止，这是将徐悲鸿当作高山，表达出傅抱石对徐悲鸿的敬仰。

由此可见，可以说没有徐悲鸿就难有傅抱石的成就与地位，傅抱石是众多经徐悲鸿奖掖提携又通过自己努力而终有大成的艺术家代表之一，而徐悲鸿对中国美术的突出贡献必将为中国美术史所铭记！

图3-19为徐悲鸿创作的《九方皋》。九方皋的故事载于《列子》，文中记载：春秋战国时秦国国君穆公召见著名的相马能手伯乐，说："你年岁已高，在你后辈中有谁能继承你的绝艺呢？"伯乐向穆公推荐了自己的朋友九方皋。九方皋三个月后找到了一匹千里驹。秦穆公询问马是什么样的，九方皋回答："是一匹黄色的母马。"秦穆公派人查看之后却是一匹黑色的公马。秦穆公很不高兴，于是对伯乐说："你推荐的人连马的毛色与公母都分辨不清，怎么能识别千里马呢？"伯乐却说："这是因为他见其精而忘其粗，在其内而忘其外，见其所见，不见其所不见。因此他的相马本领高于我。"秦穆公命人试马，果然是罕见的千里马。这一故事的观点正在于启发人们对于事物的认识要善于通过外表看到本质，能够"见其精而忘其粗，在其内而忘其外，见其所见，不见其所不见。"对于人才的选拔更是如此。

徐悲鸿当年在绘制《九方皋》时曾七易其稿，表现的是坡冈之上五个人与四匹马的汇聚。画中的人物造型准确而生动，九方皋的自信、牵马者的彪悍、养马者的勤恳、旁观者的疑惑、无知者的不屑，均被传达得栩栩如生。

古人画人物，很少画身体裸露的部分，表现困难是主要的原因。《九方皋》画中的人物胳膊、腿，甚至上身多为裸露，表现难度较大。徐悲鸿迎难而上，其造型能力强，善于将对西画的理解融入中国画中，但又未改变中国画的本性，从而革新了以往所谓文人士大夫作画中容易出现的浅率平易之习。

《九方皋》的另一特色在于画中的四匹马形神兼备，神采奕奕，体现了徐悲鸿画马技艺的杰出造诣。徐悲鸿笔下的马往往不拴缰绳，唯有画中这匹仰首嘶鸣的黑马拴以缰绳。对此，徐悲鸿曾解释说："马也如人，愿为知己者所用，不愿为昏庸者所制。"

徐悲鸿创作《九方皋》时，尚未住进南京傅厚岗新居。当时他还住在中央大学宿舍里，条件有限，连一张大画案都没有，他曾说："我是趴在地板上画的。"他家中的地板凹凸不平，这样简陋的地板如何能画出纵139厘米、横315厘米的大画呢？而且连画七稿。为此，徐悲鸿曾对其学生说："一个人要能在艰苦条件下，奋发向上，才能有所作为和成就。有好条件固然是好，但万不可等待好条件。时不我予，不要把时间消耗在消极等待上。如好的条件一直等不到怎么办？"他接着说："要用勤奋来争取，勤奋是可以创造好条件的。我画《九方皋》的另一涵义就是鼓励人们要在奋进中创造自己的才能，伯乐、九方皋才能发现你。"

徐悲鸿创作这幅画是在1931年，当时日军侵华加剧，正值民族危亡而亟待用人之际。徐悲鸿痛感中国许多人才被埋没与压制，于是创作了这幅国画《九方皋》，将千里马遇到知己的欣喜和九方皋远见卓识的风度表现得淋漓尽致。

徐悲鸿在画中以马喻人：有抱负者愿意成为栋梁之材，却不甘心服务于庸人；有贤才者更希望得到像九方皋那样的有识之士的发掘，找到适合自己的用武之地。徐悲鸿希望国家重视人才的迫切心情通过这幅中国

图3-20 1934年5月7日，徐悲鸿与国际友人在中国近代画展上，前苏联莫斯科红场历史博物院

图3-21 徐悲鸿绘《傒我后》，油画，纵230厘米，横318厘米，1930—1933年。徐悲鸿纪念馆藏

画杰作尽情地表达出来。

1934年5月7日，由徐悲鸿策划的中国近代画展在苏联莫斯科红场历史博物院开幕，徐悲鸿与国际友人的一幅合影（图3-20）即是以展品《九方皋》为背景的。

1930年，徐悲鸿开始创作巨幅油画《傒我后》（图3-21），《傒我后》取材于《尚书·仲虺之诰》，记载的是夏桀暴虐，在其统治下的人民痛苦不堪。商汤于是带兵去讨伐暴君，受苦的老百姓殷切地期待他们来解救，纷纷说："傒我后，后来其苏。"其意是，等待我们贤明的领导人，他来了，我们就得救了。

徐悲鸿的油画《傒我后》描绘的是大地干裂，瘦弱的耕牛啃着树根，人们翘首以待，眼睛里燃烧着焦灼的期待。作品参照了一些西方的绘画手法，如使喂奶的妇人处在画面较为突出的位置，达到引人入胜的效果。这里不但是为了表现母爱，而且暗示着希望即将到来，因为乳房和孩子都是希望的象征。

当时正是"九一八"事变以后，东北大片国土沦亡，国民党政府一方面屈膝不抵抗，一方面加紧镇压人民群众和民主运动，使得人民陷入水深火热之中。徐悲鸿借《徯我后》这个题材抒发了被压迫人民的强烈愿望。

据说这幅画作完成之后和《田横五百士》一起曾高悬于中央大学礼堂，其深刻的寓意打动了许多观画者的内心。然而有的小人却向当局密报，说徐悲鸿借此影射政府，意在蛊惑人心。徐悲鸿知道后却大笑道："这正是我作画的目的！"由此可见，如果说《田横五百士》具有欧洲古典主义的贵族气质，那么《徯我后》的主题则转向了直视贫苦百姓的艰难生活，体现了批判现实主义的情怀，具有反思现实的社会价值，这在当时的中国油画创作之中是十分罕见的。

图3-22为1931年徐悲鸿为徐志摩夫人陆小曼所绘的素描像。徐志

图3-22 徐悲鸿绘《徐志摩夫人陆小曼》，素描，1931年

摩（1897—1931）为浙江嘉兴海宁人，新月派代表诗人。1921年赴英国留学，深受西方教育的熏陶及欧美浪漫主义的影响，奠定其浪漫主义诗风。1924年任北京大学教授。陆小曼（1903—1965），江苏常州人，近代女画家，有较为深厚的古文功底和扎实的文字能力。还擅长戏剧，曾与徐志摩合作创作五幕话剧《卞昆冈》，因与徐志摩的婚恋而成为著名人士。1922年，徐志摩与原配夫人张幼仪离婚。同年，徐志摩留学后回到北京，常与朋友王赓相聚，王赓的妻子陆小曼令徐志摩十分迷恋。1925年徐志摩与陆小曼陷入热恋，是年底陆小曼与王赓离婚。1926年10月，徐志摩与陆小曼结婚。

徐志摩是徐悲鸿的好友，并因著名的"二徐论战"而载入中国现代美术史，这源自1929年由国民政府教育部组织在上海举办的"全国第一届美术展览"。该美术展览成立展览会总务，下设七人常务委员，即徐悲鸿、王一亭、李毅士、林风眠、刘海粟、江小鹣、徐志摩。在这次展览活动之中，徐悲鸿与徐志摩就西方现代主义的真伪和是非问题展开争辩，表明各自的艺术立场，两人的这次辩论在中国现代美术史上被称为"二徐论战"。

1929年4月22日，徐悲鸿在上海《美展》杂志三日刊第5期上发文《惑》，以"庸"、"俗"、"浮"、"劣"分别否定了马奈、雷诺阿、塞尚、马蒂斯这四位西方现代派画家。而徐志摩在同期杂志上也发文，先赞扬了徐悲鸿"你爱，你就热烈地爱，你恨，你也热烈地恨"的直率性格，同时指出徐悲鸿对现代派的谩骂过于"言重"，并认为现代派画风被中国画家所效仿"那是个必然的倾向"。

之后，徐悲鸿再致徐志摩两封书信作进一步探讨，分别载于上海《美展》杂志1929年5月4日三日刊第9期和上海《美展》杂志1929年5月增刊上。

同时，李毅士、杨清磬等人也对这一话题展开讨论，并分别撰文《我不"惑"》、《惑后小言》载于上海《美展》杂志1929年5月1日三日刊第8期和上海《美展》杂志1929年5月增刊上。李毅士在文中说："我想徐悲鸿先生的态度，是真正艺术家的态度。换一句话说，是主观的态度。志摩先生的言论，是评论家的口气。把主观抛开了讲话，所以他们双方的话，讲不拢来。"

这场论战的结果并没有输赢，艺术的繁荣向来需要百家争鸣、百花齐放，学术上的争论也没有影响到二人的关系。1930年前后，徐志摩发

图3-23 徐悲鸿在傅厚岗六号的居所"危巢",1932年迁入

表了散文《猫》,徐悲鸿很快画了一幅《猫》图送给他,此画的题款为:"志摩多所恋爱,今乃及猫。鄙人写邻家黑白猫与之,而去其爪,自夸其于友道忠也。"文辞之中虽暗藏玄机,但显示了他们的情感与处世态度。赠画之事也说明两人虽是艺术立场不同,但是友情至深。

1931年,徐志摩还邀请徐悲鸿为陆小曼绘制了素描画像。画中的陆小曼时年二十八岁,她右手执笔,左手托腮,清秀聪慧,气度不凡,显示了民国时期这位才女的过人风采。

令人唏嘘的是,当年的11月19日徐志摩因飞机失事而英年早逝。徐志摩死后,陆小曼不再出去交际,致力于整理出版徐志摩的遗作,乃至用了几十年的时间,经历了苦辣酸甜。1956年,陆小曼受到陈毅市长的关怀,被安排为上海文史馆馆员。1958年,成为上海中国画院专业画师,曾参加新中国第一次和第二次全国画展。

1932年,徐悲鸿一家迁入南京傅厚岗6号(现为傅厚岗4号)新居,图3-23为后来拍摄的照片。这座新居的主要出资人是国民党元老吴稚晖,1927年,徐悲鸿从法国留学归来,曾专门为他作过一幅油画,画上的吴稚晖儒雅而睿智。吴稚晖生于同治四年(1865),长徐悲鸿三十岁,他对徐悲鸿的关爱,远过于一般朋友,他们之间似乎还带有一种父子之情。为解决徐悲鸿、蒋碧微一家的住房问题,他慷慨解囊,出资三千块大洋,帮助徐悲鸿买下傅厚岗6号的宅地。

鉴于当时国难深重,徐悲鸿将新居取名为"危巢",他还为此写有

《危巢小记》，其中有："古人有居安思危之训，抑于灾难丧乱之际，卧薪尝胆之秋，敢忘其危，是取名之意也。"这一举措与思想表明了他的悲天悯人、忧国忧民的博大情怀。但是蒋碧微对徐悲鸿用"危巢"这样"不吉利"的名字称呼自家的新居感到不满。

实际上，徐悲鸿做事一贯具有自己的性格，起名字也同样如此。譬如，之所以改名为"徐悲鸿"（原先的名字为"寿康"）意味着虽然历尽坎坷，但是仍胸怀大志，矢志不渝；以"危巢"命名新居表示虽然生活有所安逸，但是重任在肩，应该居安思危。另外，他请陈子奋为其制印，内容为"为人性癖"、"荒谬绝伦"；在自己画室里长期悬挂着一副对联"独持偏见，一意孤行"，横批是"应毋庸议"，字如斗大，是集泰山经石峪拓片而成的。这些均体现了徐悲鸿措辞的自我风格。由此，我们可以看出徐悲鸿在艺术上特立独行之风采。虽然历史上有些艺术家的见解与世人迥异，也有些艺术家的历程被人称为孤旅、苦旅，但是像徐悲鸿这样大张旗鼓推出自己的偏见与孤行的则很少见。

他对当时的国民党的拉拢与引诱嗤之以鼻，不同流合污，而对于能够反映广大人民现状和呼声的作品与行为大加赞赏，积极扶持，并且以自己的画、文、诗融入了这股洪流，形成了自身高尚的情操和气节。在这种情况下，他以"独持偏见，一意孤行"这样激烈的文字鲜明地表露了自己的坚定立场和以现实主义改造中国美术的决心。

徐悲鸿的傅厚岗新居还与徐悲鸿在1933年到1934年的欧洲巡回展有着重要关联。1932年初冬，徐悲鸿和好友李石曾在一次茶会上聊天时，表达了他想将中国近代优秀画家的作品征集起来赴欧洲举办巡回展览的想法，刚从法国回来不久的李石曾听到此话后拍案叫绝，当场表示支持。徐悲鸿还提议，若要举办此展，应当征集当代顶尖高手的佳作，并出资收购，否则很难得到画家的精品之作。

募集作品首先要做的就是找到画家购买他们的作品，可是买画的钱对于徐悲鸿来说是一个天文数字，然而他毫不犹豫地决定拿出家里的所有积蓄来办此事。当蒋碧微得知徐悲鸿要拿出全家的钱时，当时就气得和徐悲鸿大吵了一架。买画的钱毕竟是太多了，尽管徐悲鸿押上了所有家当，可还是不够。李石曾在得知徐悲鸿的难处之后，帮徐悲鸿找到了当时的南京农工银行行长萧文熙，从银行借出了三千法币。就这样，募

图3-24
今天的傅厚岗四号,南京徐悲鸿纪念馆、江苏省徐悲鸿研究会所在地

画的事情才得以顺利进行下去。

募集完了画作以后，另一个问题随即到来，即租展馆的费用和随去人员的旅费尚无着落。为此，徐悲鸿又十分着急。于是又再次来到南京农工银行找行长萧文熙，但是这次萧文熙却以银行资金紧张为由拒绝了他再次借钱的请求。吃了闭门羹的徐悲鸿十分沮丧，回到家中茶饭不思。在徐悲鸿当晚准备睡觉的时候，他无意间看了衣柜旁的箱子一眼，顿时喜笑颜开。看到此景的蒋碧微感到很诧异，问后方得知，原来徐悲鸿准备把他们在南京傅厚岗6号的新居作为抵押来贷款。听后蒋碧微立刻怒视着徐悲鸿，徐悲鸿见状赶紧以好言好语进行说服。第二天，徐悲鸿夫妇拿着房契再次找到萧行长，方才得到了三千法币的贷款。在募画的日子里，徐悲鸿几乎天天是早出晚归，但他丝毫没有感到疲倦，反而显得很是充实。在家的蒋碧微，却似乎不太理解先生的所为，总是对徐悲鸿冷言相对，但他们毕竟还是患难夫妻，这一时期的蒋碧微在背后还是默默地支持着他。

当年的南京傅厚岗6号如今已经调整为傅厚岗4号，并在2002年被改造成为南京徐悲鸿纪念馆（图3-24），也是江苏省徐悲鸿研究会所在地，为徐悲鸿的研究事业继续发挥着重要作用。

1933年1月28日，徐悲鸿与夫人蒋碧微及滑田友等带着准备好的画作由上海赴巴黎，3月4日抵达巴黎。在经过两个多月的斡旋和筹备之后，中国美术展览会于5月10日在巴黎国立外国当代美术博物院成功开幕（图3-25），展至6月25日。徐悲鸿带去的这些代表当代最高水平的中国画，是第一次在欧洲展示，很多观众都感到十分惊讶，在开展后的许多天之后，仍然有络绎不绝的媒体前来采访报道。法国国立近代外国美术

图3-25
1933年5月10日，中国美术展览会在巴黎开幕

图3-26 中国美术展览会在巴黎展览期间徐悲鸿为观众示范

图3-27 1933年5月，徐悲鸿与在法国学美术的中国留学生合影于巴黎

博物馆鉴于此，收购了徐悲鸿《古柏》、方药雨《小鸟》、陈树人《芭蕉》、汪亚尘《消夏》、张大千《荷花》、经亨颐《兰石》、张聿光《翠鸟》、张书旂《桃花》等12幅参展作品。巡回展的第一炮就如此打响了。在展览期间徐悲鸿还常为观众现场作画（图3-26）。

在巴黎期间，徐悲鸿还看望了在法国学美术的中国留学生，并与他们合影留念（图3-27）。此幅合影的前排左起：徐悲鸿、张悟真、马霁玉、郑可、唐一禾。中排左起：黄显之、秦宣夫、刘典樵、唐亮、胡善余、曾竹绍、吕斯百、常书鸿。后排左起：谢投八、杨火、周轻鼎、周圭、王临乙。其中的吕斯百、王临乙是徐悲鸿在中央大学的得意弟子。1928年夏天，福建教育厅厅长黄孟圭邀请徐悲鸿为该厅创作油画《蔡公时被难图》，徐悲鸿不要稿酬，而通过黄孟圭的关系为弟子吕斯百、王临乙争取到了两名赴法留学的公费名额。1928年，吕斯百赴法国留学，初在里昂高等美术专科学校，1931年入巴黎国立高等美术学院学习。王临乙于1929年赴法国里昂美术学校学习，1931年考入巴黎国立高等美术学院雕塑家Bauchard工作室学习。徐悲鸿来巴黎举办画展的期间，二人均在徐悲鸿的母校——巴黎国立高等美术学院学习。二人没有辜负徐悲鸿的厚望，均以优异的成绩毕业。吕斯百1934年回国，任国立中央大学教育学院艺术专修科教授，后任系主任。王临乙1935年回国任北平艺术专科学校教授，抗日战争时期曾任重庆艺术专科学校教授兼雕

图3-28
1933年徐悲鸿重访巴黎国立高等美术学院

塑系主任。1946年后，任北平艺术专科学校教授兼雕塑系主任。

另外，徐悲鸿重访了母校巴黎国立高等美术学院，并留影纪念（图3-28）。1933年10月，徐悲鸿还为其老师——巴黎国立高等美术学院校长倍难尔作素描肖像（图3-29），画面的右下角有倍难尔的亲笔签名。在徐悲鸿简练的炭笔下，倍难尔先生睿智豁达的形象呼之欲出。为自己的老师、学生、朋友、家人画像，几乎已经成为徐悲鸿的习惯，即使是在异国他乡举办画展期间也不例外。

在巴黎成功打响中国美术展览会的头炮后，徐悲鸿于1933年6月将自己的个人画展开到了比利时，获得了该国公众的好评。图3-30、图3-31为徐悲鸿与自己的得意弟子、此时正求学于比利时布鲁塞尔皇家美术学院的吴作人在比利时布鲁塞尔和学者们、学生们的合影。

图3-29 1933年10月，徐悲鸿为巴黎国立高等学校校长倍难尔所作素描肖像

图3-30 1933年徐悲鸿（前排中）、吴作人（后排中）在比利时布鲁塞尔和学者们合影

图3-31 1933年徐悲鸿（后排中）与吴作人（后排右二）于欧洲

1933年秋，徐悲鸿接到了德国柏林美术家协会为其举办个人作品展览的邀请，柏林是徐悲鸿曾经学习过的地方，因此徐悲鸿很爽快地答应了这次邀请。画展于是年11月在德国成功举办。图3-32为徐悲鸿在德国柏林举办个人画展时的照片。在办展的期间，徐悲鸿夫妇受到了很多崇拜者的追随。其中的一件趣事是，有位个子不高的德国老太太整天跟

着徐悲鸿,在有记者采访徐悲鸿的时候她会抢着做翻译。甚至这位老太太还来到徐悲鸿的住处,向蒋碧微索要了一张徐悲鸿的照片作为留念。

1933年12月19日,意大利米兰皇宫举行了中国近代画展,皇太子任开幕式主持人。1934年2月19日,中国近代画展在德国法兰克福国立美术馆开幕,图3-33是这场画展的目录。德国的菲里伯亲王、法兰克福市长和法兰克福大学校长等亲临为画展剪彩。对于这场画展,徐悲鸿在《在全欧宣传中国美术之经过》一文中说:"……迫不得已,吾于本年二月赴往筹备,以国立美术馆为会所,二月十九日由Hessen省菲里伯亲王、我国刘子楷公使、法兰克福市长、大学校长亲临开幕……"

图3-32 1933年徐悲鸿在德国柏林举办个人画展时的照片

图3-33 1934年,在德国法兰克福举办的中国近代绘画展目录

1934年春,苏联对外文化协会发出邀请,请徐悲鸿等去莫斯科、列宁格勒等城市举办画展,而徐悲鸿也很想去看看列宁缔造的第一个社会主义国家。在结束了德国法兰克福的展览后,徐悲鸿夫妇便乘着国际列车来到了莫斯科。当时负责接待工作的是苏联对外文化局,接风洗尘过后徐悲鸿便开始了紧张的画展筹备工作。1934年5月7日,中国近代绘画展在莫斯科红场历史博物馆正式开幕(图3-34),场面颇为壮观,主持开幕式的是苏联对外文化局局长,并且所有的中国在苏外交官员都前来捧场。图3-35为徐悲鸿与中苏两方主持人员在中国近代画展开幕上合影。由左至右:苏联画家协会会长伏尔泰、徐悲鸿夫人蒋碧微、苏联外交文化交谊会会长阿若舍夫、吴南如夫人、中国驻苏大使馆代办吴南

如、徐悲鸿。

这场展览举行了一个月，并且远远超出预期效果。每天的参观者络绎不绝，看展者无不为中国画的博大精微而感叹。这场展览在当时被认为是"在苏联举行的最成功的外国展览"。徐悲鸿的《六朝人诗意》受到观众的由衷喜爱，徐悲鸿还与苏联著名艺术家交换了作品。5月20日，徐悲鸿应苏联对外文化交流会之邀请，发表以《中国美术之近况》为标题的公开演讲。

图3-34 1934年5月7日，中国近代画展在前苏联莫斯科红场历史博物院举办

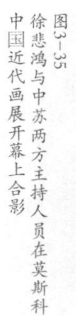

图3-35 徐悲鸿与中苏两方主持人员在莫斯科中国近代画展开幕上合影

图3-36 1934年6月19日，中国近代绘画展在列宁格勒地中隐居博物院举办

1934年6月19日，中国近代绘画展移至列宁格勒地中隐居博物院（图3-36）继续进行。列宁格勒原来叫圣彼得堡，是帝国主义俄国时期的都城，在俄国大革命后，苏联政府把这座城市改称为列宁格勒。这次展览是中国近代绘画赴欧展的最后一站，于7月19日结束。至此，中国近代绘画赴欧展落下帷幕。通过这些展览和徐悲鸿的全力付出，为西方世界了解近现代的中国画打开了一扇明窗。

徐悲鸿到达苏联后，写信给中国驻苏联大使馆代办吴南如，请他务必帮忙与苏联对外文化协会联系，请求大文豪高尔基为这场画展写一篇序文，因为徐悲鸿认为高尔基代表了"新思想的权威"。吴南如答应相助，但

图3-37、图3-38、图3-39、图3-40 徐悲鸿在欧洲游览

图3-41 徐悲鸿在欧洲游览时与当地艺术家在一起

他的努力却碰了个钉子，苏联对外文化协会以"高尔基是文学权威而非美术权威，从专家眼光看来并非所宜"为由婉言拒绝了。之后，徐悲鸿又请吴南如再去协商一次。可是，苏联对外文化协会又以高尔基病重为由推辞了。未能结识高尔基，可谓是徐悲鸿苏联之行中的一件憾事。

在苏联展览期间，虽然徐悲鸿为展务忙得不可开交，但他并没有忘记在国内的学生们，没有忘记他所从事的美术事业。在莫斯科的时候，苏联政府提议给徐悲鸿赠送两座石膏人像，一座是大革命家列宁，一座是大文学家托尔斯泰。这两座石膏像形象生动，造诣很高。想想当时国内的石膏像极度缺乏，美术教育者无不为寻找精良的石膏像而苦恼。徐悲鸿高兴地接受了这个提议。据说当时的苏联有一种纪念逝世的伟人的做法，就是用石膏为他们塑一座肖像，然后再安排作坊来翻制，在市场上销售，以供后人瞻仰。徐悲鸿在参观了这些石膏像后，立即和莫斯科博物馆洽谈，把这里许多的精彩石膏像重新翻模并带回国内，供教学使用。现如今，这些徐悲鸿从苏联带回来的精美石膏像还收藏在南京师范大学美术学院。

在法国、意大利、德国、苏联举办中国绘画展，以及在比利时、德国举办徐悲鸿个人画展的同时，徐悲鸿夫妇还游历了欧洲多国，饱览了各地风情，留下了较多的照片（如见图3-37、图3-38、图3-39、图3-40、图3-41）。

从1933年1月到1934年8月，徐悲鸿在欧洲举办中国画展的巡展与个展，历时一年半。

1934年8月17日晨，徐悲鸿从苏联坐船回到上海，图3-42是徐悲鸿与蒋碧微下船之后在上海码头上的合影。上海的各艺术团体以及诸好友纷纷为徐悲鸿接风洗尘。徐悲鸿还接受了大通社记者的采访，就《世界文集》问题进行访谈。8月20日，上海《申报》刊登了徐悲鸿《在上海六团体宴会上的讲话》，介绍此次赴欧洲举办系列画展的盛况。

回到南京后，8月23日，中央大学集会欢迎徐悲鸿载誉而归。次日，南京文艺界也欢迎徐悲鸿夫妇归来，图3-43是这一热闹场合中的合影。照片中的人群簇拥着徐悲鸿夫妇，这时的徐悲鸿已成为世界著名的艺术家与策展人，正踌躇满志地迎来艺术事业的辉煌，其夫人蒋

图3-42 1934年8月，徐悲鸿从欧洲举办中国画展归来，与蒋碧微摄于上海码头

图3-43 1934年8月，徐悲鸿从欧洲举办中国画展回南京时与欢迎者合影

碧微也笑容满面，分享着徐悲鸿事业成功后的喜悦。

1933年初，国立中央大学教育学院艺术专修科改为艺术科，同年6月，中央大学校务会议决定改建梅庵供教育学院艺术科教学使用。梅庵是为了纪念两江优级师范学堂监督、著名教育家和书画家李瑞清而建。李瑞清（1867—1920），字仲麟，号梅庵，江西抚州人。1902年任两江优级师范学堂监督（即校长），次年设图画手工科，开我国现代艺术教育之先河。1915年，两江优级师范学堂更名为南京高等师范学校，继任校长江谦为纪念李瑞清，于校内六朝松北以松木原木为梁架，筑茅屋三间，取名"梅庵"。1933年6月，改建为砖混结构平房，采用中西合璧风格，坐北朝南，正面悬文史学家柳诒徵题写的"梅庵"匾额。

在梅庵附近，徐悲鸿与中央大学教育学院艺术科的师生们有一幅重要的合影照片。1934年徐悲鸿从法国、比利时、意大利、德国、苏联举办系列画展归来，是年8月22日，国立中央大学开会欢迎他载誉而归，欢迎仪式之后，徐悲鸿与师生们在梅庵旁合影。图3-44这张照片前排左起为胡士钧、屈义林、吕斯百、顾了然、孙多慈（女）、陈之佛、潘玉良（女）、徐悲鸿、金友文（女）、吴鸿翔（女），后排左起为施世珍、赵峻山、问德宁、杨赞楠、张倩英（女）、周希杰、吴敖生、黎月华

图3-44
徐悲鸿与国立中央大学艺术科师生合影，1934年

（女）、杨柳、钱寿全（女）、夏同光。

梅庵前面有一棵种植于六朝时期的桧柏，虽然树干中心已空，但仅依靠树皮，仍有部分绿叶顽强生长，今天东南大学的师生多习惯于称其为"六朝松"，成为东南大学的标志之一。

合影中的徐悲鸿身着西装，结黑色大领结，右手挽着外套。合影中的陈之佛（1896—1962）个子不高，他身着长衫，背着手，显得敦厚怡然。徐悲鸿与陈之佛情谊深厚。1930年，陈之佛任教于上海美专和立达学园，有一次接到国立中央大学教育学院艺术专修科（下面简称为中央大学艺术科）主持兼西画组主任徐悲鸿的函件，邀请他去中央大学任教。1928年中央大学更名之前，艺术科的主持为吕凤子，学校更名为国立中央大学之后由徐悲鸿主持，吕凤子任国画组主任。徐悲鸿、陈之佛两人之前虽未曾谋面，但在艺术界都互慕盛名已久。陈之佛对徐悲鸿的真情相邀，十分感动。但是陈之佛接任上海两所学校的课程不久，不能半途而弃而影响学生的学业。陈之佛便与徐悲鸿商量能否先来南京上两周的课，解决教学之急需，待交接好上海两校的教学之后，再正式来中央大学。徐悲鸿深感陈之佛考虑问题之周到，欣然应允。就这样在一年多的时间里，陈之佛不辞辛劳，往返于沪宁线上，每次均是准时走进课堂，其教学与为人受到师生的好评。直到1931年暑假，陈之佛才辞去上海两校的教职，来到南京中央大学艺术科任专职教授。

陈之佛为了能全身心地投入教学工作，仍将家眷留在上海，只身来到南京，住进中央大学单身教师宿舍。虽然在生活上有诸多不便，但他能静心地阅读书籍，查阅资料，集中精力备课。因为来中央大学后，他不仅要担任自己最擅长的图案课程，还新开了《透视学》、《色彩学》、《艺用人体解剖学》等一些因师资匮乏应开而未开的课程，徐悲鸿对此深为感动。不久，在徐悲鸿与校方的安排下，陈之佛迁居进中央大学丹凤街教师宿舍，和徐悲鸿同住一座楼。陈之佛全家五口住楼下，徐悲鸿一家住楼上，朝夕相处。二人成为莫逆之交，徐悲鸿羡慕陈之佛美满的家庭，尊重他贤惠的妻子，多年后与陈之佛通信时必向其夫人问好。1932年，徐悲鸿迁入傅厚岗6号自建的新居。陈之佛也因亲戚来投，房不够住，迁入在附近石婆婆巷租住的一套平房。1933年1月至1934年8月，徐悲鸿在法国、比利时、意大利、德国、苏联举办系列画展回国

图3-45 二十世纪三十年代，徐悲鸿与国立中央大学的学生们在一起

后受到陈之佛与中央大学艺术科师生的欢迎，同年当选为中国美术会（1933年成立）理事，又与陈之佛在宣传股共事。1934年10月16日，徐悲鸿写信给好友、中华书局编辑所所长舒新城，大力推荐陈之佛的著作，信中说："陈之佛先生为国内最有名之图案学家，兄所素知。……倘荷玉成实，深感纫。"由此可见徐悲鸿对陈之佛的赏识与情谊。

合影中的潘玉良（1895—1977）头上斜戴白色的圆帽，右手在胸前夹着书本。徐悲鸿在1928年来南京主持国立中央大学教育学院艺术专修科期间，物色了潘玉良来校教授油画。潘玉良留学法国、意大利，深得西洋绘画奥妙，其绘画能力在当时女画家中颇为突出，但由于她出身"微贱"而为人侧目。徐悲鸿任人唯贤，力排众议，礼聘她任中央大学教授。

1921年，潘玉良赴法国留学，先后进入里昂中法大学和国立美专，1923年进入巴黎国立高美术学院，与徐悲鸿是系友。潘玉良的作品陈列于罗马美术展览会，曾获意大利政府美术奖金。1929年，潘玉良归国后，任上海美专及上海艺大西洋画系主任，1931年任南京中央大学艺术科教授。1937年旅居巴黎，曾任巴黎中国艺术会会长，多次参加法、英、德、日及瑞士等国画展。1935年，潘玉良的第五次画展开幕，徐悲鸿特地为她撰写了《参观玉良夫人个展感言》一文，发表在1935年3月1日的南京《中央日报》上。他在此文中赞叹潘玉良的画作道："夫穷奇履险，以探询造物之至美，乃三百年来作画之士大夫所决不能者也。……真艺没落，吾道式微，乃欲求其人而振之，士大夫无得，而得于巾帼英雄潘玉良夫人。……玉良夫人游踪所至，在西方远穷欧洲大陆，在中国则泰岱岳，黄山九华，……其少作也，则精到之人物。平日所写，有城市之生活，于雅逸之静物，于质于量，均足远企古人，媲美西彦，不若鄙人之多好无成，对之增愧也！"由此可见，徐悲鸿对潘玉良的评价甚高。

照片中左数第九位是孙多慈，她头上斜戴白色圆帽，上身穿毛线衣，下身穿裙子，装扮时髦，显得大方得体。

图3-45是徐悲鸿与国立中央大学艺术专修科学生们的另一幅合影，摄于二十世纪三十年代。照片中的徐悲鸿一身长衫，学生们则有的穿长衫，有的穿西服，有的穿旗袍，显示了那个年代在中国最高等艺术学府中求学的学生们的风采。

图3-46为1934年徐悲鸿在浙江西天目山写生的油画作品，画的是

图3-46 徐悲鸿绘《西天目山》，油画，纵67厘米，横81厘米，1934年

图3-47 徐悲鸿绘《孙多慈像》，素描，纵38厘米，横28厘米，1934年

天目山傍晚时的秀美景色。近处的山石、劲松刻画得细致到位，用色丰富，笔触劲健。远处连绵起伏的群山在夕阳余晖的映照下色彩十分统一。山间还飘有农家冒出的袅袅炊烟，整个画面带给观者一种扑面而来的静谧安宁之意，并具有中国山水画的气韵与境界。

这幅油画的创作背景是，1934年徐悲鸿结束了欧洲展览的事务后，回到了中央大学。此时他已将近二十个月没有给学生们上课了，学生见到徐悲鸿回校一个个喜出望外。在学校做了短暂的休整后，是年秋天，徐悲鸿便带着杨建侯、孙多慈等20多位学生几经辗转来到了浙江西天目山写生。

徐悲鸿曾说，油画上的颜料，如果你说不出来，而又不感到脏，那就是最高明的色调，《西天目山》这幅风景画就能达到如此境地。徐悲鸿的油画中善于用刮刀，《西天目山》中有许多用刀的地方，而且是刀笔兼施，其油画《青城山白果树》用的也是这一技法。油画《喜马拉雅山》的很多部分也是用刮刀画的，画中的树枝、树叶是用刮刀压出来的。相反，他的油画《抚猫人像》则几乎均用笔，不是把颜色摆上去，而是扫出来的。

图3-47为1934年徐悲鸿与孙多慈（1913—1975）、冯法祀、杨建侯、文金扬等20余位国立中央大学艺术科学生同游西天目山时为孙多慈所画的素描肖像。画中的孙多慈梳短发，头戴一种斜戴在头上的帽子，帽子的左边还垂下三颗圆珠，这种帽子流行于当时的女艺术家之中。她裹着围巾，双手抱于胸前，一只胳膊靠在桌角上，左手放在右臂上。就其身后的投影推测，这幅素描似乎是画于西天目山旅社的灯光之下。虽然画幅不大，但是刻画细致，虚实得当。作者在孙多慈的眉间、围巾、手指、袖口还加以了白粉的提亮，使层次显得较为丰富，也衬托出孙多慈相貌端庄、气质姣好。

需要注意的是，这幅作品虽然运用的是西洋素描的表现方法，但是徐悲鸿在其右下角加上题跋为："甲戌晚秋与慈弟同游西天目山，即写其影。徐悲鸿。"并盖上两枚印章，一枚为"徐"，一枚为"徐悲鸿"。这又是中国画的构图形式，由此可以看出徐悲鸿所要达到的"中西合璧"的创作境界。另外，由这幅徐悲鸿精心绘就的素描作品，还可看出他与孙多慈非同一般的师生关系，这种关系始于四年之前。

1930年的初秋，一位特别的学生来到了徐悲鸿的门下，她就是孙多慈。孙多慈是徐悲鸿早在欧洲留学时就结识的好友宗白华（1897—1986）的安庆老乡，这年准备报考国立中央大学中文系，却不料落榜了。宗白华在知道情况后就宽慰她，在和孙多慈的谈话中，孙多慈向宗先生表达了想去国立中央大学教育学院艺术专修科作旁听生的意愿，宗白华答应了这个小老乡的要求。

第二天上午，宗白华带着孙多慈来到了徐悲鸿的画室。这时徐悲鸿正在上课，宗白华打断了徐悲鸿，把孙小姐拉到自己前面，对徐悲鸿说道："这是我的安庆老乡，想到你这里先做旁听生，你可否先把她收下？"徐悲鸿上下打量了一番这位十八岁出头的学生，回答道："你是美学大教授，推荐老乡学生来我这里，我哪敢不接受啊。"说罢两人哈哈大笑起来。就这样，孙多慈在艺术系做旁听生的事情就在一次欢快的交谈中确定了下来。带着敬畏，带着兴奋，带着新鲜，年轻的孙多慈开始了在中央大学的生活。入学后，孙多慈的学习突飞猛进，很快就走进了徐悲鸿的视野，引起了他的格外关注。徐悲鸿对她的关心也很快被传为师生绯闻，而且满城皆知，自然也被蒋碧微知道了，徐悲鸿与蒋碧微的争吵更多了，导致二人的情感裂痕越来越大。

1935年孙多慈即将毕业，这一年春节之后，徐悲鸿去上海与舒新城细聊孙多慈的事情。徐悲鸿回到南京后，采取了两个行动：一方面，调动关系努力疏通中比"庚子赔款"管理委员会高层，希望能争取一个庚款留学名额放在国立中央大学艺术科应届毕业生孙多慈身上；另一方面，着手整理孙多慈的画稿，准备尽快出版《孙多慈描集》，以赶在比利时庚款基金会决定留学名额之前，送到中比双方委员的手中。徐悲鸿后来在与舒新城的通信中说："弟虽已接洽，不如示以实物坚其信念也。"并再三提到出版《孙多慈描集》的重要性。

徐悲鸿所说的"接洽"，主要指他在法国一同留学的老友、天狗会（当时留学在法国的谢寿康、徐悲鸿、张道藩、邵洵美等成立的一个组织，带着几分玩笑性质，可能是源自对当时国内著名的西画美术组织"天马会"的讽刺。）大哥谢寿康。1930年，谢寿康出任中国驻比利时公使馆代办。当年，徐悲鸿就是通过他争取到中比"庚子赔款"留学名额，让吴作人有机会进入比利时皇家美术学院深造。关于比利时的"庚子赔款"，1925年中比双方签订协议，比国退还庚款的25%，即125万美元，用作文化和慈善事业经费。这笔资金仿效美、英等国的做法，由双方共同组织成立庚款基金会，负责落实具体协议，包括选派赴比利时留学的中国学生。

在以后的一段时间里，徐悲鸿不断尝试着将孙多慈送到国外去，但是在蒋碧微的极力阻挠下，这个想法始终没能如愿。经过这一波折，徐

图3-48 1935年孙多慈在中央大学的毕业照

悲鸿和蒋碧微之间的情感隔阂越发凸显出来。

1935年,孙多慈从中央大学毕业(图3-48)。之后,经过诸多坎坷,徐悲鸿与孙多慈这一对有情人也没能终成眷属。1939年9月14日,徐悲鸿曾致信舒新城,曰:"寄上宝物一包,请以一二金得一人连出,须小心工作,粘在一硬币上,兄存而玩之,绝对勿语人以何物,不然即负弟之盛意(因说出便无味,且不妙,至要)。"这包"宝物"究竟为何物,今天已经无从知晓。但徐悲鸿在1939年10月16日致舒新城的信中,有仿苏轼双声诗,曰:"遗韵忆犹豫,音容隐易颜。莺莺缘已矣,抑郁又奚言。"所谓双声诗,即诗中所有字声母相同。苏轼的原诗为《西山戏题武昌王居士并引》:"予往在武昌,西山九曲亭上有题一句云:玄鸿横号黄槲岘。九曲亭即吴王岘山,一山皆槲叶,其旁即元结陂湖也,荷花极盛。因为对云:皓鹤下浴红荷湖。坐客皆笑,同请赋此诗。江干高居坚关扃,犍耕躬稼角挂经。篙竿系舸菰茭隔,笳鼓过军鸡狗惊。解襟顾景各箕踞,击剑赓歌几举觥。荆笋供胘愧搅秕,干锅更戛甘瓜羹。"

此时的徐悲鸿与昔日的恋人孙多慈天各一方,重逢已不可能,徐悲鸿的这首诗寄托着深深的无奈与无尽的感叹。

图3-49是1935年5月23日高剑父(前排中)在南京举办个人画展时的合影,徐悲鸿(前排右一)、汪亚尘(前排左一)、陈树人(后排左一)、杨缦华、荣君立、许士麒、王祺、褚民谊等名流前往捧场。

高剑父可谓是徐悲鸿艺术上的第一个真正的知音和推广者。徐悲鸿与高剑父的交往约在1914年。民国初年，高剑父、高奇峰兄弟在上海创办审美书馆。当时生活困苦的徐悲鸿画了一幅《骏马图》投稿审美书馆，后来高剑父回信大加赞赏说："虽古之韩幹，无以过也。"并出版了该作品。骏马成为徐悲鸿艺术生涯中最为重要的表现题材，离不开高剑父在早期对他的巨大鼓励。1915年至1916年间，徐悲鸿的作品多次在审美书馆出版。后来，徐悲鸿考入上海震旦大学，生活窘迫，高氏兄弟介绍他在上海卖画，并刊登广告使其作品逐渐受人重视。譬如：《中国近代古派新派名画》邮片广告："有曼殊、剑父、宾虹、林纾、树人、奇峰、石先、仓颉、剑僧、悲鸿等各大家手笔二百余种，每张三分。"（《时人画集》第2册1916年2月再版）。《时装仕女》（挂屏）广告："大小数十种，均为名画家曼陀、柏生、悲鸿诸君所绘，石板精印，艳丽绝伦，陈设厅室，诚最优美之装饰品也，每张二角至六角分。"（陈树人译述、高奇峰校对阅《新画法》1916年2月再版广告）。《时装仕女》（《册页》）广告："高十五寸，阔十寸，共三十余种，为曼陀、柏生、黄页、悲鸿诸君所绘，用最新五色玻璃版精印，每幅三角。"（陈树人译述、高奇峰校对阅《新画法》1916年5月再版广告）。

徐悲鸿后来在自传中满怀感激地谈到高氏兄弟对他的帮助。徐悲鸿当时能在名家云集的黄浦江畔有一席之地，高剑父的"雪中送炭"功不可没，因此高剑父可谓是徐悲鸿生命中的伯乐。另一方面，徐悲鸿也接受了岭南画派的影响，他的画终生都有一部分岭南画派的影子，他后来画的喜鹊、竹、松树受到岭南派陈树人的影响，而画鹜、雕等又受到高剑父的影响。

"高剑父绘画展"在南京举行之后，1935年6月3日，徐悲鸿特地撰写《谈高剑父先生的画》一文在《中央日报》登载，称"画家高剑父，

图3—49 1935年5月23日，高剑父（前排中）在南京举办画展时与徐悲鸿（前排右一）等人的合影

博大真人哉！吾昔曾评剑父之画，有如江瑶柱（一种干贝），其味太鲜，不宜多食。今其艺归于淡，一趋朴实，昔日之谈，今已不当，则非深研于高氏艺者不能言。"

1936年5月12日，徐悲鸿致函其好友、中华书局负责人舒新城，推荐出版高剑父画集，并向其介绍高剑父，表示不日将由高亲自将画送至舒处。1936年，高剑父被聘为国立中央大学教育学院艺术科教授，想必此事的促成很大程度上取决于徐悲鸿的友谊及其对高氏艺术的认同。之后，徐悲鸿为其在1937年3月12日的《中央日报》发表《读高剑父画谱书后》。

1940年，徐悲鸿与高剑父、张大千、简又文、鲍少游等雅集于香港"寅圃"，曾与高剑父、鲍少游联手作画。此外，徐悲鸿客居澳门普济禅院时，与同住在此的高剑父又有过相聚。普济禅院现仍藏有徐悲鸿作于1937年的《漓江春雨》图，普济禅院的禅房、厅堂大多为高氏所书匾额，由此足见徐、高二人渊源与情份不浅。徐悲鸿曾将高剑父、高奇峰、黄君璧、陈树人、齐白石、黄宾虹、张书旂、赵少昂和自己称为"画中九友"，并为画友们各咏诗一首。

2000年学者朱万章于广东省博物馆书画藏品中发现一件研究徐高二者关系极为重要的《文艺因缘》册，此册的发现与考证对于研究岭南画派及与徐悲鸿的关系乃一大有力补充。该册因有高剑父题"文艺因缘"四字而得名，全册装帧精美，从书画所作年款为1936年春至1937年夏。作者既有美术界的名流如徐悲鸿、高剑父、陈树人、陈之佛、陆丹林、黎葛民、方人定、黄哀鸿等，也有文艺界的知名人士如曹禺、戴涯、田汉等，书画所作地点在上海与南京。《文艺因缘》册从侧面反映出了徐

图3-50 《文艺因缘》册页中的高剑父《花卉》（左）、徐悲鸿《猫》（右）

悲鸿与岭南诸家友好交往的历史。

图3-50为《文艺因缘》册页中的高剑父《花卉》（左）、徐悲鸿《猫》（右）。1936年，徐悲鸿在该册页中作书画各一，绘画为《猫》，绘一只白猫蹲于岩石之上，显出寂寞慵懒之境。题跋曰："寂寞谁与语，昏昏又一年。梅魂女士文豪。徐悲鸿。丙子春尽。"书法为行书，录诗一首，曰："象维近逼万云低，俯视峰峦隐翠微。举眼芸芸无一似，神奇绝世到峨眉。感事一章。梅魂女士雅正，徐悲鸿。"钤朱文印"阳朔天民"。

高剑父在《文艺因缘》册中作有两幅画、两幅书法。《花卉》作于1937年夏，题跋曰："梅魂清赏，廿六年夏沪滨之作。仑。""钤白文印"仑"。《菊花》亦作于1937年夏，题跋曰："昆仑山人。"钤白文印"仑"。高剑父的两件书法均为草书，其一作于1937年，文曰："歌摇千尺龙蛇动，声机半天风雨寒。廿六年端节客金陵，剑父。"钤朱文印："剑父"。

高剑父生于1879年，年长徐悲鸿十六岁，广东番禺人。早年在广东学习美术，后东渡日本求学，在那里结识孙中山，受其影响加入同盟会，一边攻读美术一边参加民主革命工作。回国之后，他担任了广东同盟会会长，一直参与策划南方的革命活动。1925年，孙中山的逝世让高剑父的国民革命热情受到了打击，他选择了归隐，专门从事绘画创作与教学。抗战爆发，高剑父的政治热情得以重燃。他在华南各地多次举行"义卖画展"，将其收入全部用于支援抗战并赈济灾民。参与政治革命期间，高剑父还利用画作宣传民主、民族思想。辛亥革命期间，他绘制的啸虎、雄鹰、跃马都表现着一种强烈的战斗精神。"九一八"事变发生之后，高剑父为了表达对国家命运的关心，创作了《悲秋图》（又名《南国诗人》）。1936年高剑父赴南京国立中央大学任美术教授。1938年日军渐逼，他转至澳门，复设"春睡画院"于澳门。1945年广州光复，高剑父归广州复兴"春睡画院"，另创办"南中艺专门学校"，任"广州市立艺术专门学校"校长。徐悲鸿与高剑父的友谊是中国现代美术史上的一段佳话。

徐悲鸿的动物画善于捕捉动物最为传神的瞬间，除了马，他的猫也很有代表性。据徐悲鸿之子徐庆平回忆，为了观察猫的矫敏，将猫画

图3-51
徐悲鸿绘《颟顸》，中国画，纵113厘米，横54厘米，1934年。徐悲鸿纪念馆藏

图3-52
徐悲鸿绘《傅增湘像》，油画，纵71厘米，横50厘米，1935年 中国国家图书馆藏

得传神，徐悲鸿家里甚至同时养过八只猫。"虽然父亲每天下班后特别累，但他还是坚持坐在躺椅上，一边拿着乒乓球跟猫玩耍，一边观察猫的神态和动作。"其猫画或托物寄兴，或用以酬答友人。

1934年，徐悲鸿创作了猫画《颟顸》（图3-51），画二猫，一黑一白，一动一静，一神武一安详，笔墨洗练，神情毕现。他还在画上题诗曰："颟顸最上策，混沌贵天成。少小嬉憨惯，安危不动心。"他在赠徐志摩《猫》上题诗曰："志摩多所恋爱，今乃及猫。鄙人写邻家黑白猫与之，而去其爪，自夸其于友道忠也。"此画的创作时间距1929年4月2日徐关于西方现代艺术"真伪"、"是非"的论战不到一年，可见学术上的争议并不影响二人之友情。1933年，徐悲鸿还赠《猫梦图》给吴湖帆。1940年，徐悲鸿为廖静文画《猫》、《树上》等以猫为题材的作品。

系统观览徐悲鸿画猫作品可知，其油画中多白猫，国画中多花猫。如《树上》、《猫竹》、《懒猫》等作品中画的均是花猫。徐悲鸿爱猫，在1918年初到北平时，曾在家中养了三只猫，并接受了罗瘿公赠送的一只猫。在南京中央大学任教时期，家中还养过一只狮子猫。1932年，徐悲鸿在北平时还专门为胡适夫人画其所豢养的狮子猫。徐悲鸿自己曾说，人家都说我的马好，其实我的猫比马好。譬如，1934年，在天目山写生途中，徐悲鸿曾问学生们："我的画，什么最好？"有人说"马"，有人说"雄鸡"，唯有杨建侯说"猫"，徐悲鸿称赞杨建侯有眼光。

图3-52为徐悲鸿为傅增湘所画的油画画像。傅增湘是徐悲鸿艺术事业中的恩人。1918年，当徐悲鸿第一次来到北京，康有为给徐悲鸿写了一封介绍信给罗瘿公。罗瘿公是北京名士，政教两界相通。在罗瘿公的推荐之下，徐悲鸿拜访了当时的教育总长傅增湘。徐悲鸿带着画作见到傅增湘后便迫不及待地表达了想争取官费留学欧洲的名额。傅总长在品读过徐悲鸿的画后称赞道："你画得的确很好，可是现在一战还未结束，待一战结束后，官费留学名额我一定帮你争取。"就这样，徐悲鸿留学欧洲的事就这么安排了下来。

徐悲鸿此时一边在北大画法研究会工作，一边焦急地等待着留学欧洲的名单。在1918年8月的一天，徐悲鸿得知第一批留学名单上并没有他的名字，他一气之下便写信责怪傅增湘言而无信。罗瘿公在得知此事后，便安慰徐悲鸿道说，这段时间教育部还未正式派遣留学生，前面公布的名单是以进修教授名义获得政府公费留学的，你的计划并没有通知被取消。听后，徐悲鸿恍然大悟，为自己写信责怪傅增湘而懊悔不已。

不久，一战结束，1918年12月上旬，教育部批准徐悲鸿以官费生资格赴法留学。待人大度、爱惜人才的傅增湘是徐悲鸿一生中遇到的又一位贵人，在多年后，徐悲鸿还常回忆道："傅增湘先生，我是终身感恩戴德不能忘记！"

为了报答傅增湘的恩情，1935年寒假，徐悲鸿利用假期专程北上前往北平看望已经退休在家的前教育总长傅增湘，并花了六天时间为其画像。傅增湘写有《藏园日记》，记载："（1935年）十二月二十九日。下午徐悲鸿来，谈至五点乃去，此人新周历法、德、意、俄诸国，开画展颇声动一时，倾来欲为余写小像，故定新正初二三四日下午来。""除夕。二点后，徐悲鸿来，为写炭笔小像，薄暮乃成，神采恒似目，作诗一首赠之。"（己亥年，即1936年）"正月初二日。午后徐悲鸿来画像，薄暮乃去。""初三日。下午徐悲鸿来对写，近暮乃罢。初三。夜宴徐君于园中，约梦麟、适之等同饮，十时乃散。""初四日。徐悲鸿来画像，暮乃去。""初五日。徐君来画像，一时许，脱稿。"

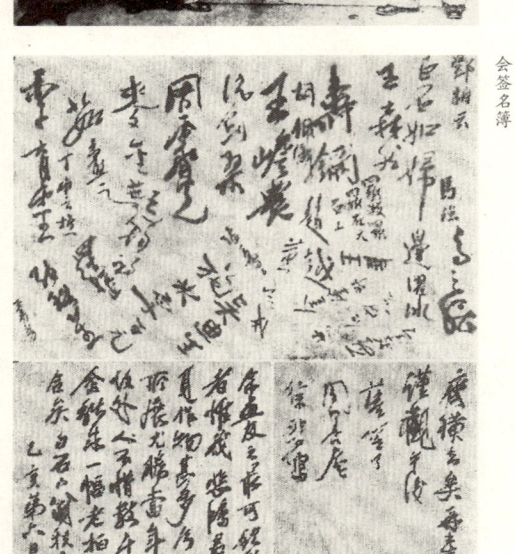

此次徐悲鸿为傅增湘画像，距他请求傅增湘帮助留学之事已过去

图3—53 1935年2月，徐悲鸿与华北文艺家合影。左起：周作人、陈绵、吴迪生、齐白石、徐悲鸿、刘运筹、王青芳、杨仲子

图3—54 1935年2月北平艺文中学举办的欢迎茶会签名簿

十六年了，徐悲鸿对于帮助过自己的人总是寻求报答的机会。

这幅《傅增湘像》后来常年挂在傅增湘的书房里，二十世纪五十年代初，傅增湘的后人把这幅肖像画连同一大批图书均赠给了北京图书馆（现为中国国家图书馆）。

在徐悲鸿为傅增湘画像期间，徐悲鸿受到北平文化艺术界的热情接待，其中以艺文中学举办的欢迎茶会最为隆重，齐白石、周作人、王青芳、杨仲子、陈绵、吴迪生、刘运筹等百余人与会（其部分人士合影见图3-53），白石翁两次前往，并留下"余画友之最可钦佩者，惟我徐悲鸿"这样的话语（北平艺文中学欢迎茶会签名簿左下角，见图3-54。主持人请徐悲鸿向大家介绍各国艺术状况，并展览其近期作品，大家欢聚一堂。

图3-55为1935年徐悲鸿与张大千等人在黄山的合影，右二回首者为徐悲鸿，后排蓄须者为张大千。那一年，徐悲鸿率学生来黄山写生，恰遇张大千带着谢稚柳也在黄山采风，大家遂结伴而行。谢稚柳后来对这一段偶遇有其具有戏剧性的记载："徐悲鸿手持一杖，先我而行。行至山腰，他脚没立稳，摔了下来。撞得我脚步踉跄，几乎跌倒。走在后面的大千即兴口占一联曰：徐悲鸿金鸡倒立，谢稚柳鹞子翻身。"

图3-55
1935年徐悲鸿与张大千等人合影于黄山

图3-56 1935年6月,徐悲鸿、李桦(右)、赖少其(左)合影于广州现代版画创作研究会"第二回半年版画展览"

尽管徐悲鸿与张大千的艺术追求不同,但是徐悲鸿仍对张大千极为推崇。在徐悲鸿向校长罗家伦当面的推荐下,张大千也被聘为中央大学教授。

二十世纪三十年代中华书局出版的《张大千画集》是由徐悲鸿作序的,这篇长序在开头便说:"大千以天纵之才,遍览中土名山大川,其风雨晦冥,或晴开佚荡,其中樵夫隐士,长松古桧,竹篱茅舍,或崇楼杰阁,皆与大千以微解,入大千之胸。"徐悲鸿还曾于《中央日报》撰文评论张大千:"大千潇洒,富于才思,未尝见其怒骂,但嬉笑已成文章。山水能尽南北之变,写莲花尤有会心,尚能传诵浅绛,便益见本家面目。近作花鸟,多系写生,神韵秀丽,欲与宋人争席,夫能山水、人物、花鸟,俱卓然自立,虽欲不号之曰大家,其可得乎。"1938年,张大千还曾与徐悲鸿、李济深同游广西漓江,兴致甚佳。

抗日战争时期在重庆,有人得到了一幅元代赵孟頫画的马,托人找徐悲鸿鉴定。徐悲鸿看了以后说:"这画假得可恶,张大千好搞假画,但假得可爱。"当问张大千为何"假得可爱"时,徐悲鸿解释说:"赵马不难辨,关键在马蹄上,赵孟頫善于一笔勾马蹄,这不易学。若能学到这种笔法,自己也能成为名家了。张大千作的假画往往比真画还要好。"

廖静文藏有徐悲鸿遗下的一个册页,其中有徐悲鸿在重庆题写的诗《画中九友》,其赞大千曰:"不必天才说大千,豪情壮志已可传。三年漠北敦煌住，岂羡米家书画船。"

1946年徐悲鸿夫妇来北平之后，张大千也来到北京。有一次在徐宅里画了一幅水墨《荷花》，将荷的墨韵表现得很是精彩，深受徐悲鸿与廖静文的喜欢。大千画好之后就在徐家吃饭，廖静文熬了一大锅白菜煮粉条，张大千吃得高兴，夸赞非常好吃。徐悲鸿夫妇与张大千的交情可见一斑。

1935年6月，广州现代版画创作研究会成立一周年，举行"第二回半年版画展览"，恰逢徐悲鸿抵广州，参观展览后与李桦（右）、赖少其（左）合影（图3-56）。李桦（1907—1994），1927年毕业于广州市立美术学校。1930年留学日本，1932年回国任教于母校。1934年在广州组织现代版画创作研究会，从事新兴木刻运动。李桦的木刻艺术卓有成就，徐悲鸿对其甚为赏识。1942年10月，《第一届双十全国木刻展览会》在重庆开幕，徐悲鸿撰文指出："李桦已是老前辈，作风日趋沉练，渐有民族形式，有几幅近于丢勒。"抗战胜利后，李桦到上海主持中华全国木刻协会工作，当选理事长，组织抗战八年木刻展。1947年，李桦应徐悲鸿邀请任国立北平艺术专科学校副教授。并投身于学生爱国民主运动，作品以传单形式出现在游行队伍中，如《向炮口要饭吃》、《团结就是力量》。1949年后历任中央美术学院教授、版画系主任，中国版画家协会主席。

图3-57 二十世纪三十年代的田汉

图3-57为徐悲鸿的好友田汉在上世纪三十年代的肖像照。1935年7月的一天，徐悲鸿突然得到了一个坏消息，好友田汉在上海被国民党政府逮捕解来南京，关押在南京宪兵队。徐悲鸿深知尽管田汉是中国新文化新艺术的骨干，但是在国民党的眼中是容不得他的，此时的田汉肯定是性命难保。于是，徐悲鸿马上放下了

手中的画笔，急忙赶到田汉家中。田汉的母亲一看到徐悲鸿，立即失声痛哭。徐悲鸿在听完田母的诉说后悲愤不已，决定设法救出田汉。

徐悲鸿离开田家后开始四处奔走，但始终没有人愿意帮忙。雪上加霜的是，这时又从狱中传来了田汉病危告急的消息，这让徐悲鸿更加焦急。徐悲鸿来到了张道藩家中，这时的张道藩为交通部次长。徐悲鸿很少登门求人，但由于要救田汉，他不得不委屈自己。张道藩见到徐悲鸿感到十分吃惊，徐悲鸿径直问张道藩道："为什么把田汉抓了？他犯了什么法？"张道藩得知他是为田汉的事情而来后，装作一脸苦愁，对徐悲鸿说："徐悲鸿兄，我早就告诉过碧微嫂，让她劝告你不要管田汉的事了，如果让中央知道了，怕对你以后的发展不利啊。"可徐悲鸿怎会听进这种劝告，他怒视着张道藩。迫于无赖，张道藩不得不说出了能救田汉的办法，"要救田汉，你得找两个人作保，而且都是名人。"

离开张道藩家后，徐悲鸿去了宗白华那里。宗白华见到气喘吁吁的徐悲鸿，知道他一定有急事。徐悲鸿拉着宗白华的手说："田汉被捕了，现在又得了重病，若不快救恐怕熬不过几天了。我刚从张道藩家出来，他说只要两人为田汉作保就可以放人，不知宗先生能否和我一同作保？"听后，宗白华二话没说，当即答应和徐悲鸿去宪兵队救田汉出来。于是在交了保证书后，田汉被救出来了，住在了徐悲鸿家中。之后，康复后的田汉继续忘我地投入到他钟爱的戏剧艺术之中。1935年11月，田汉与马彦祥等组织成立了中国舞台协会，徐悲鸿亲往祝贺，并观看了由田汉构思、马彦祥编剧、洪深导演的话剧《械斗》。在那一段特殊的时期里，他们之间总是彼此声援，互相支持。

1936年1月11日，由中苏文化协会及中国美术会联合举办的"苏联镌版艺术展览会"在南京中央大学

图3-58 1936年1月11日，"苏联镌版艺术展览会"在南京中央大学图书馆举行时的合影

图书馆举行,展出苏联版画家的作品239幅。合影(图3-58,此图原载于《中苏文化》创刊号,1936年5月10日)的二排左一为徐悲鸿,左二为华林,左三张道藩;前排右一为张西曼,右六为孙科,左三为罗家伦,左六为王世杰。在1936年1月16日出版的《新民报·文艺俱乐部》中,发表了徐悲鸿撰写的文章《苏联镌版艺展开幕》。在文中徐悲鸿认为:"民族间亲善之获得,当以沟通文化始,而彼此艺术品之观摩,尤为最有效之文化运动。"这一年7月,上海天马书店《苏联版画新传》初版出版,徐悲鸿与鲁迅一起为其撰写了序言。

早在1934年5月7日,中国近代绘画展览在莫斯科红场历史博物馆举行,苏联外交文化交谊会会长、画家协会会长等致欢迎词,我国驻苏联代办吴南如发言,徐悲鸿作答谢词。在随后的日子里,徐悲鸿接受美术家协会、建筑学院、美术镌刻学校邀请分别作演讲。并与苏联对外文化协会讨论中苏交换美术品等问题,并签署了相互交流美术作品及展览协议。徐悲鸿具有了在华举办苏联版画展的联系人与组织者的身份,故而当李桦代表广州木刻团体致函该会(或者也有可能直接写信给徐悲鸿)表达移至广州巡展的意愿时,得到了徐悲鸿的"擅自允之",只是因为时局关系,未能成行。

图3-59是一幅较为罕见的民国时期艺术院校人体课上的合影。前排左起:艾中信、刘德刚、孙宗慰、穆忠良、张书旂、康寿山(女)。中

图3-59
1936年徐悲鸿、张书旂等中央大学艺术科师生与女模特合影

排左起：顾了然、女模特、吴作人、梁世德、程本新。后排左起：方诗恒、徐悲鸿、文金扬、田茹。照片中除了徐悲鸿、张书旂是教师之外，其余皆为中央大学艺术科的学生（女模特除外），张书旂（1900—1957）是杰出的花鸟画家，因其善用粉，故有"白粉画家"之称。徐悲鸿的这些学生们，毕业后均各自走向了不同的发展道路，但相同的是，他们继承并发扬了徐悲鸿的艺术精神。

二十世纪的中国美术处于变革与发展的时期，在批判与斗争中前行，在继承与创新中迈步，是这个时代的艺术家的使命。徐悲鸿重视画人，重视画人像和裸体。画人不但是为了研究人体的结构、解剖、运动，而且是为了创作的需要，也是为了培养美术人才。因为他认为人是有思想的"万物之灵"，人体是一个高度机密的有机体，随着人体的运动，其造型与色彩会产生极其丰富而微妙的变化。怎样达到"致广大，尽精微"，达到的程度又怎样，描绘裸体是试金石。

在国立中央大学教育学院艺术科，当学生可以进行石膏像的熟练写生了，徐悲鸿就会安排裸体人物写生课。先从上海请来一位女模特儿，又在南京物色了三位。徐悲鸿对模特儿十分尊重，也要求学生尊重他们。有的人不怀好意，曾问艺术科学生徐风说："学生作实物写生为何要用裸体人物？狗也可以用嘛！"徐风以徐悲鸿的话进行反唇相讥："人为万物之灵，五官端正，身体曲线优美，兽类怎么可以相比！"徐风把这段对话告诉了徐悲鸿，徐悲鸿鼓励他说："你讲得对！封建残余思想严重存在，无怪乎鼠目寸光的人少见多怪！这种观念虽然不合时代潮流，但是转变也不容易，根本的办法是大力宣传和推广现代艺术教育。"

值得注意的是，在当时那个思想禁锢的年代，照片中间的女模特敢于以裸体正面示人，显示了一种为艺术献身的胆量与勇气。早在1933—1935年之间的某个冬天，上海美术专科学校第17届西画系毕业班的教师、学生与裸体模特也进行过一次著名的合影。师生中间站立了一位裸体的女模特，但是她将头侧了过去，面对镜头，她还是有所顾忌的。

图3-60为1936年5月徐悲鸿为《赵望云旅行印象画选》（大公报社出版）题写的书名。1935年秋，苏鲁边境水灾连绵，民生困苦。赵望云与《大公报》记者萧乾共同前往灾区采访与创作。1936年2月5日，

图3-60　1936年5月，徐悲鸿为《赵望云旅行印象画选》（大公报社出版）题写书名

"赵望云旅行印象画展"在南京华侨招待所举办，展出作品八十余幅，分为农村、塞上、江南、水灾四种印象，多为各地农村之颓败印象。这一画展由冯玉祥资助并主持，于右任等政要及文化名流前往参观，徐悲鸿、田汉等人对画展的展出提供了很多帮助。1936年仲春，赵望云在南京结识了徐悲鸿。是年5月，大公报社在上海出版了《赵望云旅行印象画选》，该书由徐悲鸿题签。这是赵望云继《田园集》（1932年）、《赵望云农村写生集》（1933年）、《赵望云塞上写生集》（1934年）之后，又一部关于农村社会生活的写生画集。除了为该书题签，1936年2月14日，徐悲鸿还在《华北日报·艺术周刊》第23期上撰写发表了艺术评论《专写民瘼之赵望云》，对赵望云关注民生、"无八股气味"的现实主义艺术给予了极高的评价。由此文还可知徐赵的结识缘于著名出版家、时任上海中华书局编辑所所长舒新城（1883—1960）夫人济群女士的引荐。

图3-61为1936年徐悲鸿（中）与刘汝醴（左）等在南京的合影。刘汝醴（1910—1988），江苏吴江人。1927年入上海艺术大学习画。1931年转往南京国立中央大学教育学院艺术专修科，师从徐悲鸿。1953年起，先后任华东艺术专科学校、上海戏剧学院、无锡轻工业学院、南京艺术学院教授，是杰出的美术理论家、画家。早在1927年12月初，徐悲鸿就曾在其寓所和刘汝醴等畅谈艺术，刘汝醴深受其影响。1931年，徐悲鸿撰有《与刘汝醴、顾了然谈素描》，他说："临摹家往往认识不到观察世界的重要意义，错误地把绘事看做只是'笔墨'问题，把眼睛和头脑的作用闲却了，故不可取。"徐悲鸿认为对艺术家而言，观察世界比临摹前人作品更为重要，这种思想对于改变中国画中只以临

摹古人笔墨为能事的狭隘教条产生了积极作用。1936年3月16日，徐悲鸿致好友舒新城书信一封，内容为托刘汝醴携带张安治与吴作人的油画作品。这一年5月21日，徐悲鸿坐船从上海赴香港，所带的三十六箱艺术品也是由刘汝醴以及徐飞白押送的。1940年2月22日，徐悲鸿在致刘汝醴的信函

图3-61 1936年徐悲鸿与刘汝醴等合影于南京

中说登喜马拉雅山是其"生平大愿，自庆得偿"。1949年8月10日，徐悲鸿写给刘汝醴一封书信，邀请他来南京中央大学艺术系工作。1984年9月，刘汝醴为王震、徐伯阳编《徐悲鸿艺术文集》（宁夏人民出版社，1994年12月第1版）作序并代为审稿，为徐悲鸿的艺术事业发挥了积极作用。

1936年6月21日，南京《新民报》（图3-62）上刊发了一条报道《墨华缘画匠竟摹徐悲鸿作品，当场搜出印章及拟稿，徐夫人依法起诉》。其全文如下：

名画家徐悲鸿历年作画千余幅，向□鸡鹅巷墨华缘装裱。十九日突有墨华缘解雇工人周某，至傅厚岗徐宅求见，告发墨华缘店主崇明鸿，专雇画匠任某，摹绘徐之作品，廉价出售，共数百帧，并带来假冒画品四幅，作为证据。适徐因事离京，徐夫人蒋碧微女士，闻讯甚怒，当即电召墨华缘主人崇明鸿来宅质问，崇坚不承认，徐夫人即报告国

府路警察局，将崇拘押。据供，摹画非彼主动，但知系画匠任某所为。十九日傍晚，警局派员会同徐宅仆人，至夫子庙搜捕，在任宅中搜出假冒徐氏印章五枚，假画九幅，拟稿廿八件。主犯任某适外出，迄晚七时犹未归家，警员乃迳至某处将任捕获。闻已供认摹绘不讳。徐夫人昨（廿）日已延陈耀东律师，依法起诉，追偿名誉物质损失。

这条报道反映了徐悲鸿画作在当时已经具有较大的经济价值，因此装裱店墨华缘老板专雇画匠仿冒他的画作。由于徐悲鸿当时不在南京，徐夫人蒋碧微知道后十分气愤，积极通过司法程序，向假冒者追偿“名誉物质”损失。装裱店墨华缘所在的鸡鹅巷，其地名沿用至今，在今天的南京珠江路与洪武北路交汇处一带，距离当时徐悲鸿在傅厚岗6号的居所“危巢”较近。事发前后，正值徐悲鸿与孙多慈的恋情殃及徐悲鸿与蒋碧微的婚姻之际，文中所谓的徐悲鸿“因事离京”当指徐悲鸿那时正辗转于沪、港、粤、桂等地。值的注意的是，事发当日，也就是1936年6月21日，“默社第一次画展”在上海八仙桥青年会九楼举办，展出徐悲鸿、潘玉良、陈抱一、朱屺瞻、颜文樑、张充仁、吴作人、吕斯百、汪亚尘、张安治等人的近作九十余件，徐悲鸿是否亲临会场，待

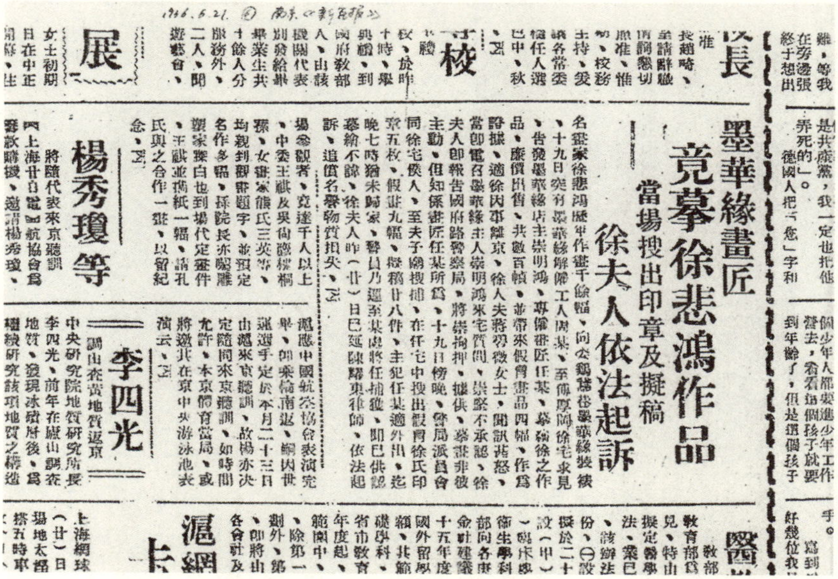

墨華緣畫匠竟摹徐悲鴻作品

當場搜出印章及擬稿

徐夫人依法起訴

名畫家徐悲鴻擬作甚千餘幅，向交鷄鵝巷墨華緣裝裱、十九日突有墨華緣夥俤工人周某，至傅厚崗徐宅求見、告發墨華緣店主崇明鴻，專僱畫匠任某，摹擬徐之作品，廉價出售，共數百幀，並帶來假冒畫品四幅，作爲證據，適徐因事離京，徐夫人蔣碧微女士，聞訊甚怒，當即電召墨華緣主人崇明鴻來宅質問，崇堅不承認，徐夫人即報告國府路警察局，將崇拘押，據供，摹畫非彼主動，但知係畫匠任某所爲，十九日傍晚，警局派員會同徐宅僕人，至夫子廟搜捕，在任宅中搜出假冒徐氏印章五枚，假畫九幅，擬稿廿八件，主犯任某適外出，迄晚七時猶未歸家，警員乃逕至某處將任捕獲，聞已供認摹繪不諱，徐夫人昨（廿）日已延陳耀東律師，依法起訴，追償名譽物質損失。（丙）

图3-62
1936年6月21日南京《新民报》关于『墨华缘画匠竟摹徐悲鸿作品，徐夫人依法起诉』的报道

图3—63 徐悲鸿绘《广西三杰》,油画,1936年

图3—64 1936年5月16日,徐悲鸿赴广西之前与国立中央大学教育学院艺术科师生的合影

考。在这种情况下，蒋碧微以法律作手段维护丈夫的艺术权益，还是值得赞许的。

　　联想到在当今的书画市场与拍卖市场，徐悲鸿的书画赝品比比皆是，甚至有的还创造出天价，蒋碧微若还健在，又如何为徐悲鸿画作打假呢？

　　图3-63中的三个人是二十世纪中国政坛上赫赫有名的"广西三杰"，从左到右分别是白崇禧、李宗仁、黄旭初，这是一幅徐悲鸿创作的非常珍贵的具有历史意义的油画作品。

　　徐悲鸿与广西的缘分源自1936年。这一年身处南京的徐悲鸿夫妇隔阂愈深，距离愈远，似乎已无破镜重圆的征兆与契机，于是徐悲鸿决定离开首都南京，前往广西作画。1936年5月16日，徐悲鸿在赴桂之前与国立中央大学教育学院艺术科绘画班师生话别，并在中央大学的浣花屋顶合影（图3-64）。左起：3.吴作人、6.吕斯百、7.徐悲鸿、11.文金扬、16.（前）夏林（林家旅）、16.（后）冯法祀。

　　徐悲鸿选择广西并非偶然。国民政府的不抵抗政策与民众抗日救亡的呼声形成了日益尖锐的矛盾，而广东、广西却爆发了要求抗日的"六一运动"，他们发出通电，吁请南京政府顺从民意领导抗日。作为桂系将领的李宗仁、白崇禧、黄旭初积极拥护，表示愿为民族生存和国家安危尽其所有，尽全力抗日，"广西三杰"的举动令徐悲鸿激动不已，也直接促成了他的广西之行。

　　徐悲鸿得到"广西三杰"尤其是李宗仁的大力支持，一度准备在桂林筹建艺术学校，李宗仁更是把阳朔漓江边一处古朴的房屋赠给徐悲鸿。徐悲鸿也以绘画和书法作品回赠，大幅油画《广西三杰》就是创作于此时。

　　历史证明，徐悲鸿所画的"广西三杰"确实皆是抗日英雄。李宗仁指挥了著名的台儿庄战役，徐悲鸿写信祝贺并表示愿意组织书画义卖帮助战役中牺牲负伤士兵的家属。白崇禧指挥了抗战中的诸多会战，功勋卓著。黄旭初抗战期间一直在广西主持抗战工作，成绩斐然。

　　至1949年新中国成立之前，徐悲鸿与"广西三杰"一直保持着较为密切的往来和良好的关系。随着时局的变化，三杰先后离开祖国大陆，漂泊海外，与徐悲鸿的交往也就此画上了句号。

图3-65
唐佚名《八十七神仙卷》，中国画，纵30厘米，横292厘米。徐悲鸿纪念馆藏

　　1937年5月，也就是徐悲鸿在香港举办第二次画展的期间，许地山与夫人介绍徐悲鸿去欣赏一位德籍马丁夫人收藏的中国字画。马丁夫人的父亲在中国任公职数十年，去世后，其遗产由女儿继承，其中有四箱中国字画。但这位夫人对中国字画一无所知，便托许地山及其夫人为她觅人销售。当徐悲鸿来到她家时，她将四箱字画一一打开。徐悲鸿看了第一箱与第二箱，从中挑出两三件欣赏的佳作。当看到第三箱时，他眼睛一亮，一幅人物画长卷出现在面前，他展开画卷的手因兴奋而颤抖着，大声说道："下面的画我不看了！我只要这一幅！"马丁夫人愣住了，她请求徐悲鸿继续看下去。但他连连摇头说："没有比这幅使我更

倾心的画了！"于是双方当即商量价格，徐悲鸿因手头现金不足一万元，便提出再加上自己的七幅作品作为交换。一万元在1937年堪称巨款，因为当时香港大学教授的月薪也不过四五百元而已。这位夫人考虑后同意了。此画到底有何魅力，为何令徐悲鸿神魂颠倒？它就是著名的《八十七神仙卷》，这是一幅唐代佚名白描人物手卷，画中描绘了八十七个人物，他们列队行进，造形优美，体态生动。刻画人物的线条遒劲而富有生命力，疏密有致，虚实得当，展现了我国唐代人物画的杰出成就。图3-65是此画卷的展开图。徐悲鸿购下此画，使这件国宝从外国人手中重归祖国。徐悲鸿视之为生命，并请高手重新装裱，在题跋时将其定名为《八十七神仙卷》，并在画面加盖了"徐悲鸿生命"的印章。

然而，此画在徐悲鸿收藏之后，又出现了一个重大事件。1942年5月，徐悲鸿在昆明任教。一天，日寇飞机轰炸昆明。为躲避空袭，徐悲鸿下楼进了防空洞。空袭过后，徐家的门锁竟被撬开，《八十七神仙卷》与徐悲鸿的三十余幅画作被盗走。徐悲鸿痛惜不已，为此三天三夜不吃不睡，大病一场。《八十七神仙卷》丢失一年多后，徐悲鸿已到重庆中央大学任教，一天他突然接到搬迁到四川成都的中央大学艺术科女学生卢荫寰的来信，她在信中告诉老师一个惊人的消息：她在跟随丈夫到新朋友家中拜访时，竟然发现了那幅《八十七神仙卷》！由于卢荫寰曾参照徐悲鸿提供的《八十七神仙卷》照片精心临摹过，所以她认定此画就是《八十七神仙卷》的原作。为了不使盗贼惧罪而毁掉这幅国宝，徐悲鸿决意出钱买回，便托一位刘姓朋友设法为之洽谈。刘某动用各种手段，强行从售画人手里白白地要回《八十七神仙卷》。可是当他交给徐悲鸿时，却谎称要出钱二十万元外加徐悲鸿的画作十余幅。善良的徐悲鸿如数照办，还特别感谢刘姓"朋友"会办事，并以厚礼酬谢他。经仔细辨别，徐悲鸿发现除了原先钤在此卷上的"徐悲鸿生命"印章以及自己所作题跋被挖割之外，其他基本上无损。徐悲鸿抑制不住激动的心情，当即挥毫赋诗一首："得见神仙一面难，况与伴侣尽情看。人生总是葑菲味，换到金丹凡骨安。"1953年，徐悲鸿去世后，其夫人廖静文女士将《八十七神仙卷》以及徐悲鸿的其他艺术品全部捐给了国家，现藏于北京徐悲鸿纪念馆。

徐悲鸿在香港一共举办过三次画展，均主要得益于其好友、著名作家许地山（1894—1941）的帮助。

1935年，许地山因积极支持抗日救亡运动，被燕京大学校长司徒雷登（Stuart, John Leighton，1876—1962）辞退。当时正赶上香港大学为改革中文教学而公开招聘系主任，经胡适（1891—1962）举荐，更由于许地山的学界地位和社会影响，他获得香港大学的聘任。于是，许地山举家南迁来到了香港，出任港大建校二十年来第二位华人系主任。许地山在香港安顿好后,便邀请徐悲鸿来港举办个人画展。这一年10月24日,徐悲鸿画展在香港恩豪酒店举行,许地山与香港大学冯平山图书馆馆长陈君葆等人前来捧场参观,徐悲鸿的作品精彩纷呈,得到很高评价,这是徐悲鸿在香港的第一次画展。

1937年5月11日,徐悲鸿在香港的第二次画展在香港大学冯平山图书馆举行,馆长陈君葆为这一画展进行了精心的准备。香港大学副监督施乐诗(英国人)主持了开幕式,众多人士参观了画展。开幕式结束之后,徐悲鸿在冯平山图书馆前与许地山、陈君葆等人合影,图3-66这幅照片生动地反映了当时的情形。香港大学冯平山图书馆原址现已改为香港大学美术博物馆(图3-67)。画展结束前夕,许地山、陈君葆、马鉴等人还邀请徐悲鸿到占美餐厅用餐,一方面尽地主之谊,一方面表示对徐悲鸿艺术的钦佩。

1938年12月11日,徐悲鸿在香港举办了第三次画展。当时正是抗日战争时期,徐悲鸿千辛万苦把自己的作品及藏品由广西梧州经水路运来,一路上日机不时俯冲盘旋,但作品总算幸运地运抵香港。此次画展的主办单位为香港中文学会,地点仍在香港大学冯平山图书馆,仍由施乐诗主持开幕式,陈君葆致欢迎词,叶恭绰等文化名人出席了画展。第二天,香港总督杨慕琦也来参观个展。画展期间,

图3-66 1937年5月11日,徐悲鸿在香港大学冯平山图书馆举办画展。闭幕后徐悲鸿(左一)在该馆前与许地山(左二)、陈君葆(右二)等人合影

图3-67 香港大学冯平山图书馆原址现改为香港大学美术博物馆

许地山对于徐悲鸿展品中的《柳间双鹊图》十分欣赏，并为它题了一首诗，诗云："万里城头铁鸟飞，柳间何事尚栖迟。朝暾已出人犹寐，相与谨哗不计时。"开幕后的第三日，陈君葆邀请徐悲鸿到"佛有缘"素菜馆吃素菜，并请许地山及其夫人，马鉴、郑健庐、郑子展、翁则祥、李衍锜等人作陪，相聚甚欢，进一步加深了他们之间的友谊。为了感谢好友许地山的热忱相助，徐悲鸿为许地山绘有一幅肖像，以作纪念。许地山视其为画中至爱，并将它摆放在家中重要位置，朝夕相对。

图3-68为1937年徐悲鸿为赵少昂（1905—1998）所画素描肖像。这幅画为全侧面逆光角度，描绘难度非常高。徐悲鸿通过娴熟的素描技巧，将赵少昂这位著名的岭南派画家果敢坚毅的艺术气质展现在我们面前。

1938年秋冬，徐悲鸿赴新加坡，从西江乘船至香港，住在跑马地山村道香港中华书局经理郑健庐家中。徐悲鸿因等候护照而滞留在香港的两个月中，赵少昂和他成为了要好的朋友。图3-69为上世纪三十年代徐悲鸿与赵少昂、郑健庐、欧阳慧聪的合影。

两人曾别有兴致地合作了20幅作品。因徐悲鸿年长少昂十岁，故多数是赵少昂先画，徐悲鸿完成，然后大家各分十幅存念。1943年，二人还在贵阳合作画过《古柳黄鹂》（图3-70），

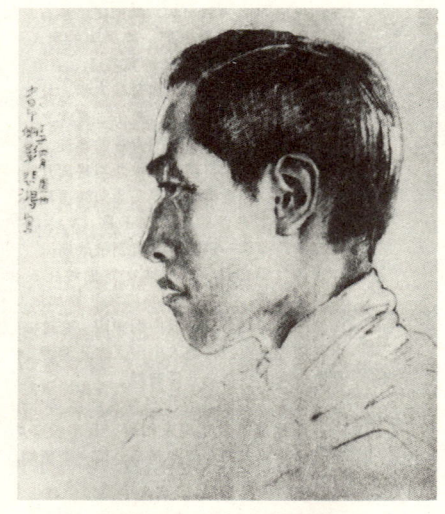

图3-68 徐悲鸿绘《赵少昂像》，素描，1937年

图3-69 徐悲鸿（左一）与赵少昂（左二）、郑健庐（右二）、欧阳慧聪合影，二十世纪三十年代

图3-70
徐悲鸿、赵少昂合绘《古柳黄鹂》，中国画，纵150厘米，横55厘米，1943年

图3-71-1
徐悲鸿绘《漓江春雨》，中国画，纵74厘米，横114厘米，1937年。
徐悲鸿纪念馆藏

赵少昂画黄鹂，徐悲鸿画古柳，配合默契，珠联璧合。

徐悲鸿曾称所谓的"画中九友"，即高剑父、高奇峰、黄君璧、陈树人、齐白石、黄宾虹、张书旂、赵少昂和自己，并为画友们各咏诗一首，其中赠给赵少昂的是："画派南天有继人，赵君花鸟实传神。秋风塞上老骑客，烂漫春光艳羡深。"赵少昂在重庆举办个展时，徐悲鸿撰文推介，其中写道："其卓绝之艺，敦厚之性，所至并为人坚留不行。其画可爱，其品尤可慕也。"

除了在画艺上的切磋，徐悲鸿还在很多事情上竭尽全力地去帮助赵少昂。赵少昂在办理去美国的手续时，很不顺利，使馆工作人员百般刁难。徐悲鸿在知道他的难处后，立即写信给自己的好友——当时的中国驻美国大使胡适。在信中徐悲鸿夸赞赵少昂道："赵少昂为中国花鸟画第一人，当世罕出其右。"由此可见徐悲鸿对赵少昂的推崇。没过多久，赵少昂在徐悲鸿的帮助下顺利地拿到了去美国的签证材料。

不久之后，太平洋战争爆发，香港和新加坡也沦陷，此时的赵少昂冒着生命危险搭乘小渔船回到了大陆。在得知赵少昂回到大陆后，徐悲鸿立即邀请他来国立中央大学教育学院艺术科任教。

图3-71-1为1937年徐悲鸿在广西桂林漓江小船上现场画的写生作品《漓江春雨》，是徐悲鸿在广西写生中的精品之一。此画以水墨画就，用水量较大，借用西洋水彩画中的湿画法。然而其平远式的章法，轻松悠远的意境却又是中国画的，并充分利用了宣纸和水的特性，显得酣畅淋漓。作品中既饱含中国传统绘画的写意精神，又具有西洋绘画的迷离光影，节奏感强，韵律感美。近景的渔船，中景的丛树、倒影，远景的群山，虽然元素简略，但是为读者营造出了一个生机盎然、清幽迷幻的漓江世界，是徐悲鸿山水画中不可多得的杰作。

"九一八"事变以后，军国主义的日本开始了侵华之路。这时国难深重，民不聊生，而徐悲鸿和蒋碧微之间的感情矛盾在此刻也演绎到了极点。在这种情景下，国民党桂系将领李宗仁和白崇禧邀请徐悲鸿到广西写生。来到广西后，徐悲鸿受到了特别的优待，广西政府还给他赠送了一套房子方便他写生居住。在广西写生期间，徐悲鸿被这里秀丽的风光吸引，使他暂时忘却了家庭的烦恼。他在阳朔居住约一年，为表达对这里的深厚感情，他自称为"阳朔天民"，还特意刻制了一方圆形的阴文《阳朔天民》印章（图3-71-2）。在这里，他的画渐入佳境，《漓江春雨》就是在如此背景之下诞生的。

图3-71-2 《阳朔天民》印章

徐悲鸿在游遍了广西后，被广西军民一致抗日的热情所打动。广西的抗日热情和国民党中央"攘外必先安内"的主张形成了鲜明的对比。在徐悲鸿心中，广西成为了爱国抗日的先锋队，渐渐地，他的生活也融入了广西。不久之后，徐悲鸿准备在这里举办画展和建立美术馆。可是好景不长，广西局势很

图3-72 徐悲鸿、张书旂绘《狮子猫》,中国画,纵101厘米,横63厘米,1937年。中国私人藏

快发生了巨变,广西的省府也从南宁迁到了桂林,徐悲鸿想在广西兴建美术馆的愿望也无法实现了。不过,广西省政府特意在桂林七星岩开辟了一个岩洞为徐悲鸿保存画作。

2012年5月12日,在中国嘉德2012春拍"大观——中国书画珍品之夜"专场上,徐悲鸿、张书旂于1937年合作的《狮子猫》(图3-72)以1380万的价格成交。此幅作品刻画了一只黑白毛色相间、形体高大的狮子猫站立在大块岩石上,注视着石下几枝紫色的杜鹃花。显而易见,狮子猫、岩石为徐悲鸿所画,杜鹃花为张书旂所画。徐悲鸿在画面左上方题道:"在宁曾蓄狮子猫,性温良勇健。转徙万里,未能携之偕行,殆不复存于世矣!图纪其状,并为诗哭之:剩有数行泪,临风为汝挥。嘻憨曾无节,贫病盖相依。逐叶频升木,捕虫刮地皮。故园灰烬里,国难剧堪悲。廿六年岁阑,徐悲鸿写于重庆。"题跋中谈到了徐悲鸿在南京时曾养过这只温良勇健的狮子猫,但是由于国难当头,自己漂泊不定而不能带着它,担心它已经不在了,因此作诗哭之。

徐悲鸿在画面的左中下方又题曰:"君璧先生方家教,弟徐悲鸿赠。"可见这件作品是徐悲鸿题赠给黄君璧的,原藏于黄君璧在台北的"白云堂"。

黄君璧(1898—1991),号君翁,广东南海人,生于广州。自幼学画,曾在广东省第一届美展中以一幅山水画夺取金牌而名扬岭南。1936年春,黄君璧来南京举办个人画展,徐悲鸿十分赏识他的艺术,因而出面聘请他任中央大学艺术科教授。自此,徐黄在一起共事长达十多年,感情日深。1937年8月,中央大学内迁重庆,黄君璧租住了重庆郊外一处较为宽敞的居室。每逢节假日,徐悲鸿常来闲坐,并留下一些画作相赠。譬如,1938年6月,徐悲鸿为黄君璧画白描坐像,并题写了诙谐的跋语,其中谈到他见黄家老鼠出没,于是打算"以纸猫代真猫相赠,不知能否助君捕鼠否?"1938年7月中旬,徐悲鸿离开了四川,转赴南洋。所以,徐悲鸿题赠《狮子猫》约在1938年6月前后。从1942年6月徐悲鸿从南洋返回四川,到1946年5月中央大学回迁南京,这四年间,黄君璧共得徐悲鸿作品十余幅,题材有仕女、梅花、古柏、喜鹊、松竹、雄鸡、飞鹰、猫、马等,落款称呼上有道兄、道长、仁兄、老兄等,愈加见证了二人的交情。

徐悲鸿与张书旂合画过许多作品，如《大猫和小猫》等。这源自徐悲鸿对于张书旂的大力引荐，之后二人成为挚友。早在1929年夏，徐悲鸿应时任福建教育厅长的黄孟圭之邀赴福州，在集美中学见到时年仅二十九岁的张书旂的作品，许为奇才，赞曰："其风爽利轻快，大为人所注意。"即聘张书旂去南京国立中央大学任教。徐悲鸿还曾评书旂画："其气健朐，其笔超脱，欲与古人争一席地，而蔚为当代代表作家之一。"

1938年，徐悲鸿绘《桐阴孤骏图》（图3-73）。徐悲鸿题："槐准先生存念。徐悲鸿戊寅旧作。辛巳题。"钤"悲"白文方印。"戊寅"为1938年，徐悲鸿时年四十三岁；"辛巳"为1941年，徐悲鸿时年四十六岁。获赠画作的槐准先生为原故宫博物院院长、著名考古学家韩槐准（1892—1970），徐悲鸿在新加坡结识了韩槐准并成为好友。图中的桐树以大写意的泼墨法

图3-73 1938年，徐悲鸿绘《桐阴孤骏图》，纸本设色，纵129厘米，横39.8厘米。北京故宫博物院藏

表现，树干用笔粗犷豪放，笔与笔间自然留白，形成高光，增强了枝干的视觉对比效果。树叶直接以饱含水墨的大笔集点成形，且彼此联结成片，略施花青，增强了画面的整体性。树下画有一匹低头食草的马，以简练概括的线条准确地勾勒出矫健俊逸的骨骼，通过留白及赭色渲染的深浅变化，晕染出马的肌肉组织。此画融形似与墨趣为一体，显现出作者落笔有形、笔到神随的精湛功力。

图3-74 在重庆工作生活的徐悲鸿，1938年

图3-74为在重庆时期的徐悲鸿。照片中的徐悲鸿手抱右膝，坐在江畔的石阶上望着远方。由于抗日战争的爆发，南京的沦陷，国民政府迁往了重庆，中央大学随之迁徙。徐悲鸿和蒋碧微也来到重庆，但彼此之间少有交集，徐悲鸿和中央大学的许多老师们住在"亲年会"，蒋碧微和仆人同弟住在小楼"光第"中。这时的徐悲鸿将主要精力投身于教学（如见图3-75）与创作之中，并学会了苦中作乐，以宽慰自己。

图3-75，1938年，徐悲鸿与中央大学艺术科绘画班的师生在重庆沙坪坝合影

图3-76为1938年徐悲鸿所绘的《巴人汲水图》，它诞生于抗日战争的艰苦时期，是一幅记录民众艰苦生存景象的作品，被誉为徐悲鸿具有人民性和时代精神的代表作之一。民国政府西迁襟江背岭的重庆之后，这里成为战时首都。全国政治、经济和文化中心也转移到此地，诸多文化领域的重要人物，如郭沫若、冰心、巴金、老舍、徐悲鸿、丰子恺等云集沙坪坝区，此处遂成为著名的文化区。

徐悲鸿随中央大学入蜀后，住在嘉陵江岸边的盘溪。每日过江至对岸到位于沙坪坝的中央大学为学生授课。他目睹重庆人民的疾苦，感同身受，遂创作了中国画《巴人汲水》，对劳动人民的艰辛生活抱以深切的同情与钦佩。《巴人汲水图》描绘了当时蜀中百姓一个平常的生活场景——汲水。这个平常的生活画面，却触动了徐悲鸿的心灵。当时百姓每日的生活用水都要从江中汲取，故而无论男女老少，为了生活，每天都要下到江边取水。他们挑着木桶，装上满满的水，吃力地沿着崎岖陡峭的山路拾级而上，并走回家去，有时每天甚至要往返多次。由此可见巴人汲水之不易！

此画纵300厘米，横62厘米，高耸的纵横比例较为夸张，展示了嘉陵江畔崖边陡峭、山路崎岖的场景。画家将巴人汲水的场面从下而上分为舀水、让路、登高前行三个段，共计描绘了七个人物。整个画面突出担水的艰难，男女老少担水的动作各

图3-76 徐悲鸿绘《巴人汲水图》，纵300厘米，横62厘米，1938年。国内私人藏

有不同。画家还在两个裸露出胳膊的挑夫的身上加强了筋肉的描绘，突出他们身体的健劲有力。

徐悲鸿在画上题写了一首自作诗："忍看巴人惯担挑，汲登百丈路迢迢。盘中粒粒皆辛苦，辛苦还忝血汗熬。"从诗中可以看出画家对于当时百姓凄苦生活的同情，由其间的"辛苦"与"血汗"，折射了广大人民坚强的斗争精神，也体现了徐悲鸿利用画笔为苍生写照的历史使命感。画中右上角的竹子郁郁葱葱，梅花也在怒放，这种处理不但对画面起到了点缀作用，而且反映了徐悲鸿对于中华民族在严酷的历史环境中表现出来的不屈不挠的民族气节的赞颂。

根据徐悲鸿之子徐庆平的回忆，这件作品还具有一段曲折的收藏经历。徐悲鸿在重庆期间创作了《巴人汲水图》并举办画展，当时的印度驻华公使看上了这幅画，希望重金购得。徐悲鸿当时在经济上很紧张，既要救济学生，还要举办画展，因此又重新画了一张《巴人汲水图》。最早创作的那幅《巴人汲水图》如今陈列在北京徐悲鸿纪念馆，卖给印度公使的那幅后来辗转被新四军干部朱良收藏。

1949年，朱良跟随部队到了重庆。在这里他恰巧遇见重庆聚兴诚银行老板的管家正在处理一批旧书画。在一批古代及近现代字画中，朱良唯独看上了徐悲鸿的《巴人汲水图》。当时，这位管家出价160万元，经过一番讨价还价，最后和朱良谈到120万元。于是朱良留下10万元订金，商定三天后取画。当时的朱良没有多少现金，急忙找到部队的后勤部长商议。当时，部队正要给师级以上干部分配苏联毛呢大衣，按级别朱良应得一件，但恰巧这批大衣数量不够，朱良便主动提出不要大衣，希望换取120万元现金。后勤部长同意了他的建议。于是朱良用这120万元如愿以偿地购得了《巴人汲水图》。

"文革"结束后，重庆收藏界、书画界的许多老人，包括徐悲鸿的好友晏济元、苏葆桢等画家均曾到朱良家中欣赏过这幅《巴人汲水图》。

2004年，在北京翰海拍卖会上，《巴人汲水图》从800万起拍，经过数十轮竞拍，最后终以1650万元成交，创造了当时徐悲鸿个人书画拍卖的世界纪录。6年之后，2010年12月10日，在北京翰海秋拍庆云堂近现代书画专场中，徐悲鸿《巴人汲水图》以3500万元起拍，引起竞投热

图3-77 徐悲鸿绘《无题》，中国画，纵129.5厘米，横75.5厘米，1938年。徐悲鸿纪念馆藏

潮，经过30余轮竞争，《巴人汲水图》以1.53亿元落槌，加上佣金，成交额超过1.71亿元，刷新了当时中国绘画拍卖成交的世界纪录。

如果说，徐悲鸿后来创作的《愚公移山》反映的是他借用神话传说来展示中华民族坚强不屈的气概，《巴人汲水图》反映的则是徐悲鸿借用现实生活来展示中华民族勇于抗争的精神。正是这种《愚公移山》、《巴人汲水图》中所呈现的气概与精神，将中华民族的优秀文化不断传承下去而生生不息。

图3-77为北京徐悲鸿纪念馆所藏徐悲鸿画马作品中的精品《无题》。画有一黑马以左蹄搔鼻部之痒，这一姿势在历代画马图中罕见，足见徐悲鸿观察之细致深入。此画造型独特、笔墨酣畅，曾载于中华书局出版的《徐悲鸿画集》中，是1938年徐悲鸿在广西八步创作的作品，1939年徐悲鸿在澳门郑健庐家中又加以题跋："朋辈中最孝悌笃行者当推香山郑健庐子展昆季（昆季乃兄弟的书面用语），两家子女众多，而一门雍穆从无间言。健庐幼女璋五岁绝慧，与子展七岁女彦相戏，偶为姊创手痛而哭。彦出无心，述于其母亦自恨而哭。余适逢其会，觉此乃人类最伟大之情绪，苟广此德可立溶巨炮作金人而太平将与天长地久永无极也。廿八年岁始。徐悲鸿权喜赞叹纪此幸遇！"

这一题跋既记载了徐悲鸿与郑健庐一家人深厚的情谊，又流露了在炮火纷飞的抗战时期，徐悲鸿对于人间真情的渴望以及试图以人与人之间的真爱替代冲突与战争的理想。他也自信自己的画必传，愿与好朋友分享将来的荣誉。

郑健庐时任香港中华书局经理，他与其弟子展著有《南洋三月记》。徐悲鸿每次到岭南都由郑健庐、郑子展兄弟接待，在广州多住在惠爱路中华书局三楼的贵宾接待室，到澳门会入住郑健庐家，在香港则下榻于跑马地山村道郑健庐寓所。

1937年5月30日，徐悲鸿为郑健庐作炭笔肖像画，以炭笔勾勒皴擦，画幅虽不大，但郑氏神情栩栩如生。徐悲鸿为郑氏兄弟俩作画极多，后多被结集成《徐悲鸿先生百年诞辰纪念书画集——郑健庐、子展昆仲（昆仲乃兄弟的书面敬词）藏品》（香港形意设计公司，

1995年版）。

徐悲鸿与郑健庐、郑子展之间密切交游的照片还可见于（图3-78、图3-79、图3-80）。图3-78是一幅罕见的徐悲鸿与高僧的合影照片。虚云禅师（1840—1959）乃近代禅宗大德，他一生一衲、一杖、一笠、一钟行遍天下，由自度而度人，世寿一百二十岁。他历任福建鼓山、广东南华、云门大觉诸大寺院住持，为禅宗复兴培养与储备了大量的护法居士和弘法高僧，其门下弟子中较为著名的有十余人，其中释一诚、释传印先后担任中国佛教协会会长。合影中的虚云白须飘飘，微闭双目，手持折扇，一代高僧风范。其左手边的徐悲鸿则合抱双手，淡定从容。其右手边的郑健庐双手垂放，一旁侍立。这幅照片由郑氏子孙保留至今，因此可以推测，徐悲鸿与虚云禅师的结识应该与郑健庐的引荐密不可分。

图3-78 徐悲鸿（右一）与虚云禅师（右二）、郑健庐（左一）等合影，二十世纪三十年代

图3-79 徐悲鸿（左）与郑健庐（中）、郑子展（右）兄弟合影，二十世纪三十年代

1986年北京出版社编印的《徐悲鸿画集》第二册所载的《红叶图》题跋为："廿八年元旦试笔，香港山邨道中，徐悲鸿。"右有赵少昂加署"少昂缀小虫其上"。徐悲鸿把"香港山村道"中的"山村"写为"山邨"，乃取其雅致。另外，徐悲鸿《秋树图》题跋为："廿七年九月将去桂林。作此，少昂为补蝉，徐悲鸿。"后来又加署"静文爱妻存"。《秋声图》上还题有："戊寅晚秋，少昂写蝉，徐悲鸿为足成。"这些画作均是徐悲鸿当时在香港跑马地山村道郑健庐寓所所作的

得意作品。

每次徐悲鸿来香港，郑家总会设一个临时画室，画案由乒乓球桌临时搭成。一听说徐悲鸿来港，当地的画家与文人往往会接踵而来，或即席挥毫，或联手作画，使得郑宅非常热闹，大家由于徐悲鸿的到来而备感欣喜。

1937年，徐悲鸿为郑健庐绘素描像（图3-80），画中的郑健庐身着西装，右手持烟斗，表情祥和，使得这位著名出版人的形象更加儒雅谦和。

1940年夏，徐悲鸿应印度大诗人泰戈尔之邀赴印度举办画展，游喜马拉雅山及印度各胜，并创作《愚公移山》巨制。在他写给郑健庐的长信之中，娓娓阐述其绘画经营之不易。徐悲鸿还曾写信给郑健庐讨论"九方皋"以及《八十七神仙卷》，可见他将郑氏视为知音。

关于二人的友情，廖静文先生曾回忆道："犹忆健庐先生寓重庆时，抗日战争方殷，日机不断空袭轰炸。徐悲鸿居重庆郊区之盘溪，每次偕我入城与健庐先生晤谈，皆须乘嘉陵江之小船前往，并须冒日机空袭之危险。而每次相见，促膝谈心，徐悲鸿与健庐先生皆喜形于色。健庐先生着西服，语带粤音，为人耿直而谈吐文雅。"

作为出版人的郑健庐、郑子展兄弟与徐悲鸿相交二十余年，时相过从，书信往返不绝，他们在生活上互相帮助，在艺术上互为知己。使得两家人也成为至交，在兵荒马乱的当时传为艺坛佳话。

图3-80 徐悲鸿绘《郑健庐像》，素描，纵38厘米，横30厘米，1937年

第四章　任重道远　1939年——1946年

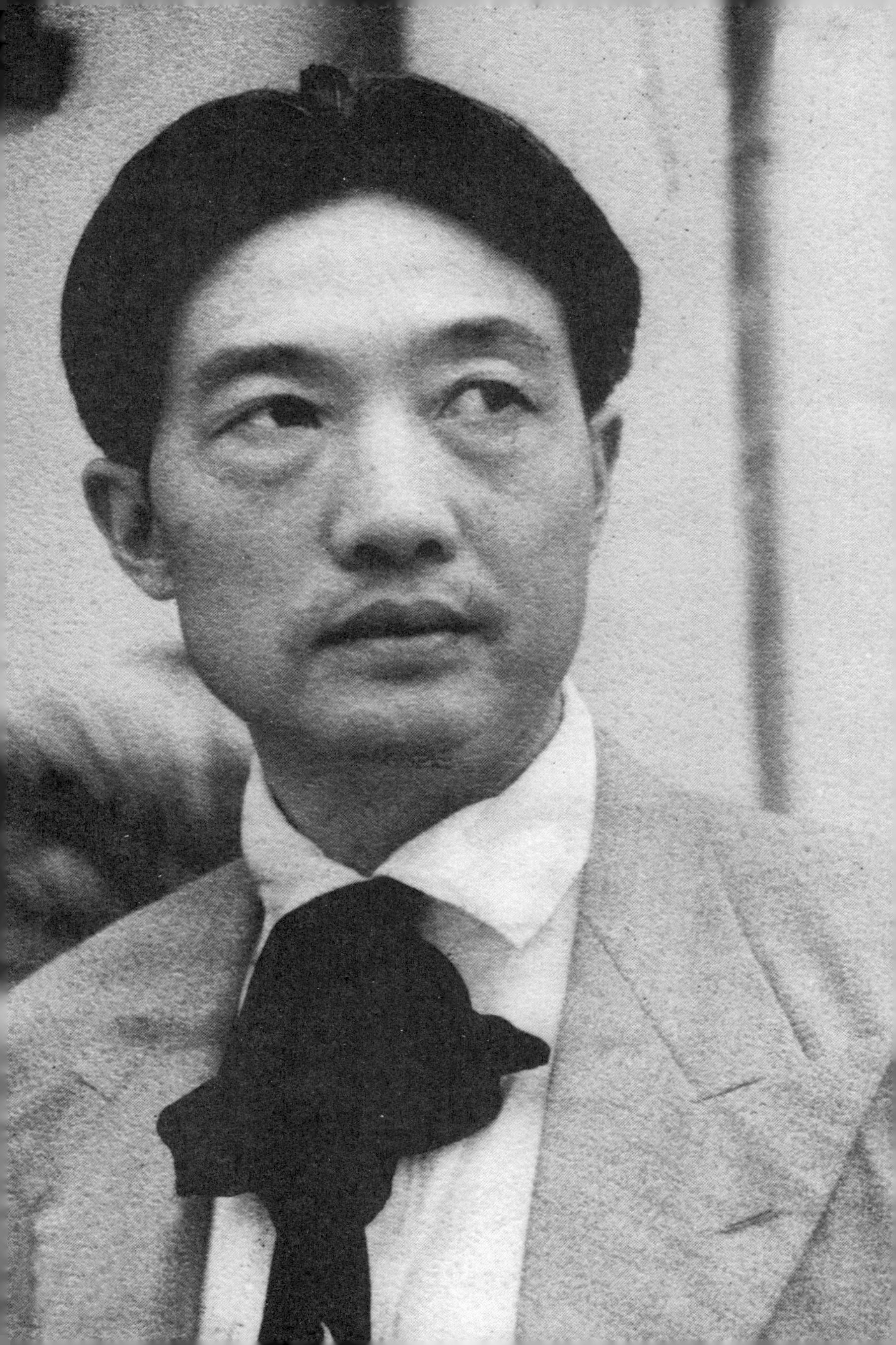

第四章 任重道远

图4-1、图4-2为1939年徐悲鸿在南洋举行赈灾义卖画展时的照片。图4-2中的徐悲鸿双手交叉,眼看前方,表情凝重,身后是其中国画代表作之一——《九方皋》。

抗日战争期间,徐悲鸿为了支援抗战来到了南洋地区举办画展义卖来募集赈灾资金。徐悲鸿这次在新加坡的展览反响十分强烈,据说当时新加坡每十人中就有一人参观过。

画展上还有一个振奋人心的事情,即很多画的下面都贴上了红色纸条。贴红条子的意思是表明有人喜欢这张画和想买这张画,贴一张说明有一位定主,贴两张说

图4-1,1939年,徐悲鸿画展在新加坡维多利亚纪念堂展出

图4-2,1939年,徐悲鸿在南洋举行赈灾画展上的留影

明有两位定主。见到这么多定单，徐悲鸿十分高兴，于是他把画桌搬到了展厅，有多少红条子他就画多少张，故而展览每天都开到晚上，人们才慢慢散去。

1939年3月16日，新加坡《南洋商报》整版刊登徐悲鸿画展的消息，还刊登了卖画的筹款数字"此时已过一万一千"。徐悲鸿寄了一份给国立中央大学艺术科存档（图4-3）。

图4-3 中央大学艺术科存档的新加坡《南洋商报》1939年3月16日整版报道

新加坡的这次展览徐悲鸿卖画筹得15398元9角5分国币，这在当时可是一个天文数字。徐悲鸿把这些巨款全部寄回了国内，作为广西抗日第五路军阵亡烈士的遗孤抚养费用。

按画展规定，捐款100元可得徐悲鸿展品一幅，捐200元可指定内容请徐悲鸿再画一幅，也就是说义展的画价是100元一幅，总收入一万五千余元，就是说徐悲鸿为这次义展画了至少150幅作品。另据史料记载，这次展览是新加坡艺坛的一次盛会，为筹备展览，新加坡各界专门成立了以林文庆为主席的20多人的筹委会，又组建了80多人的展览工作委员会，新加坡总督夫妇还出席了展览开幕式。为答谢各界的支持，徐悲鸿又画了大量作品馈赠给各界，新加坡晚报曾统计徐悲鸿为此次画展赠送及售出的画作多达400—500幅。

展览结束后，有记者采访时问徐悲鸿："这样做值不值？"他回答道："我生活在后方，再怎么累也不如前方流血的战士们辛苦。出钱再多，也比不上牺牲将士的价值大！"话一说完，感动得在场的所有记者和观众都为他鼓起掌来。

图4-4为1939年春夏之交徐悲鸿为新加坡珍妮小姐绘制的油画像，

图4-4
徐悲鸿绘《珍妮小姐像》，油画，纵136厘米，宽98厘米，1939年

这是徐悲鸿著名的油画人物肖像之一,是徐悲鸿为了支持国内抗战在南洋举行义卖募捐时所画的作品。

画家签名在画幅的右侧偏下,为"徐悲鸿己卯"四字。己卯为公元1939年,民国二十八年,徐悲鸿时年四十四岁。

画中的珍妮小姐穿着浅色短袖旗袍坐在一把休闲摇椅上,脚穿一双相当时髦的高跟鞋。柔和的阳光透过窗户洒进屋内,珍妮身上被这暖暖的光线罩染着,好像在这一刻,她的所有疲惫和烦恼均消失了,她享受着安宁与惬意,显得年轻美丽。

珍妮祖籍广东,是当时新加坡的著名女星,与很多政商名流交往颇多,为星洲名媛。珍妮小姐在看过徐悲鸿的画展后,对他的艺术产生了浓厚的崇拜之意,继而萌发了想找徐悲鸿为她定制一幅肖像画的想法。于是珍妮向他的男友——时任比利时驻新加坡副领事渤兰嘉,说了想找徐悲鸿画像的意愿。渤兰嘉听后爽快地答应了珍妮的请求。受渤兰嘉之托,徐悲鸿答应了为珍妮画像。画完后,珍妮小姐对徐悲鸿的画艺赞叹不已,付给了徐悲鸿十万多新币,并大力支持徐悲鸿的南洋赈灾画展,此事也成为一时盛传的佳话。图4-5为徐悲鸿与其油画《珍妮小姐像》的合影。

2011年11月,中国嘉德秋季拍卖会上,徐悲鸿的这幅《珍妮小姐像》以5750万元人民币成交,说明了虽然时隔72年,不朽的艺术仍能

图4-5 1939年,徐悲鸿与其油画《珍妮小姐画像》

图4-6 1939年,徐悲鸿与其油画《汤姆斯总督像》

打动人心。

徐悲鸿在新加坡举行画展之后，还受邀为汤姆斯总督画像，总督本人曾多次到江夏堂当模特儿。图4-6为徐悲鸿与所绘《汤姆斯总督像》的合影。1939年9月14日，汤姆斯总督画像悬挂典礼在新加坡维多利亚纪念堂隆重举行，徐悲鸿是第一个为新加坡总督画像的华人画家。他将此次画像的一半报酬用于抗战赈灾。

图4-7为1939年徐悲鸿为新加坡华侨杰出商人陈延谦、李俊承所画的素描像。在这幅素描中，陈延谦是一位头带斗笠、身穿蓑衣之人，表情从容。李俊承是一位虔诚的佛教徒，徐悲鸿画了他身穿袈裟的形象，四分之三的侧面，画中的李俊承淡定慈祥地凝视着远方，展现了他执着的宗教信仰。1940年，徐悲鸿为李俊承所著《印度古佛国游记》（商务印书馆出版）绘彩色著者像一幅。

后来，徐悲鸿又根据素描稿把陈延谦描绘成一位在漫天雪意的江面上垂钓之人，此画故名《寒江垂钓图》（图4-8）。画中的陈延谦手持钓竿，身后是漫天霜雪，虽身处寒境，但表情恬淡，眼神深邃，显示出高洁的人格。虽然徐悲鸿所画的是南洋见不到的雪景，可是在南洋的华人亦可借此慰藉对家乡的思念并追寻宁静淡泊的人生。

陈延谦是新加坡著名的华人领袖，也是当时中国最大的海外银行——新加坡华侨银行的创行总经理。在"九一八"事变后，他成立了南洋华侨赈灾会并担任首届主席。他虽然身在海外，却心系国内，一直为抗日战争筹赈捐款。李俊承也是新加坡华侨界的重要人物，任华侨银

图4-7 徐悲鸿绘《陈延谦、李俊承像》，素描，1939年

图4-8 徐悲鸿绘《寒江垂钓图》，中国画，1946年

行的行长,在南洋华侨赈灾会担任副主席,与陈延谦一道为抗日积极出力。陈延谦当时还有个社团头衔——"吾庐俱乐部"主席。1939年徐悲鸿在新加坡举办展览时,陈延谦对其大力支持,他曾以"吾庐俱乐部"名义捐款认购徐悲鸿画作,这些作品如今仍在"吾庐俱乐部"。他不仅自己买了很多画,还介绍不少朋友前去捧场。可以说如果没有陈延谦、李俊承这些友人的热情相助,徐悲鸿肯定难以筹得如此多的画款来支持抗日。徐悲鸿为了感谢陈延谦和李俊承,特别为他们各画了一幅肖像画。在二十世纪三十年代的新加坡,许多人想找画家为自己画像,而画得好的画家少之又少,所以能有高手为他们画像是一件非常荣幸的事情,故而陈延谦、李俊承很感谢徐悲鸿。当年南洋华人认购徐悲鸿画作,可以提出他们各自的要求。陈延谦请徐悲鸿画的是一幅《寒江独钓图》,陈延谦对徐悲鸿画的这幅作品非常满意,曾题诗明志道:"蓑笠本家风,生涯淡如水。孤舟霜雪中,独钓寒江里。"作为南洋华人企业家的佼佼者,陈延谦祖籍福建,出身贫苦,少年时随父亲到南洋谋生,开始在商店当学徒,后来经营树胶种植与橡胶加工出口,经过苦心经营而发展成为"橡胶大王"。1932年,成立华侨银行有限公司,分行遍及东南亚,陈延谦出任当时海外最大的华人金融机构总经理。同是出身贫寒而获得成功,因此徐悲鸿与陈延谦心灵相通,对人生的领悟不同于凡俗。

陈延谦在新加坡的东海岸建有私宅"止园",其中最为有名的是水榭"海屋",他将《寒江独钓图》陈设在"海屋"前厅。徐悲鸿离开新加坡之前,陈延谦还在"海屋"设宴饯行,徐悲鸿的至友黄孟圭和郁达夫作陪。陈延谦即席作诗一首:"老来遣兴学吟诗,搜尽枯肠得句迟。世乱每愁知己少,停云万里寄遐思。"日军占领新加坡之后,陈延谦忧愤交加,1943年因心脏病去世,《寒江独钓图》在战乱中也不知所踪。

1948年,《南洋商报》的一位摄影记者从中国采访归来后在新加坡举办摄影展,其中的一张照片拍的是徐悲鸿。去看展览的陈延谦之子陈笃山想起徐悲鸿就是曾为父亲画《寒江独钓图》的画家。陈笃山翻找父亲遗物,找到了《寒江独钓图》的一张照片。于是给徐悲鸿写了一份信,希望请他重画此图。

徐悲鸿接到陈笃山的来信之时,正值政局动荡,人心惶惶。尽管徐

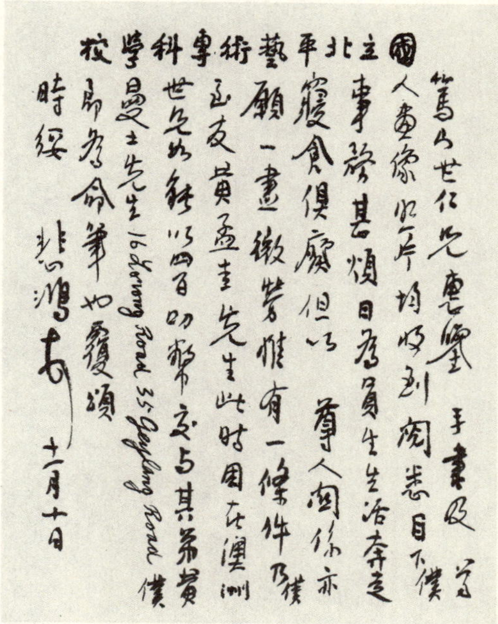
國立北平藝術專科學校

篤山世仁兄惠鑒：手書及尊人畫像照片均收到，閱悉。目下僕事務甚煩，日為員生生活奔走，寢食俱廢。但以尊人關係，亦願一盡微勞。惟有一條件，乃僕至友黃孟圭先生此時困在澳洲，望能以四百叻幣交與其弟黃曼士先生 16 Lorong Road 35 Geylang Road，僕即為命筆也。覆頌時綏。

悲鴻 拜

十一月十日

图4-9 1948年徐悲鸿给陈延谦之子陈笃山的回信

悲鸿事务缠身，但是他在1948年11月10日给陈笃山的复信中还是说：“笃山世仁兄惠鉴：手书及画像照片均收到。阅悉。目下事务甚烦，日为员生生活奔走，寝食俱废。但以尊人关系，亦愿一尽微劳。惟有一条件，乃仆至友黄孟圭先生此时困在澳洲，望能以四百叻币交与其弟黄曼士先生，仆即为命笔也。覆颂时绥。”（图4-9）对于徐悲鸿真诚的要求，陈笃山爽快地答应。

1948年12月，徐悲鸿以《寒江独钓图》为蓝本重画了一幅，并托人连同他在1939年为陈延谦、李俊承所绘的速写稿一起带到新加坡交给陈笃山。徐悲鸿将原画《寒江独钓图》改题为《寒江垂钓图》，并在画面的右上方题跋：“廿八年四月春，余为星洲筹款之展，陈延谦先生属此图。逮星洲沦陷，此图毁失。陈先生哲嗣笃山世兄函求重写，时国中烽烟遍地，人心惶惶。余方长国立北平艺术专科学校，情绪不宁。感于笃山世兄之孝恩不匮，勉力作此。卅七年十二月，徐悲鸿。”陈笃山按徐悲鸿的托付，将酬金交给黄曼士，再由黄曼士转交给病困在澳洲的徐悲鸿挚友黄孟圭。

从《寒江独钓图》到《寒江垂钓图》，是徐悲鸿一个人物画题材的两次创作，虽然前者有抗日战争的印记，后者有国共决战的背景，但是共同承载了他与南洋两代企业家的真挚情谊。

图4-10为1939年徐悲鸿在新加坡创作的油画《放下你的鞭子》。这幅画是徐悲鸿在新加坡创作的杰出作品之一，具有非常高的艺术价值与时代价值。此作的主体是刻画了一位手持红巾、跪在地上卖唱的长辫子

图4-10 徐悲鸿绘《放下你的鞭子》,油画,纵144厘米,横90厘米,1939年

姑娘，创作严谨，个性鲜明。围观的群众则采用降调与弱化处理，虚实结合。这幅画还有一个特色，即在姑娘的着装刻画上，表现出了中国传统水墨画的韵味，青色的花纹，吉祥的花鸟图案，并有意减弱了光影的对比。在整体上，这幅画生动地展现了逃出沦陷区的难民沿街卖唱的场景，对于调动人民的抗日情绪发挥了重要作用。

徐悲鸿创作此画的缘由是在新加坡上演的街头剧《放下你的鞭子》。1939年10月，徐悲鸿在忙完了一天的工作之后，来到街头，正巧碰到了一出正在上演的街头剧——《放下你的鞭子》。舞台旁围满了观众，吆喝声，叫好声，鼓掌声不绝于耳，这时徐悲鸿也挤进了人群之中。

《放下你的鞭子》是徐悲鸿的好友、《义勇军进行曲》词作家田汉根据德国作家歌德的小说改编而来的独幕剧，后来被改编为抗战街头剧。它讲述了这样一个故事："九一八"事变以后，一对东北父女从沦陷区逃出来，流落街头以卖唱卖艺为生。在一次演出时，老汉的女儿正准备开唱时，却因长期饥饿，突然晕厥在地。可是老汉这时并没有过来扶起女儿，反而拿起手中的鞭子向女儿身上抡去。就在这时，人群中冲出了一位愤怒的男青年，对老汉大声吼到："放下你的鞭子！"说完便冲上前去一把夺走了老汉手中的鞭子。事后，老汉和女儿哭泣着诉说到："日本鬼子侵占我们的家乡后，在沦陷区根本无法过活，不得不流落街头卖唱讨饭。"这一幕幕动情的演出无不深深地触动着在场人的抗日情绪，激发起人们的抗日斗志。

看完演出后，徐悲鸿在朋友的介绍下，认识了这幕戏的主要演员——扮演女儿的王莹。徐悲鸿被其中的剧情和王莹的演技所深深打动，决定创作一幅同名的油画《放下你的鞭子》。王莹为了徐悲鸿的创作需要，多次来到他的画室当义务模特。徐悲鸿用了10天时间，以接近真人的比例将王莹入画而创作出这幅抗日题材画作，反映了徐悲鸿忧国忧民，国家有难，匹夫有责的艺术情怀。

后来，油画《放下你的鞭子》在新加坡被盗，长期没有踪迹。2007年4月，这幅画出现在香港苏富比春季拍卖会上，受到追捧，不仅刷新了徐悲鸿的油画拍卖纪录，还创造了中国油画的世界拍卖最高纪录——7200万港元。

图4-11 1939年，徐悲鸿（左二）与新加坡华人美术研究会的青年在一起

图4-11为1939年徐悲鸿（左二）与新加坡华人美术研究会的青年在一起进行艺术交流时的合影照片。

新加坡华人美术研究会发端最早可以追溯到1935年由张汝器发起并成立的"沙龙艺术研究会"。起初该研究会只招收上海美术专科学校、上海艺术学校、新华艺术大学这三校的毕业生作为会员，会员很少，一直没有超过20人。但是后来大家觉得这样吸收会员，面太小了，很难形成气候。于是在后来的会员大会上就取消了入会资格限制，只要人品端正，艺术造诣高的人士都能加入。成立初期的新加坡华人美术研究会的宗旨是"研究美术，联络感情，美化社会"。

1939年，徐悲鸿带着千余幅精品画作来到新加坡举办展览，这给华人美术研究会带来了学习的机会与极大的鼓舞。徐悲鸿的年纪比美术研究会的会员们都大，再加上他是国立中央大学的著名教授，因此徐悲鸿在这里好像是他们的师长，既亲切，又权威。当年2月，为了迎接徐悲鸿到新加坡举办画展，华人美术研究会特意举办了隆重的欢迎宴会。在宴会上，徐悲鸿和会员们畅谈，并向他们提出了自己的绘画观，他认为："艺术有两个源头，即善和美。中国画注重美，但少于善，很少注重对真实的写生，中国画缺乏像西画那样一看就明白的好处。""现在我们

画画应坚持现实主义的原则，把现实主义作为描写的方法，但不能拘泥于此。一幅画应该要反映出一些社会现象，让人一看就懂。""一地的美术欲求发展，须有美术馆的设立，内中搜集历来的美术作品，使大众有欣赏研究的机会。爱好艺术的人士和艺术家组织俱乐部则可为他们有集合的机会。一幅作品最少要反映一些时代的精神，艺术要表现生活，别以为自描两条香蕉、一个苹果就自命为天才。"

新加坡华人美术研究会的会员们被徐悲鸿的艺术思想所深深触动，这场宴会直到深夜才结束。此后，徐悲鸿在新加坡的筹赈画展取得了前所未有的成功，离不开华人美术研究会同仁们的鼎力相助。

图4-12为1939年徐悲鸿为《百扇斋主手拓徐悲鸿用印》册的题签。在徐悲鸿即将赴印度之前，黄曼士把徐悲鸿的印章亲自拓成两本册子，用来纪念他们之间的交往。《百扇斋主手拓徐悲鸿用印》一共收录了徐悲鸿的82枚印章，封面用蓝青色宣纸装裱。在这本册子的第一页是徐悲鸿亲自题写的序言（图4-13）："中国晚近虽文物衰落，但金石文字皆藉印刷术而广布，治印一门遂造成空前之瑰丽时代。如此册之作家，皆往古罕有之人物也。吾幸生与并世且与友好，因得偿吾无厌之求，沉湎之嗜，谓非幸福乎。曼士二哥特为拓两份，亦缘法也。廿八年九月徐悲鸿志。"《百扇斋主手拓徐悲鸿用印》册是保存徐悲鸿用印最为完好的一本，其中

图4-12 1939年徐悲鸿为《百扇斋主手拓徐悲鸿用印》册题签

图4-13 《百扇斋主手拓徐悲鸿用印》册的首页是徐悲鸿题写的序言

图4-14
徐悲鸿绘《弘一法师像》，油画，纵60厘米，横40.5厘米，1939年

的许多印章皆当时的治印高手为之，此册对研究中国近现代篆刻发展和美术来说是一份弥足珍贵的资料。

看到这里也许有人会问，百扇斋和百扇斋主到底是谁呢？徐悲鸿在新加坡得到的很多帮助皆源自黄曼士。二十世纪二十年代，黄曼士在新加坡修建了自己的住宅——江夏堂。黄曼士平时有个爱好是收集折扇，在这些扇子中有象牙、紫檀等多种材质，扇子上画有很多名家之作，故而黄曼士的江夏堂又叫做"百扇斋"，黄曼士常称自己作"百扇斋主"。所以徐悲鸿经常在黄曼士的扇子上题字作画。

图4-14为徐悲鸿于1939年创作的油画《弘一法师像》。

弘一法师（1880—1942），原名李叔同，是中国现代艺术教育的先驱之一。早年留学日本，在书画、音乐、戏剧等领域具有很高造诣，主持创办了中国第一个话剧社团——"春柳社"。1913年受聘为浙江两级师范学校（后改为浙江省立第一师范学校）音乐、图画教师。1915年起兼任南京高等师范学校（中央大学、南京大学及东南大学前身）音乐、图画教师。南京高等师范学校校歌就是由他谱曲的，其填词《送别·长亭外》传唱近百年至今。后剃度为僧，法名演音，号弘一。

1939年，已迁居新加坡的广洽法师为祝弘一大师六十寿辰，特请正在新加坡举办画展助赈的徐悲鸿为大师造像。徐悲鸿早已深知弘一法师，并在留法期间与法师的侄子李麟玉（1889—1975）相交甚厚，并得到他的帮助。1926年，徐悲鸿作《画稿二十一》，并在上面题跋曰："当日见巴尔堆农（今译作巴特农）旧册以价重不能购，今又遇之矣，价尤重过之，只有看他绝版而已，呜呼。"同稿又记曰："李君圣章（即李麟玉）为吾购之，实没齿不忘之大德也。"李麟玉，1915年毕业于法国杜陆芝化学院，1921年获巴黎大学理学硕士学位，之后任教于北京大学。1927年获法国骑士勋章。徐悲鸿敬佩弘一大师高洁的品格，便欣然接受广洽法师的请求。根据广洽法师提供的弘一大师照片，画了这幅弘一大师油画肖像。弘一朴实谦和的神采栩栩如生，因而，它经常被收入各种弘一大师纪念集中。

1947年，徐悲鸿又为此画补写了题记一则，表达了他对弘一大师的景仰之情。题记中表明了他早在北京大学画法研究会任导师时，已从同事陈师曾处得知弘一大师的为人,即心生仰慕,对弘一大师的书画艺术也是如此。他又说:"徐悲鸿不佞,直至今日尚沉湎于色相之中不能自拔,于五六年前且恳知友丐师书法,钝根之人日以惑溺,愧于师书中启示未能领悟。民国二十八年夏,广洽法师以纪念弘一师诞辰,嘱为造象,欣然从命。就吾所能,竭吾驽钝,于师不知不觉之中,以答师之惟一因缘,良自庆幸。所愧即此自度微末之艺,尚未能以全力诣其极也。三十六年初秋徐悲鸿重为补书于北平寓斋。"

图4-15为1940年徐悲鸿所画的泰戈尔肖像。1939年,徐悲鸿应印度

图4-15 徐悲鸿绘《泰戈尔像》,中国画,纵51厘米,横50厘米,1940年

图4—16
1939年11月2日,新加坡华人美术研究会在罗敏申路爱华音乐戏剧社为徐悲鸿(中)举行印度之行欢送茶会

诗圣泰戈尔之邀赴印度国际大学进行讲学和举办展览。

得知徐悲鸿将赴印度,新加坡华人美术研究会于1939年11月2日在罗敏申路爱华音乐戏剧社为徐悲鸿举行隆重的欢送茶会(图4-16),与会者有会长张汝器(左六)、黄葆芳(左五)、徐君濂(左七)等人,足见新加坡华人美术家们对徐悲鸿的厚爱。

徐悲鸿在印度举办一系列活动之余,还画了很多的速写及素描,从印度风土人情到各种动物,从伟人的肖像到印度的风景,从学校的音乐课到自画像,并为创作巨作《愚公移山》积累了大量的素材。徐悲鸿曾多次为泰戈尔画像,二人结下深厚友谊。

在徐悲鸿的笔下,这幅《泰戈尔像》被赋予了中国式的艺术语言。他坐在一棵葱郁的榕树之下,树枝之上、树叶之间还有两只小鸟鸣唱。泰戈尔白发银须,散发出智慧的光芒。他安详地坐在藤椅上,右手握笔,左手拿着一册蓝色封面的本子。这是泰戈尔在思索写作时凝神聚气的瞬间状态。他的眼神似乎穿越了时空,以探求生命本源的曙光。这幅画不仅表现出中国画特有的水、色、墨交融的淋漓状态,而且传达出了徐悲鸿对于泰戈尔诗歌精神的独到理解。徐悲鸿为泰戈尔这位伟大的诗人画了很多肖像画,图中的这幅是流传最为广泛的。

徐悲鸿与泰戈尔的因缘与友谊源自他在印度的画展。徐悲鸿在印度期间受到了泰戈尔的热情接待,徐悲鸿还在印度国际大学举办了专题讲座来介绍中国现代绘画。他非常喜欢泰戈尔的诗,在院子里散步时还经常即兴吟诵。泰戈尔也对徐悲鸿的艺术修养也十分赞赏,尤其赞佩他的南洋筹赈画展。泰戈尔还对中国的抗日战争表示强烈

图4-17 1940年6月徐悲鸿寄赠黄孟圭的《徐悲鸿与泰戈尔合照》

的支持。泰戈尔也是一位画家，他请徐悲鸿为他即将出版的画集挑选画作。图4-17为1940年6月徐悲鸿寄赠黄孟圭的《徐悲鸿与泰戈尔合照》。1941年9月8日，为追悼泰戈尔逝世，徐悲鸿在新加坡广播电台发表了简短的国语广播，并在新加坡《星洲日报》上发表《泰戈尔翁之绘画》。

图4-18为1940年2月17日徐悲鸿为印度圣雄甘地所画的速写《甘地像》，画上有甘地的亲笔签名。那天上午，泰戈尔先生在圣蒂尼克坦的国际大学举行了盛大而隆重的欢迎会，迎接甘地及其夫人的访问。徐悲鸿画甘地的速写像时选取了最好的位置，他为此曾写道："吾为甘地速写两素描，在国际大学欢迎会上作，乃其右方最适合之处。"泰戈尔介绍徐悲鸿与甘地相见，并建议在下届国民会议期间举办徐悲鸿的画展，甘地当即表示同意。徐悲鸿对甘地怀着极为崇敬的感情，赞颂他是伟大的爱国主义者，具有坚韧不拔的斗争精神。徐悲鸿曾愉快地回忆说："甘地先生体格并不小，且不黑，尤不矮。……看上去极为强健，动作敏捷，不像七十多岁的老人，大笑时像儿童一样天真。"

这幅速写不但形似，而且极为传神。在速写中徐悲鸿对甘地的头部进行了重点刻画，甘地微微曲颈，面容慈善，神情毕现。好像正在倾听大家的诉说，并努力思索解救人们苦难的途径。他双手垂搭，又好像是要走到苦难的人群中去抚摸他们的额头。这幅画虽是速写，画得十分简洁，但笔笔之间都流露出一个艺术家的纯真性情和一个民族英雄的博大情怀。甘地是印度著名的民族解放运动领袖，是现代印度的国父，他所创立的政治思想——甘地主义（非暴力主义）成为了印度脱离英国殖民而独立的思想支柱，甘地的所作所为赢得了世人的敬重。在甘地的提倡下，徐悲鸿在圣蒂尼克坦和加尔各答两地各举办了一次画展，其卖画所得款项全部用于救济抗战难民。

图4—18 徐悲鸿绘《甘地像》，速写，纵20厘米，横23.8厘米，1940年

图4-19 徐悲鸿绘《喜马拉雅山》，中国画，纵50厘米，横100厘米，1940年

图4-19为1940年徐悲鸿在喜马拉雅山所画的作品。这幅画用水墨来表现山中的劲木，画中的笔触虽然不多，但笔笔雄健，浓淡干湿皆备，远景云雾濛濛，若隐若现。通过这种虚实对比的精简表现，把喜马拉雅山凛冽的风光与劲健的寒林传达得恰到好处。

徐悲鸿在印度举办展览期间，仍然坚持进行大量的写生，其中既有场面宏大的恒河与草原，也有精微细小的花鸟虫鱼。但他还有个心愿，就是去世界最高的山脉——喜马拉雅山进行写生采风。这年四月，在朋友的陪伴下，徐悲鸿来到了喜马拉雅山的大吉岭（图4-20）。在这绝美的风景之中，徐悲鸿激动地拿出画笔来，最快时十分钟就能画成一幅速写，他要尽自己最大的能力把这难得的素材记录下来。次月，又在友人的陪同下，徐悲鸿来到锡金和印度交接的喜马拉雅山段。他们游走在身临万丈悬崖的曲幽小径上，从雪山上挂来的寒风剃刮着脸颊，白云好像就在人的身边流过，时而云层蔽日，时而又阳光普照。为此，徐悲鸿曾说："登此山是我平生第一快事！"他还创作油画《喜马拉雅山》（图4-21）以记

图4-20 徐悲鸿在大吉岭，1940年

图 17
徐悲鸿绘 喜马拉雅山 油画 纵95厘米 横60厘米 1940年

图4-22
徐悲鸿绘《愚公移山》，中国画，纵144，横421厘米，1940年

之，这幅油画色彩斑斓厚重，意境悠远。

图4-22为1940年徐悲鸿所画巨型油画《愚公移山》。这一时期，国内的抗日战争变得日益激烈残酷，徐悲鸿为什么要在这时创作这幅画呢？

因为这时的日本帝国主义几乎快把整个中国围困起来，为了打通与外界的联系，数以十万计的中国人民使用原始的工具在中缅边境的高山峡谷之间开凿出一条中缅国际公路，为抗战援助物资的运输发挥了重要作用。在修建这条公路时，很多工友不慎跌进了山谷，十分惨烈！但为了抗战的需要，没有一个人退缩过。徐悲鸿在听说这件事情后，感慨万千，脑子里浮现着一幕幕豪壮的场景。在构思许久后，他决定创作一幅画来激励全国人民继续团结一致抗击日寇，这幅画就是著名的《愚公移山》。

《愚公移山》是《列子》中记载的一个故事。愚公是一位年近九十的老者，在他的屋门前有两座大山——王屋山和太行山。愚公一家人每次出山时都要走非常远的路，愚公决心要改变这一切。于是他把家人召集起来，对他们说："我们一起把门前的这两座山挖掉，这样出行才能方便。大家同意吗？"全家听后都表示赞同。第二天全家便带着锄头等工具开始挖山了，就连最小的孙子也一同去了。一天，一个叫智叟的老头来到了山上，他拉着愚公的手劝他别挖了，并说："你都这么大一把年纪了，现在的你连一根草都很难拔断，如何能把这两座大山搬走呢？"愚公却说："我虽不在了，但还有我儿子，还有孙子，这样子子孙孙，无穷无尽，还怕挖不走？"智叟听后无言以对。愚公挖山之事感动了上天，于是派了两位天神将这两座大山搬走了，从此整个村子的人进出十分方便。

　　接下来，让我们一起走进这幅旷世巨作——《愚公移山》。放眼这幅画，给人视觉冲击感最强烈的是一排六位壮汉，其中四人全裸，两人半裸。他们的腿部微曲，手抡钉耙，动感极强，具有排山倒海的气势，好像只要有这六人，再大的山也能搬走！

　　让我们把目光移到画面的右下方，这里有盛开的牵牛花和葱郁的常青藤，寓示着愚公一家人在未来拥有无穷无尽的子孙后代，生生不息。画面的远处则有一位姑娘赶着运输山石的牛车。和右边的画面相比，左边的画面给人一种舒缓的节奏感，表现的是愚公正和一位妇女对话，旁边的一个小孩子在吃饭，一个小孩子也在搬弄山石。

　　这幅画，不管是在构图上，还是在人物刻画上，都显示出徐悲鸿中西融合的艺术主张。人物的布置有疏有密，情节的安排重点突出，跌宕起伏，扣人心弦。在看过这幅画后，可能很多人会有这样的疑问：那个妇女为什么头裹白巾，腰系白带？那六位壮汉为何都是卷发，而且都是肌肉发达的印度人？徐悲鸿画这幅画时正值旅印期间，那位妇女是徐悲鸿在印度找的模特，那几位壮汉也是徐悲鸿请的印度国际大学的学生作为模特，所以画的就是印度人。画中那位举起钉耙、大腹便便的大汉形象是以该校厨师拉甲枯马尔帝亚为模特创造

图4-23　以徐悲鸿中国画《愚公移山》为原本的浮雕《愚公移山》，中国国家博物馆新馆西大厅，纵12米，横36米，2011年

的。后来有人问他为什么要在中国历史题材中画外国人的形象,他如是说:"虽是印度人,但都是勤劳的劳动者,形象不同于中国人,但意义却是一样的。"

2011年,中国国家博物馆新馆落成,其西大厅墙壁上安放着以徐悲鸿中国画《愚公移山》为原本的大型浮雕《愚公移山》(图4-23),十分引人瞩目。该浮雕纵12米,横36米,是目前全国最大的室内石雕作品,由著名雕塑家曾成钢运用花岗岩创作,这是当代对徐悲鸿作品及其艺术精神的一种有效延续与大力传播。

图4-24 1942年徐悲鸿在新加坡的藏宝之地——愚趣园

图4-25 新加坡愚趣斋

图4-24为1942年徐悲鸿在新加坡的藏画之地——愚趣园,它位于新加坡郊外,园内建有愚趣斋(图4-25)。

新加坡堪称徐悲鸿的福地,每次他来这里举办画展都很成功,而且还结识了不少有识之士,愚趣斋主人韩槐准即是其中一位。

1936年,韩槐准在新加坡的郊外买了几亩山坡地,那时此处还是一片荒芜之地。韩槐准带着自己的子女开荒于此,把这里建成了一个自家的小庄园。在园中他修了两座小屋,一座用来居住会客,另一座则专门用于收藏图书字画。韩槐准在园子里种了大片的红毛丹,每当红毛丹成熟后他便广邀自己的朋友前来品尝。在当时,来愚趣斋品红毛丹几乎成为了当地文化圈的一种风尚。

也就是在尝红毛丹的时候,韩槐准和徐悲鸿相互认识了,后来徐悲鸿经常来这里游玩,并和韩槐准成为了要好的朋友。这座小房子上的牌

图4-27 徐悲鸿绘《奔马》，中国画，纵130厘米，横76厘米，1941年

图4-26 徐悲鸿题写牌匾的愚趣斋

匾"愚趣斋"(图4-26)三个大字就是徐悲鸿题写的,二人之间的交往还成为了一段广为流传的佳话。这幅照片中的韩槐准(右)与好友许云樵合影于愚趣斋。

1939年徐悲鸿来到新加坡举办筹赈画展时,带着千余幅作品,这些作品中还有他画了很大力气征集而来的名人作品,包括张大千、齐白石、吕凤子等人的精品。可是1941年底,日本发动了太平洋战争,新加坡也被卷入了无情的战火,此刻徐悲鸿不得不离开此地了。由于回国的船票非常紧张,根本没有带大件行李的可能性,在1942年初,徐悲鸿把身边大量的珍贵画作交给了韩槐准代为保存。韩槐准得到徐悲鸿交给的画箱后,知道这其中的巨大价值。若保存不当被日本侵略者抢走,那可是无法弥补的损失。于是他连夜把自己的儿子叫来协助秘藏这些画,韩槐准把这些画用厚实的布料包裹了起来,再用蜡做了一层防水处理,把它们装在一个巨大的陶缸中,埋在了自己的愚趣园里。

抗日战争结束后,韩槐准把这些作品挖了出来,一件不少地装箱托人运到了北京交给了徐悲鸿。当徐悲鸿见到这些分别多年的心爱之作后,好似见到了自己的亲骨肉一般,万分感激韩槐准。此后二人经常书信来往,韩槐准称徐悲鸿为自己一生的知己。

另外,为保险起见,徐悲鸿还请新加坡的好友将另外的四十余件油画作品藏于新加坡崇文学校附近亚答屋的一口枯井内。此井后来被炸毁。1945年9月7日,徐悲鸿的挚友黄曼士和林金开到崇文学校找到其校长钟青海,从枯井中竟然取回了徐悲鸿的藏品。事后黄曼士将藏品的清理情况函告徐悲鸿。徐悲鸿十分欣喜,表示赠予钟校长一件他喜欢的藏品。钟校长后来挑选了油画《愚公移山》作为存念。

图4-27为1941年徐悲鸿所画《奔马》。画中徐悲鸿用酣畅淋漓的笔

墨精准地画出马的头、颈、胸、腹和四肢，再用奔放的笔触猛扫出颈部的鬃毛和尾巴，雄肆潇洒，动感强烈。整体的笔墨干湿相间，对比非常分明。徐悲鸿笔下的这匹马的角度几乎接近全正面，这是一种极难把握的视角。在整体上看，画面前大后小，透视感较强。它骨骼坚韧，健壮有力，神采奕奕，勇往无前，正向读者迎面冲来，似乎要奔出画面，给人以空前的震撼。

徐悲鸿曾说："余爱画动物，皆对实物用过极长时间功力，即以画马论，速写稿不下千幅。"为了勤于练习，徐悲鸿还曾在其南京傅厚岗的家中养了一匹小马以供写生之需。可见，其扎实的画马基本功源自其过人的速写造型训练。如今人们一提到徐悲鸿，均知他是画马高手。徐悲鸿笔下的马不但运用了科学的透视解剖，而且还结合了写意的中国传统笔墨精华，而且从一定意义来说，他画的马还是其人格与理想的体现。对于徐悲鸿来说，一幅马的画稿画了七八次是常有之事，有的甚至多达20余次。1951年，徐悲鸿和常书鸿谈画马时曾说："我画了数以千计的马的草稿，但至今还没有一幅使自己满意的行空的qallop（马的四个蹄子同时离地飞奔时的称呼）。"

国立中央大学艺术科的学生们看到徐悲鸿画马好像不假思索，呼之即来，一挥而就。于是请教徐悲鸿对于马写生过多少次？他笑着说："记不清了，我怎能记得画了多少次。那时我在巴黎和马场交上朋友，经常一去半天，甚至一整天，速写马的各种动态。总之，在旅欧八年之内，素描稿不下千张。除此还必须熟悉马的解剖，如马的周身骨骼、结构，单知道还够，还要牢记于心，才能运用到具体的画中去。"

此幅《奔马图》是徐悲鸿1941年客居马来西亚槟城时所画，画幅右侧有题跋："辛巳八月十日第二次长沙会战，忧心如焚，或者仍有前次之结果也。企予望之。徐悲鸿时客槟城。"槟城，亦称槟榔屿、槟州，马来西亚十三个联邦州之一，位于马来西亚西北部，当时的徐悲鸿正在那里举办赈灾画展。

抗日战争期间，徐悲鸿奔赴东南亚各国举行义展、义卖，为抗战募捐，先后在新加坡以及马来西亚的吉隆坡、槟榔屿、怡保举行画展，盛况空前。徐悲鸿将画展的全部收入捐献以救济祖国的难民，马来西亚的民间组织——霹雳华侨筹赈祖国难民委员会有感于此，专门颁发给徐悲

图4-28 马来西亚霹雳华侨筹赈祖国难民委员会颁发给徐悲鸿的感谢状《仁风远播》，1941年

鸿感谢状《仁风远播》（图4-28）。徐悲鸿还与当地的华侨领袖张珠、刘伯群等举行座谈会，商议赈灾画展的各项事宜。这一时期，也是徐悲鸿创造力最旺盛的阶段，很多优秀作品（如前述的《奔马》等）皆出自这一时期。

1941年秋，抗日战争正处于敌我力量相持阶段，日军为了快速结束在华战争，并打通中国和东南亚在陆地上的联系，在发动太平洋战争之前彻底打败中国，使国民党政府俯首称臣，倾尽全力发动了第二次长沙会战。长沙是联通东南沿海和西南地区的要害之地，这次战役打了很长时间，我方曾一度失利，长沙为日寇所占。正在马来西亚槟榔屿举办艺展募捐的徐悲鸿听闻国难当头，焦急万分，连夜奋笔画就这幅《奔马》来寄寓对于抗战胜利的渴望。画笔传情，徐悲鸿把马和自己饱满的民族情感结合在一起，才造就了这种豪气勃发、"一洗万古凡马空"的杰作，其强健的生命力正是中华民族精神的象征。

现在这幅画几乎成为了徐悲鸿最为知名的画马作品，被传播的程度十分广泛，堪称家喻户晓。其刚健浑穆的用笔以及马的整体形态受益于其书法中苍茫高古的碑意，体现出放逸超脱的中国美学境界。

徐悲鸿早期的马比较具有一种中国文人的诗意，往往以水彩的方法绘制，体现出一种踯躅回顾之态。在其留学欧洲的八年时间里，除了早出晚归的写生画画，其足迹遍布动物园、火车站、菜市场与博物馆。在对人物画练习的同时，徐悲鸿又对画马产生了浓厚的兴趣，精心研究马的骨骼、肌肉和解剖，关于马的写生稿堆积成摞，这为日后所画的马打下了坚实的基础，积累了丰富的第一手资料。徐悲鸿的画马作品之中，最见特色、最有气势、最为潇洒的，要数对于马鬃、马尾的挥写了。不仅马鬃马尾的质感、量感被率性地表现了出来，而且其笔势痛快淋漓，如横扫千军，令人拍案叫绝。

关于画马的经验之谈，1947年徐悲鸿在写给江西南昌实验小学四年级学生刘勃舒的信中写道："学画最好以造化为师，故写马必以马为师。我爱画动物，皆对实物用过极长时间的功。即以马论，速写稿不下千幅，并学过马的解剖，熟悉马的骨架、肌肉、组织。又然后详审其动态及神情，乃能有得。"正是因为徐悲鸿画过数以千计马的速写稿，他才熟悉马的骨架、肌肉、组织以及动态、神情，才可能在技巧上创造出独特的表现手法，在艺境上创造出前无古人的气象。至抗战爆发后，徐悲鸿认识到艺术家应与国家同呼吸共命运，将艺术创作投入到火热的社会生活中去，所以他的马成为民族精神觉醒的象征。徐悲鸿画马技艺逐渐达到炉火纯青是在1940年访问印度之后。1940年，他在一幅《群马图》上题款曰："昔有狂人为诗云，一得从千虑，狂愚辄自夸，以为真不恶，古人莫之加。徐悲鸿时客西马拉雅山之大吉岭。"1942年初秋，送给张发奎上将的《立马图》上题写了杜甫的诗句："哀鸣思战斗，迥立向苍苍。"1950年，他赠中国人民志愿军战士的一幅《奔马图》上题诗曰："山河百战归民主，铲除崎岖大道平。"又题画马诗云："百载沉疴终自起，首之瞻处即光明。"由以上可见，他总是借马抒情，烫着鲜明的时代烙印，带着时代的风雷，给中国画坛带来刚劲之风。

图4-29 1941年，徐悲鸿与管震民（后左）、骆新民（前左）、骆清泉（后右）、骆觉民（前右）合影于马来西亚槟城东方照相馆

图4-30 1950年，徐悲鸿夫妇、徐庆平（前中）、骆拓（右二）、罗铭（右）、骆觉民（前左）、徐芳芳（右三）合影于北京北海公园

在马来西亚的槟城，徐悲鸿与名医、收藏家骆清泉结为金兰之义。在徐悲鸿的建议下，槟城艺术协会组建成立，骆清泉担任首任会长，徐悲鸿题写协会匾额。在骆家常住期间，骆清泉长子骆拓常为徐悲鸿磨墨理纸，徐悲鸿赞誉骆拓的艺术天分，常常言传身教。图4-29为1941年徐悲鸿与管震民、骆清泉、骆新民、骆觉民合影于马来西亚槟城东方照相馆。照片中的长者管震民时任槟城钟灵中学国文科主任，为著名诗人。徐悲鸿一家还与骆清泉一家成为世交。1947年，应徐悲鸿之嘱，骆拓来北平居徐悲鸿家中，求学于北平国立艺专西画系，被徐悲鸿夫妇认为义子，骆拓后来成为著名画家。其弟骆新民也常来徐宅做客。图4-30为1950年，徐悲鸿夫妇、徐庆平、徐芳芳、骆拓、罗铭、骆觉民合影于北京北海公园。

图4-31、图4-32是徐悲鸿为邵逸夫所作的国画《竹鸡图》和《奔马图》，这两幅画作见证了徐悲鸿和爱国企业家邵逸夫一段不同寻常的交往。

邵逸夫（1907—2014），祖籍浙江宁波镇海，出生于上海，享年107岁。生前是邵氏兄弟电影公司的创办人，香港电视广播有限公司荣誉主席，著名的社会公益活动家和慈善家。邵逸夫历年捐助社会公益、慈善事务超过100亿港元，尤以改革开放后与中国教育部合作，向内地教育机构捐巨资建设教育设施而闻名。邵逸夫基金是当前海内外爱国人士通过教育部捐款持续时间最长、赠款金额最大、建设项目最多的教育赠款项目，为内地教育事业的发展做出了突出的贡

图4-31 徐悲鸿绘《竹鸡图》，国画，1941年

图4-32 徐悲鸿绘《奔马图》，中国画，纵50厘米，横50厘米，1948年作

献。如今遍布各地的"逸夫楼"，成为无数大陆学子的集体回忆。

邵逸夫的父亲邵玉轩是旧上海有名的锦泰昌颜料公司的老板，邵家诸兄弟并没有子承父业，而是投身于二十世纪二十年代尚属举创阶段的电影业。随后，邵氏兄弟赴南洋发展事业，1930年在新加坡成立"邵氏兄弟公司"，经历了创业、发展、因日寇侵略而没落的三个阶段。战后逐渐将事业发展中心迁至香港，开创了其后邵氏电影业、娱乐业几十年的辉煌。

1941年，日寇占领香港，接着又攻打新加坡、马来西亚，整个南洋一片刀光剑影，血雨腥风，邵氏影业遭受严重打击，在战火之中，百余家影院几乎全部化为灰烬。邵逸夫在这一年年底也被日寇以"拍摄反日电影"的罪名扣押，关入地牢，十天后方获释。徐悲鸿与邵逸夫的交往大约在1939—1941年，徐悲鸿赴南洋举办筹款救国画展期间，对于困顿中的邵逸夫进行过一些帮助，感情甚深。

《竹鸡图》是徐悲鸿作于1941年中秋的画作,通过款书"逸夫先生"可知两人在新加坡的一段交往。是年中秋节,在新加坡举办筹款救国画展的徐悲鸿与一些文化艺术界的朋友在敬庐学校雅集赏月吟诗,邵逸夫可能参加了这个活动,这才有此写赠之作。"竹"与"祝"音近,"鸡"与"吉"音近,"竹鸡"寓意着祝福吉祥,这在中国的民间颇具口彩。是图绘一只昂首挺胸的雄鸡立于竹林下,雄鸡以寥寥数笔勾就,形体结构准确,笔墨雄健生动。徐悲鸿以此作赠与邵逸夫,表达了对年轻的邵逸夫事业进行鼓励和祝福之意。

《奔马图》是徐悲鸿作于1948年的画作。抗战胜利后,决定留在南洋继续发展事业的邵逸夫充满信心,多次致信请徐悲鸿去新加坡再续前缘。但由于时局的变化和繁忙的事务,直至1948年徐悲鸿仍无法成行,他是一个懂政治懂经济的艺术家,深知邵逸夫是南洋的一股重要的宣传力量,故于1948年作此《奔马图》赠给邵逸夫,鼓励他要勇往直前为国人争光,并祝愿事业上正处于发展阶段的邵氏兄弟事业昌盛。

1942年6月30日,徐悲鸿在南洋举办筹赈画展,经缅甸、云南回到重庆,接受中央大学学生献花(图4-33)。这幅珍贵照片的前排左起:陆巽复、徐悲鸿;中排左起:尤玉

图4-33 1942年6月30日,徐悲鸿在南洋举办筹赈画展,经缅甸、云南回到重庆之后接受中央大学学生献花

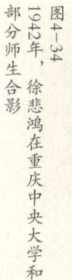

图4-34 1942年,徐悲鸿在重庆中央大学和部分师生合影

图4-35 1942年10月21日,重庆《时事新报·青光》所刊登的徐悲鸿文章

英、周笃行、史守徇、蒋荪生、单淑子；后排左起：张贻真、黄婉思、葛静华、吴志宏、卢冶衡、吴野村。徐悲鸿还在重庆中央大学和黄君璧、傅抱石等师生进行了合影留念（图4-34）。

1942年10月21日，徐悲鸿在重庆《时事新报·青光》发表了《民以食为天——为全国木展而作》一文（图4-35）。此文先将木刻比喻为民众每日的食粮，认为"开国精神食粮匮乏，而民间尤窘。版画者，民众之精神食粮，犹之乎面包白饭，为吾人不可一日或缺者也。"并叙述中国木刻源流与现状，高度评价抗战中木刻家们以艺术救国所取得的成就，对木刻家们在这么短促的时间内汇集这么多的版画作品进行展览大加鼓励，并提出中国新兴的版画"前途殊未可限量"。

图4-36 徐悲鸿绘《双鹊秋艳图》，中国画，纵92.1厘米，横34.3厘米，1942年。北京故宫博物院藏

1942年，徐悲鸿绘《双鹊秋艳图》（图4-36）。徐悲鸿自题："卅一年秋，徐悲鸿写。"钤"徐悲鸿"朱文方印。鉴藏印钤"韩槐准所有"朱文椭圆印、"愚趣斋主"白文方印、"吴普航印"白文方印。"卅一年"指民国三十一年（1942年），徐悲鸿时年四十七岁。此作绘双鹊停于枝头将头靠在一起，似乎正在私语，形态生动，笔墨洗炼。此图绘于贵州都匀皮纸上。在物资匮乏的抗战时期，这种皮纸是一种价廉物美的国画用纸，纸色为淡淡的黄色，显得古雅质朴。表面较为粗糙，渗化性能界于生、熟之间，便于笔墨的控制，当时的徐悲鸿常用这种皮纸作画，往往获得独特的艺术效果。愚趣斋主为徐悲鸿在新加坡结识的好友韩槐准，他曾帮助徐悲鸿以陶缸秘藏了一大批书画，抗战胜利后完整地送交给徐悲鸿。

图4-37为徐悲鸿、黄君璧于二十世纪四十年代摄于重庆盘溪，二人自信地看着前方。岭南派画家黄君璧是徐悲鸿执掌国立中央大学艺术科时请来教授山水画的。1946年徐悲鸿赴北平任国立艺专校长，他还邀请黄君璧担任绘画系主任。徐悲鸿曾有诗咏赞黄君璧的山水艺术："最是君翁情可亲，画名久已与云平。苍茫烟水真能事，便起荆关也吃惊。"

图4-38为徐悲鸿与黄君璧等在重庆北碚，右起为徐悲鸿、顾了然、黄君璧、梁天眷、谢建华。黄君璧结识徐悲鸿之后，其创作理念有了转变，尤其体会到写生的重要性，在其教学之中

图4-37 徐悲鸿、黄君璧在重庆盘溪，二十世纪四十年代

图4-38 徐悲鸿（右一）与黄君璧（中）等在重庆北碚，二十世纪四十年代

图4-39 1943年徐悲鸿（右一）和中国美术学院研究员写生时的合影

图4-40
徐悲鸿绘《廖静文像》，中国画，纸本水墨，纵36.5厘米，横27.5厘米，1943年

也会将徐悲鸿的作画观念与精神讲给学生听。黄君璧晚年在台湾名望甚大，但是他仍对人说，中国传统山水画，缺少写生，实际上对自然的观察还是重要的，应该要关心生活，表现生活，需要进行写生，这些思想仍得益于徐悲鸿。

1981年，台湾某个艺术馆出版《白云堂藏画——画坛宗师黄君璧毕生收藏精粹》，这是黄君璧的藏画集，画集得名于黄氏作画的堂名——白云堂。此画册第一幅，就是徐悲鸿为黄君璧画的素描像，黄君璧藏有徐悲鸿的作品多达数十幅，由此可见徐悲鸿与黄君璧的友谊与真情。

图4-39为1943年徐悲鸿和中国美术学院研究员外出写生时的合影。1942年徐悲鸿从新加坡辗转回国后，受朱家骅邀请在重庆大石坝盘溪村建立中国美术学院，建设经费来自庚子赔款。需要说明的是这个中国美术学院并非现在位于杭州的中国美术学院，在当时它是一所专门从事美术研究的机构，不以教学为目的。在这里云集了当时美术界的顶尖高手，如张大千、吴作人，以及徐悲鸿的学生陈晓南、费成武等都在这里从事美术研究工作，这所学院是当时中国现代美术事业的重要机构之一。

中国美术学院坐落在盘溪村的石家花园。石家花园的主人是重庆的一位富商，叫做石荣廷。花园中的别墅按西式修建。1942年徐悲鸿回国后，石荣廷便邀请徐悲鸿住在这里，还特意把花园中的一栋小楼分给了徐悲鸿。在石家花园，徐悲鸿在小楼里休息，画画工作却在一个地下室里。说到这里也许大家会产生疑问，大画家怎会在地下室里工作？实际上，这个地下室并非普通的地下室，而是石制的负一层房子，冬暖夏凉。地下室的墙上饰有很多精美的石雕，其正厅之外则是另一处小花园，颇有洞外有天之感。修建如此格局的建筑与重庆的地形有关，在这里山丘较多，建筑师为了利用这种特色，特意把建筑修成这样，可谓是独具匠心。就是在这个地下室里，徐悲鸿完成了很多重要的艺术作品。

1947年10月8日，中国美术学院因经费缺乏，教育部令与由徐悲鸿任校长的国立北平艺术专科学校合并。

图4-40为1943年徐悲鸿所绘的《廖静文像》。画中的廖静文（1923—2015，原名廖学道，静文系徐悲鸿为她所改）留着齐肩的短

图4—1 1943年夏，徐悲鸿与廖静文在青城山合影

发，眼神安静地看着前方，这虽然是一幅速写式的水墨作品，但刻画时详略得当，笔墨精炼，展现了这位年轻姑娘的宁静之美。徐悲鸿与廖静文的相识源自中国美术学院的一次图书管理员招聘。

1942年底，徐悲鸿又一次来到了桂林，在这里的岩洞里他藏了很多画，这次他打算把这些画带回重庆去。除此之外，徐悲鸿还打算为中国美术学院招聘一位图书管理员。

1943年3月，招聘启事发出去后，很多人趋之若鹜地来到面试地点，都想成为徐悲鸿手下的工作人员。经过了很多天的面试，却始终没有一个能让徐悲鸿满意的。就在徐悲鸿为此烦恼之时，来了一位只有十九岁的湖南女生。她眉目清秀，仪态端庄，在和徐悲鸿的交谈之间虽然显得有些羞涩，但也许是天意的安排，徐悲鸿欣然接受她来任职这个图书管理员职位，这位女生就是廖静文。

入职后，徐悲鸿手把手地教廖静文如何整理画作和资料，廖静文学得很快，不久便成了徐悲鸿的得力助手。经过一段日子的磨合和了解后，徐悲鸿突然发现自己越来越离不开了廖静文了，对她产生了好感与爱意，廖静文也对徐悲鸿崇拜至极。

1943年夏，徐悲鸿率中国美术学院筹备处的研究人员陈晓南、李瑞年、费成武、张倩英、孙宗慰、郁风、康瘦山、卢开祥以及廖静文与徐伯阳、徐静斐兄妹赴四川灌县避暑与写生。从都江堰到青城山，因为一路上有廖静文做伴，徐悲鸿兴致勃勃，常给同行者畅谈艺术。在青城山的天师洞，古木参天，环境幽静，徐悲鸿激情四射，创作了《山鬼》、《湘夫人》、《紫气东来》、《大银杏树》等作品，这些画几乎摆满了他的房间。在青城山天师洞常道观，徐悲鸿与廖静文留下了目前所见的第一张合影（图4-41）。照片以一只大香炉为背景，身着长袍的徐悲鸿从容自若，右手扶着香炉的兽足，身着开衫毛衣的廖静文则略显羞涩。当时有一位摄影师朋友要给他俩拍照，廖静文不好意思，有意和徐悲鸿拉开些距离，徐悲鸿则宽厚地笑着，并不介意。因此二人分别站在照片的两端，中间隔着一个人的距离。

对于当年的情景，徐伯阳后来回忆道："我父亲在广西桂林认识廖静文以后回到重庆盘溪。暑假他带着学生到青城山写生，到那里住一个月，廖静文也去。我母亲（蒋碧微）听了不高兴，非要我父亲把我和妹妹也带去，放在他们中间，我父亲同意了。我母亲原来是想把我们夹进去，去做电灯泡，好像可以去干扰他们俩的生活。在青城山，我跟我妹妹

图4-42 1944年7月，廖静文在徐悲鸿的病床前

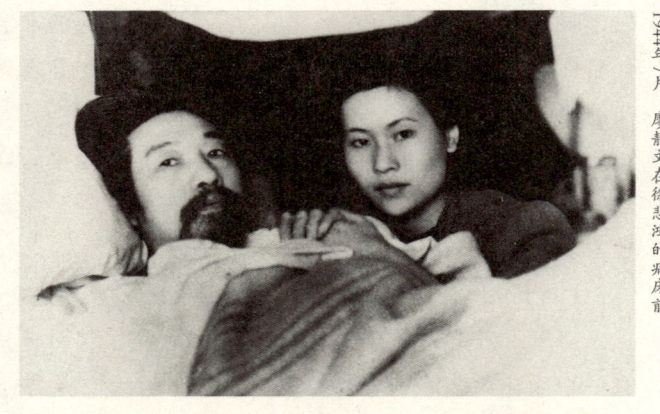

对廖静文产生了很好的印象，她像慈祥的大姐姐照顾我们俩，可谓是无微不至，那是一段培养感情基础的开始。廖静文要去考金女大，我应该考高中了，可我玩得忘了，等我想起来，已经来不及回到沙坪坝去考高中，于是就留在成都了。他们则都回到重庆。于是我在成都念了一年书，我认为我的家庭很灰色，没什么可留恋的。有一次，在路上看见穿灰军装的人在招远征军，说是美式装备，美国教官。我一听，全副美式装备的，因为以前也看了电影，觉得过瘾极了，我就报名了，参加了远征军。"

图4-42为1944年7月廖静文在病床前照顾徐悲鸿的照片。爱情降临时甜如花蜜，但相爱之途往往会遇到痛楚。1944年的一天，徐悲鸿从外面回到家中，没有直接回到房里，而是坐在了院子里的石凳上。他用手扶着头部，脸色通红，表情痛苦。这时廖静文正好从菜场买菜回来，她看见徐悲鸿痛苦地坐着，连忙搀扶他回到房里。原以为徐悲鸿休息一晚便会好的。但是第二天，徐悲鸿的病情更重了，腿肿得不能下地行走。廖静文见状赶紧叫来了徐悲鸿的学生，把他送到了医院抢救。这才知道，徐悲鸿因常年劳累患上了严重的高血压和肾病，高血压一度高达210。这次他在重庆中央医院疗养了半年，每天均由廖静文精心照料。当时有人劝她离开徐悲鸿这个多病的老头，但廖静文寸步不离，她说："若我离开了他，那么谁会来照顾这位孤独的艺术伟人。"正是在廖静文无微不至的照顾之下，徐悲鸿逐渐恢复了健康。

为了给廖静文一个合理的名分，徐悲鸿在当时的《中央日报》上发表声明："徐悲鸿与蒋碧微女士因意志不和，断绝同居关系已历八年，

经亲友调解,蒋女士坚持己见,破镜难以重圆,此后徐悲鸿一切与蒋女士毫不相涉,兹恐社会未尽深知,特此声明。"几天后,徐悲鸿又在报纸上发表了他和廖静文的订婚声明。但是,为了和蒋碧微离婚,徐悲鸿付出巨大的代价,他给了蒋碧微一百万法币,一百幅画作和五十幅古画。

1946年是抗战胜利后的第二年,也是中国内战爆发和社会分裂的前夜。大到国家、社会、党派,小到每一个人似乎都在做着各自的判断与抉择,徐悲鸿也不例外。历经种种波折,是年元月14日,徐悲鸿与廖静文在重庆中苏文化协会结婚。证婚人为沈钧儒、郭沫若,到场观礼者一百多人。郭沫若专门作贺诗云:"嘉陵江水碧如茶,松花青青胜似花。别具一番新气象,盘溪风月画人家。"

自从1943年3月,廖静文担任徐悲鸿在广西桂林招聘的中国美术学院图书管理员,他们从相识到相知、相爱,从工作中的老师与助手,逐渐演绎为生活中的伴侣。两人虽相差二十八岁,但依然同甘共苦,相濡以沫,廖静文在生活和情感上给了徐悲鸿极大地照顾和慰藉。

1946年夏,徐悲鸿携廖静文北上北平,出任国立北平艺术专科学校校长。对于其后的岁月,廖静文说那是她一生中最轻松、快乐的一段时光。然而徐悲鸿的高血压病又让这一切显得那么脆弱与无奈,直至1953年9月徐悲鸿逝世,两人度过相识十年(生活在一起七年)的短暂岁月。

纵观徐悲鸿一生中的三位女性,蒋碧微与徐悲鸿可以用传奇和复杂来概括,他们经历了青年时代的激情,敢于冲破封建枷锁的桎梏,也经历了婚姻生活中因理念和志趣不同而产生的隔阂和争执,结束痛苦的婚姻似乎是唯一的选择,局外人很难有公允的评判,徐悲鸿与蒋碧微的爱

图4-43 1944年6月,徐悲鸿等中央大学艺术科部分教师与1944届毕业班合影于重庆

情也将是中国美术史乃至中国现代史上永远的话题。

　　孙多慈与徐悲鸿则可用曲折和凄苦来概括，他们的交往也是以往人们了解较少的。随着岁月的流逝，揭开了层层面纱，这段交往给男女主人公都带来了情感上的巨大伤害。尤其是徐悲鸿人到中年，已无青年时代的激越，孙多慈的出身与家教又注定这是一段没有结果、只有痛苦的情感，给熟悉他们的人以及后世的人们留下无尽的唏嘘。

　　经历了与蒋碧微婚姻的不幸和与孙多慈情感的纠结，徐悲鸿在人生中能遇到廖静文是幸运的。尽管短暂，但平静温馨的家庭生活多多少少补偿了徐悲鸿第一段婚姻的缺憾和对情感生活的向往，从这一点上看，对徐悲鸿来说无疑是欣慰的。

　　图4-43为1944年6月徐悲鸿等国立中央大学艺术科的部分教师与1944届毕业班在重庆的合影。该照片的第一排左起为费成武、李瑞年、傅抱石、陈之佛、徐悲鸿、黄显之、孙宗慰。他们均是当时任教于国立中央大学艺术科的教师。其中的费成武、孙宗慰均早年毕业于国立中央大学艺术科，是徐悲鸿的得意弟子。第二排到第四排均是国立中央大学艺术科1944届的毕业生，第二排左起为朱敬仪、尤玉英、陆巽复、黄婉思、张毓章、葛静华；第三排左起为王致仁、蒋荪生、杨鸿坤、吴野村；第四排左起为向鉴、孟光涛、卓启俊。

　　著名书画家、漫画家黄苗子（1913—2012）和徐悲鸿相识于1935年春天，那时黄苗子才二十一岁，是上海大众出版社的编辑。上海大众出版社要编一本现代画家作品选集，每个画家出一小册。总编辑梁得所（散文家和评论家，是著名的《良友》画报的创办人）派黄苗子到徐悲鸿在南

图4-44　1944年，黄苗子（右一）夫妇与徐悲鸿、廖静文（右二）在重庆

京傅厚岗的家里去看他。徐悲鸿见了黄苗子的名片，很感兴趣，以为黄苗子是苗族同胞。黄苗子解释自己是广东中山人，"苗子"是广东话"猫仔"的意思，他的小名叫猫仔。徐悲鸿高兴地和黄苗子谈天说地，并放心地把他的原作交给黄苗子拿到上海去制板，还介绍黄苗子去找潘玉良和吴作人借画。这是黄苗子第一次见到徐悲鸿的经过。以后黄苗子去过几次南京，都找过徐悲鸿，并由他介绍黄苗子住在当时南京的"中国文艺社"。

1938年徐悲鸿经过香港，住在中华书局，并在香港大学开画展，黄苗子在香港的报上写过一篇文章介绍徐悲鸿。1944年黄苗子与郁风结婚，他们在重庆的中国美术学院见到徐悲鸿与廖静文的时候（图4-44），徐悲鸿还提到黄苗子写的那篇文章。徐悲鸿还为黄苗子夫妇画《双马图》，作为赠予两人的新婚贺礼。黄苗子后来与徐悲鸿又有过几次交往。譬如，1945年，黄苗子因夏衍爱猫，曾请徐悲鸿画了一幅小猫给他。黄苗子的母亲六十岁生日，徐悲鸿还画了一幅马作为礼物送给老人家。1953年9月22日，这一天是中秋节，身体并不好的徐悲鸿还去看望卧病在床的黄苗子，并赠送给他一套《八十七神仙卷》印本。

图4-45为1946年5月徐悲鸿与国立中央大学艺术科部分师生在重庆的合影。该照片前排坐于台阶上的四人左起为岑学恭、屈义林、宗其香、郭世清；中排左起为陈之佛、黄君璧、王临乙、徐悲鸿、廖静文。后排左起为李瑞年、费成武、孙宗慰，这三人均在1942年被徐悲鸿任院长的中国美术研究院聘为副研究员。后排右起为黄养辉、许士骐。此张照片见证了徐悲鸿与同事们以及学生们的真挚情感。

图4-45 1946年5月，徐悲鸿与中央大学艺术科部分师生合影于重庆

第五章　壮心不已　1946年—1953年

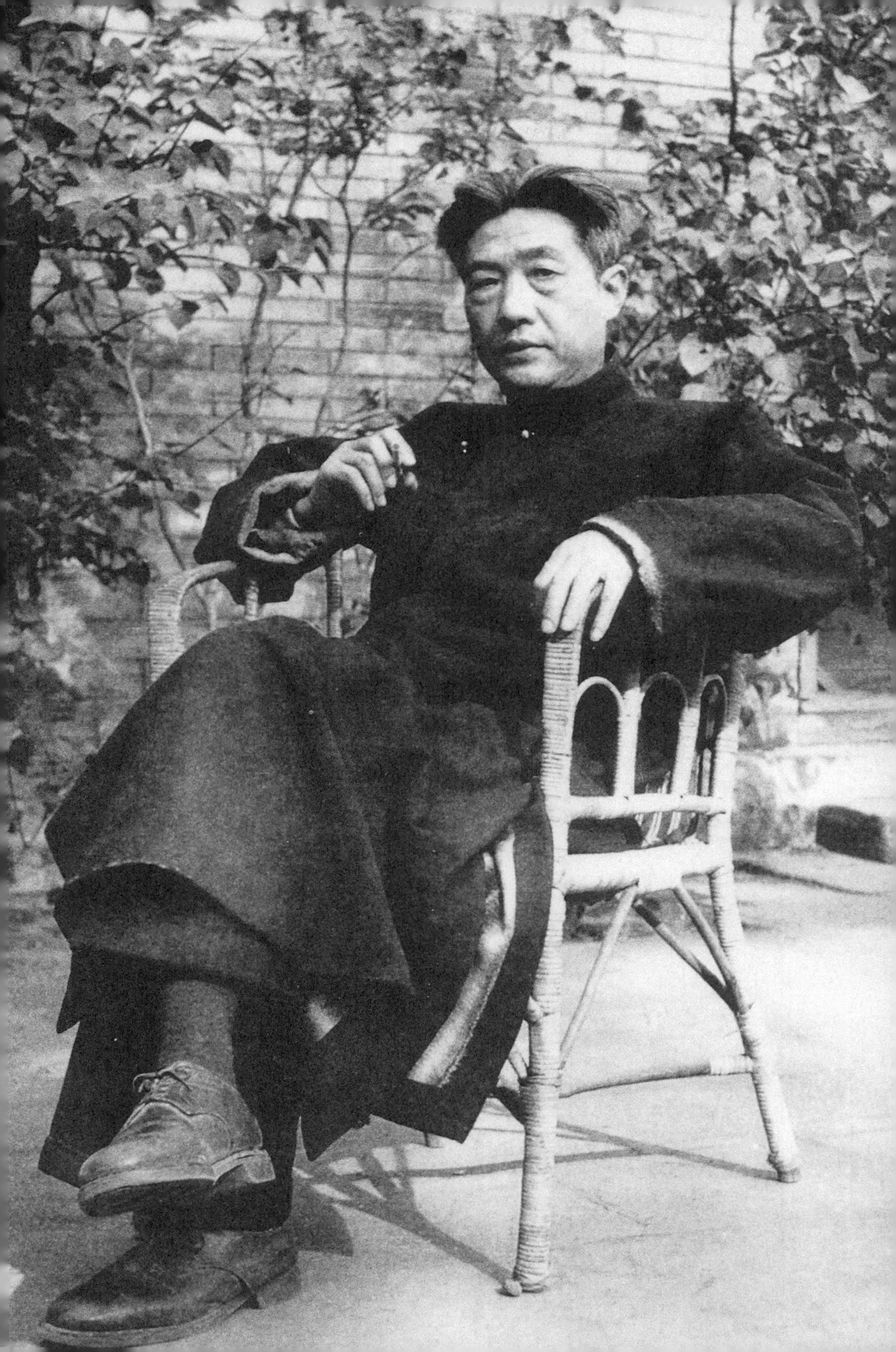

第五章 壮心不已

图5-1，1946年，徐悲鸿（右）在北平艺术专科学校工作时的照片

1946年徐悲鸿担任国立北平艺术专科学校校长，使得他能够邀请一批与之志趣相投的美术家共举复兴中国美术之大业。名为接收，实则创新，使徐悲鸿得以实施自己现实主义的艺术主张。到达学校以后，徐悲鸿投入了巨大的工作热情，师资、教学、校舍、师生生活等各方面的工作事无巨细都需要他关注。师资问题无疑是他最为优先考虑的，除了先后聘请吴作人、冯法祀、艾中信、李桦、叶浅予、宗其香、李瑞年、李可染等一批优秀的画家到艺专任教之外，是年10月徐悲鸿更是亲自登门，恭请年逾八旬的齐白石到学校授课，这也是徐悲鸿第二次聘请齐白石到自己任院长的学校任教。第一次是1928年底徐悲鸿初识齐白石不久，曾三顾齐宅，诚邀老人到他任院长的北平大学艺术学院教授中国画。

图5-1是徐悲鸿在北平艺术专科学校工作时的照片，他一身浅色长衫，正神情专注地视察教学楼。从1946年8月起，徐悲鸿一直担任国立北

图5-2 北平美术作家协会成立大会代表合影,1946年10月16日

平艺术专科学校的校长,直至1949年新中国成立,国立北平艺术专科学校并入国立美术学院,1950年1月国立美术学院改名为中央美术学院,徐悲鸿都是担任院长之职,成为中国画坛的领军人物,为新中国的美术教育事业做出了巨大的贡献。

图5-2是1946年10月16日下午,出席北平美术作家协会成立大会的代表们在北平洋溢胡同14号的合影照片。该会所谓之"美术作家",在当时并非专指美术家和文学家的合称,实际上是更侧重于"美术创作者"之意,即与今天的"美术家"的释义大致相当,这是在民国文化语境中的用词,在当时的报刊文章中常可见到。

从这张珍贵的图像中可以看到,徐悲鸿和同仁们亲密无间。前排左起为宋步云、王临乙(人民英雄纪念碑作者之一)、徐悲鸿、齐白石、夏护士、戴泽;中排左起为王丙照、李可染、卢光照、叶麟趾、齐人;后排左起为叶正昌、王静远、黄养辉、(佚名)、高庄、吴作人、宗其香、孙宗慰、李宗津、刘铁华、冯法祀、董希文(油画《开国大典》作者)、艾中信。大家的脸上充满着笑意。年逾八旬、白须飘飘、右手挂着手杖的齐白石老人居于合影的正中间,其右手为徐悲鸿,二人中间还站立了一位三岁左右的小孩子,甚为天真。吴作人、董希文、李宗津、艾中信、王临乙、宋步云、刘铁华、李瑞年等协会的骨干会员则簇拥着齐白石和徐悲鸿,他们大多是徐悲鸿在国立北平艺术专科学校的同事和学生。北平美术作家协会的成立无疑是当时北平美术界的一件大事。

北平美术作家协会经多次筹备会议之后,最终于1946年10月16日在北平内一区靠近东单牌楼东侧的洋溢胡同14号召开成立会,20余人参会。洋溢胡同14号是吴作人所住的院子,这里除了吴作人还住了两家人:宋步云一家,李宗津一家。当时的吴作人还没结婚,一个人住。在洋溢胡同14号里面有个画室,归宋步云管,由他安排请模特以及道具等,晚上供大家画画。当时参加会议的戴泽是其中最年轻的一位,据他回忆说,那时资格最老的是齐白石先生。那天拍照之前,我记得协会成立时吃了一顿饭。那顿饭安排在吴作人的房间里,摆了一大桌。当时,徐悲鸿对来宾逐一介绍,介绍到我,徐悲鸿就跟齐白石说,他是我们这里最年轻的。齐白石说:"我要是他这个年纪啊,就跟你学素描。"这当然是一句玩笑话,把大家都逗乐了。

大会于下午五时开始,由吴作人主持,对成立协会的意义加以说明后即研讨协会章程,确定了协会的宗旨为联络美术界感情,促进美术创作,研究美术理论,沟通中西美术思潮,推进北平美术运动,致力于美术教育工作。协会的任务有5项:1.美术工作之促进;2.美术运动之推进;3.每年作春秋两次展览,日期为四月十五日及十月十日;4.会刊及报纸单页之出版;5.美术界之联络与辅助,会员入会除由两位以上会员介绍外,并须缴纳作品及入会费及常年会费各一万元(名誉会员不在此例)。

接下来推举徐悲鸿为荣誉会长,聘请朱光潜、邓以蛰、溥心畬、齐白石等为名誉会员。随后票选理事、监事,刘铁华、孙宗慰、李宗津、宋步云、王临乙、吴作人等7人当选理事,李彝、黄养辉、艾中信当选候补理事。庞薰琹、王静远、杨化光、李苦禅、李瑞年当选监事,李可染、董希文当选候补监事。考虑到即日展开工作,理监事会选出吴作人为理事长,庞薰琹为监事长。大会于七时三十分散会。由这些名单可见,协会最大程度地汇集了北平老中青三代的美术家。可以说协会的相关举措非常具体,还特别规定美术作品的展览一年分春秋两次按期举办,并要求及时出版协会会刊和报纸单页。

徐悲鸿初到北平时，北平美术界做出了欢迎姿态，中华全国美术会北平分会（成立于1946年3月25日）曾召开热烈的欢迎会。这个由国民党中央文化运动委员会领导的组织想通过此举拉拢徐悲鸿，但是没有奏效。当时由北平进步美术家筹备起来的北平美术作家协会具有与中华全国美术会北平分会分庭抗礼的用意，徐悲鸿毅然加入了北平美术作家协会，并担任了该会的荣誉会长。北平美术作家协会涵盖了国画、油画、雕塑等方面的美术家，他们在各自的专业领域里都取得了杰出的成绩。该会通过徐悲鸿把大家凝聚在一起，齐心协力，互相提携。年逾五旬的国立北平艺术专科学校校长徐悲鸿是北平美术界公认的领袖人物，正是他团结和带领了北平的美术工作者共同推动了当时北平乃至全国美术事业的发展。

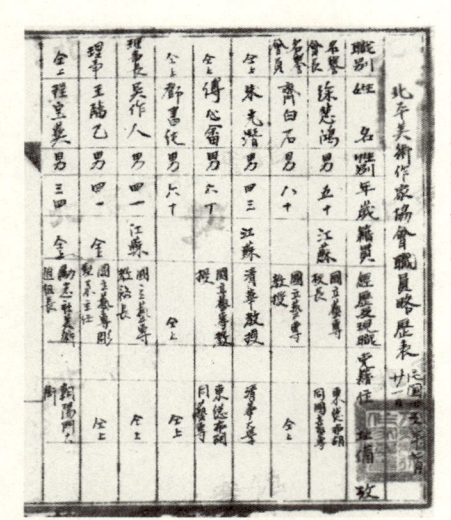

图5-3 1946年10月17日，报道北平美术作家协会成立消息的北平报纸

图5-4 北平美术作家协会职员略历表

1946年10月17日，北平报纸（图5-3）报道了北平美术作家协会成立的消息。

图5-4是一张登记于1947年7月21日的北平美术作家协会职员略历表，此份珍贵的史料现存于北京市档案馆。

这张北平美术作家协会职员略历表较为详细地记录了会员的自然状况，包括姓名、性别、年龄、籍贯、经历、现职及住址等。从该表可以清楚地看到除了排在第一位的徐悲鸿，还有当时北平美术界的著名人物，如齐白石、溥心畬、朱光潜、邓书纯（即邓以蛰）以及国立北平艺术专科学校的吴作人、王临乙等人。其中不仅有著名画家，还有朱光潜、邓以蛰这样的美学大家。

图5-5为徐悲鸿在北京时的故居——东受禄街十六号。

1945年8月，中国人民经过八年艰苦卓绝的浴血奋战，终于取得了抗日战争的伟大胜利。抗战胜利后，全国政治、经济、文化等各界纷纷到原日据地展开接收工作。1946年的暮春时节，应国民政府教育部的聘请，徐悲鸿决定前往北平，负责接收国立北平艺术专科学校。同年七月底，徐悲鸿几经辗转终于抵达北平，八月初他正式出任国立北平艺术专科学校校长。徐悲鸿、廖静文夫妇初到北平时，租住在东裱褙胡同22号的东西厢房。房主人住在北屋，由于他们有时邀人打麻将到深夜，吵得徐悲鸿夫妇不能安睡。那时的廖静文正怀着第一个孩子，为另寻一个安静的住处，她不得不每天在外奔走寻找合适的房子。但是直到1946年底，他们才租到小椿树胡同9号的一所陈旧的四合院房子，在这里住了将近一年。直到有一天院墙忽然倒坍，只好再觅住处，才搬到东受禄街16号。东受禄街位于北京东城区市中心地段，这套房屋是徐悲鸿用卖画

图5-5 徐悲鸿在北京时的住宅——东受禄街16号，1947年入住

图5-6 徐悲鸿、廖静文夫妇在家门前送客

图5-7 1950年7月30日，徐悲鸿夫妇（后排中）、徐伯阳（后排右二）、徐庆平（中立儿童）、骆觉民（前右二）、骆拓（前右三）摄于北京东受禄街16号徐宅门口

图5-8 1947年徐悲鸿给刘勃舒写的回信

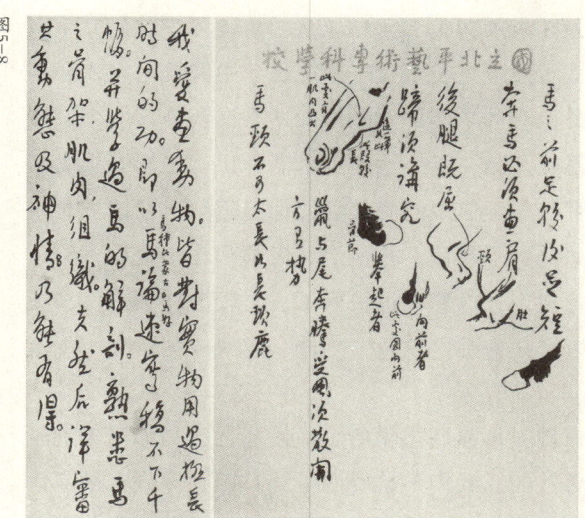

的钱买来的，院门不显眼，门口放着两个小石狮。它的房屋并不十分宽大，外表看上去很朴素，但是走进院落却是一片生机盎然。廖静文后来在《徐悲鸿一生》中这样回忆起在东受禄街十六号居住的时光："刚搬进这里时，院子里一片杂草。我们一起除了草，种上了很多果树，在院子里的空地上我们还种上了许多蔬菜……徐悲鸿在工作之余，经常和我一起在院里劳作，我们一同给那些果树蔬菜浇水施肥，一同分享着那份收获的喜悦……"图5-6为徐悲鸿、廖静文夫妇在东受禄街16号的家门前送客的情景。

图5-7为1950年7月30日，徐悲鸿、廖静文夫妇（后排中）、徐伯阳（后排右二）、徐庆平（中立儿童）、骆觉民（前右二）、骆拓（前右三）摄于北京东受禄街16号徐宅门口。徐伯阳是徐悲鸿与蒋碧微所生的儿子，徐庆平是徐悲鸿与廖静文所生的儿子。骆拓、骆觉民是徐悲鸿在马来西亚的好友骆清泉的长子与次子。徐悲鸿、廖静文夫妇与他们的孩子以及友人的孩子其乐融融的合影，显示了新中国成立后的新气象。

1953年徐悲鸿去世后，廖静文把这座院子捐赠给了国家，并在这里成立了徐悲鸿纪念馆。1966年，由于北京开始修建地铁，这里被列入了拆迁范围。后来周总理知道这件事，特批了经费在北京新街口大街五十三号新建了一座两层小楼，作为新的徐悲鸿纪念馆。

图5-8源自一封十分令人回味的信件，其内容是1947年徐悲鸿给当时只有十二岁的小学生刘勃舒写的回信。在现今社会，重读这封信的内容，仍然给我们以感动，并引发我们无尽的思考。

刘勃舒（1935—），江西永新人。1955年从中央美术学院研究生班毕业，是当代著名画家，历任中央美术学院副院长、中国美术家协会副主席、中国画研究院院长。但1947年的刘勃舒却还是江西南昌一个家境贫寒的小学生。因从小喜欢画画，听小学的美术老师讲，中国有个大画家叫徐悲鸿，可贵的天真和与生俱来的胆气促使他提笔给时任国立北平艺术专科学校校长的徐悲鸿写了封信，并让语文老师稍作修改就寄给了徐悲鸿，请求指点。未曾想到，徐悲鸿很快回了一封较为详细的信，在信中指导他如何学画，以造化为师，以及“立志一定要成为世界第一流美术家”。

即使到了今天，家长们一再强调孩子的个性发展，但是如当年刘勃舒的做法也是需要巨大勇气的。我们不禁要问，终日困在课堂上被灌输着海量知识的孩子们是不是已经失去了天真和胆气？徐悲鸿收到刘勃舒的来信之后，并没有一看了之，在繁忙的工作之余，他认真地给刘勃舒写了回信。信中谈了自己对学画的看法，对刘勃舒的殷切希望，还附上了画马的一些技法说明文字与示意图。

时光荏苒，今天的人们读到这封信之后，在加深了对徐悲鸿平易近人、奖掖后学的人格的了解之余，也许要问，在今天的社会里还有多少像徐悲鸿这样的艺术家？答案如果不是悲观的，也绝不会是乐观的。然而对于我们的国家、社会和孩子来说，多一个像徐悲鸿这样的艺术家既是孩子之幸，也是国家、社会之幸。

图5-9是徐悲鸿于1948年1月1日写给苏立文的一封法文亲笔信。这件法文信本身只有一页，是名副其实的短信，初看起来毫不显眼。然而，当我

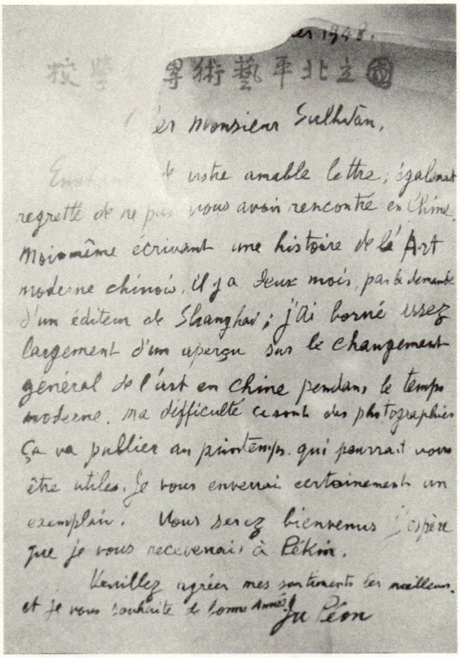
er 1948.
立北平藝術專學校
er monsieur Sullivan,
votre amable lettre, également
regretté de ne pas vous avoir rencontré en Chine.
Moi-même écrivant une histoire de l'Art
moderne chinois, il y a deux mois, par la demande
d'un éditeur de Shanghai; j'ai borné assez
largement d'un aperçu sur le changement
général de l'art en Chine pendant le temps
moderne. Ma difficulté ce sont des photographies
Ça va publier au printemps. qui pourrait vous
être utiles. Je vous enverrai certainement un
exemplaire. Vous serez bienvenus, j'espère
que je vous recevrai à Pékin.
Veuillez agréer mes sentiments les meilleurs.
et je vous souhaite la bonne année
Ju Péon

图5-9 徐悲鸿给苏立文的法文信，1948年1月1日

们了解到其中的内容以及此信诞生的背景之后,就会发现其重要的史料价值。此信翻译成汉语,其内容如下:

  尊敬的苏立文先生:
  收到您的来信,甚喜。没能与您在中国见面,对此我深表遗憾。两个月前,应上海某出版商之请,我开始独自撰写一部有关中国现代艺术史的书。怎奈才疏学浅,只能对中国当代艺术大致的演变管窥一二。成书难点在于照片。此书将在春季出版,或许对您能有所用处,故届时我定将奉上拙作。诚挚邀请您再临北京,期待与您重逢。
  请您接受我最美好的祝愿,顺祝新春快乐。
徐悲鸿

  这封不到200字的信件告诉我们三个重要信息:
  一、苏立文虽然是西方研究中国现代艺术史的先驱,藏有一系列中国现代重要艺术家的作品,但是他与徐悲鸿一直无缘见面,也未藏有徐悲鸿的作品。值得注意的是,徐悲鸿的重要弟子吕斯百在1940年曾将一幅日军轰炸后重庆雨巷的速写赠送给苏立文的中国妻子吴环,而成为苏立文夫妇的第一幅藏品。笔者猜测,也许是当苏立文、吴环在重庆、成都结交众多艺术家的期间,徐悲鸿正身居南洋、印度。1942年2月,徐悲鸿方从新加坡回到云南,返重庆中央大学任教,居沙坪坝,筹建中国美术学院。
  二、这是一封回信,苏立文曾经向徐悲鸿写过一封信,其内容有可能提及苏立文有志于撰写中国现代艺术史之事,假如徐悲鸿所写的《中国现代艺术史》出版,肯定对苏立文的写作大有帮助,所以徐悲鸿在信中才说"故届时我定将奉上拙作"。
  三、在1947年11月,徐悲鸿是受到上海某出版商的邀请,开始独自撰写一部有关中国现代艺术史的书。这在中国艺术史学史上,无疑是一件大事!
  我们知道,徐悲鸿后来并没有完成此事,但是此信显示了徐悲鸿作为一代艺术家,深知治史的重要性,在当时他虽然已经功成名就,但是依然具有历史使命感与社会责任感，因此立有独立撰写《中国现代艺术史》的雄心。当然，撰写这一类的艺术史，不但需要搜集大量资料，而且需要静下心来花费大量时间来精心撰写。当时身居要职的徐悲鸿是随口一说，还是酝酿已久？这是值得探讨的，因此，我们从以下三个方面进行剖析。

一、徐悲鸿具备研究中国现代艺术史的理论基础

徐悲鸿虽然是大书画家，但是秉承了中国传统文人的优点，胸怀大志，洞晓文以载道的重要性，并善于言论，精于文字，笔锋犀利，是具有撰写《中国现代艺术史》的理论基础的。

徐悲鸿幼年便在其父达章公的指导下学习中国传统文化和绘画艺术，奠定了较为扎实的民族文化艺术的基础。之后经过学校教育和自学取得了更大进展，后来经过数年的卖画和兼课生涯，绘事磨练得日益精熟。又通过上海、日本、北京的磨砺和发展，他对中国绘画的过去、当时和将来已形成了较为整体的见解。

早在1918年，23岁的徐悲鸿在担任北京大学画法研究会导师之时就发表了《中国画改良论》，提出了著名的"古法之佳者守之，垂绝者继之，不佳者改之，未足者增之，西方绘画之可采者融之"的构想。虽然在如何"守"、"继"、"改"、"增"、"融"方面他倾向于现实主义而长期为人非议，但客观而论也只有现实主义绘画才能称得上中外绘画史中较为重要的篇章，而且，当时中国画坛最为需要的也是现实主义绘画，何况在现实主义这一广阔领域中，徐悲鸿的审美视角是较为开放的。徐悲鸿的这一构想虽说受惠于康有为、蔡元培诸先生，但是他经过自己的归纳与总结以一种完整的方式提出，乃杰出论断。在笔者看来，这种说法揭示了当时中国艺术发展应该遵循的规律，在那时，鲜有美术理论家、美学家、画家和学者能把这一问题阐述得如此清晰、简洁。后来，他又在欧洲研习西画多年，从技法到理论都进行了刻苦学习和系统研究，并成为中国留学生中获得法国高等美术学校学士学位的第一人。归国后，他既作油画，又作国画。面对那时美术界的混乱，他觉得重担在肩，决心以现实主义来改造中国画，特别是中国人物画。因为当时的人物画处于中国人物画发展史的低谷期，许多画家笔下的人物形象千篇

一律，并与生活脱节。由于徐悲鸿的努力，沉闷的画坛开始焕发了青春，出现了吴作人、蒋兆和与李斛等画家，他们对于振兴后来新中国的人物画产生了不可替代的作用。

正因为中国现代艺术的现状与问题一直是徐悲鸿关注的重点，为此他笔耕不辍，譬如：

1930年3月31日，徐悲鸿致中华书局负责人舒新城书信，与舒讨论徐氏美术史新作的内容，并初步定名为《空青》，其意为即世可无瞽目。是年4月10日，再致舒新城书信，询问舒对于前书的回复意见。这些表明徐悲鸿在早年即有撰写美术史的计划。

1935年，发表《一九三五年中国艺术之回顾》。

1936年，发表《中国今日之名画家》，受陈之佛之邀对当时中国画坛的著名画家汪亚尘、经子渊、陈树人、齐白石、高剑父、张大千、张书旂、潘天寿、方药雨等做了评述，并认为"中国今日虽云文化式微，艺事衰落，但精极一艺之作家尚不少"。

1937年，发表《对中国近代艺术的意见》。

1943年，发表《新艺术运动回顾与前瞻》，高屋建瓴地预言："总而言之，写实主义足以治疗空洞浮泛之病，今已渐渐稳定，此风格再延长二十年，则新艺术基础乃固，尔时将有各派挺起，大放灿烂之花。"

1944年，发表《中国艺术的贡献及其趋向》、《中国新艺术之展望》。

1947年，发表《世界艺术之没落与中国艺术之复兴》，提及了齐白石、张大千、溥心畬、溥雪斋诸先生的作品，并"希望此后从事艺术工作的人，第一要立大志，要成为世界上第一等人，作出世界上第一等作品。他的不朽的程度，与中国孔子、司马迁、陶渊明、李白、杜甫，外国的柏拉图、亚里士多德、但丁、莎士比亚、牛顿这一类人等量齐观的。"同年，他还撰写了《新国画建立之步骤》、《当前中国之艺术问题》等关注当代中国艺术状况的文章。

在世人眼中，徐悲鸿先生既是中国现代画坛的一代宗师、巨匠，又是最为重要的美术教育家、艺术活动家。但是在另一些研究徐悲鸿的学者看来，徐悲鸿也是一位著述等身的艺术学者与评论家，我们从王震先生编撰的近900页的《徐悲鸿艺术文集》中所保留的近百万的文字中足以见之。当然，王震先生虽然是目前国内外掌握徐悲鸿资料最为详尽的著名学者，但是他所掌握的资料也仅是徐悲鸿实际撰写文章的一部分而已。譬如，2013年笔者在执行主编《徐悲鸿奖·新世纪第二届徐悲鸿学术研讨会论文集》时，收到南京艺术学院周积寅先生提交的文章《〈徐悲鸿艺术文集〉集外文稿十篇概说》，论文中言及上海王中秀先生向作者提供了徐悲鸿1917年至1927年留学日本、游历西欧诸国时所发表的十篇文章，共2万余字，而且它们均未被收入《徐悲鸿艺术文集》，弥足珍贵！周积寅先生为此特地进行整理并撰写了评介文字。这些说明了一代大师徐悲鸿在艺术上辛勤实践的同时，也将思想、理论的价值与作用看得很重，而且身体力行，笔耕不辍。显而易见，这些为徐悲鸿撰写《中国现代艺术史》奠定了较为坚实的理论基础。

另外，徐悲鸿对于他国的优秀美术也十分关注。1940年9月2日，他在致舒新城的书信中说："本月十五，弟将偕友人往朝佛迹，及游览诸著名古美术洞府。他日拟写《印度美术》一册，其派虽非弟所喜，但固有他了不得的地方，不可忽视，有人且以为世界第一。"

二、徐悲鸿具备研究中国现代艺术史的个案基础

从1930年开始，徐悲鸿先后为齐白石、高奇峰、舒新城（美术照相习作）、王悦之、张聿光、王祺、汪亚尘、潘玉良、高剑父、张书旂、张大千、马万里、杨善深、李青萍、李曼峰、常书鸿、傅抱石、赵少昂、陈树人、尹瘦石、秦宣夫、吴作人、余钟志、孙宗慰、高月秋（摄影）、吴麟若、沈叔羊、刘艺斯、沈福文（敦煌图案漆器）、王少陵、李可染、文金扬（中学美术教材及教学法）、叶浅予、李桦、黄养辉、关山月等艺术家的艺术及其作品、著述写过专门的评论。对于长期以来不受重视的民间工艺，他也见解高远，如对天津"泥人张"、南昌范振华等优秀民间艺人均给予过热情的颂扬。今天看来，他们中的大部分艺术家就是中国现代艺术史研究中不可或缺的重要对象！在当时，就是专门的美术理论家也未必像徐悲鸿这样能对这么多的重要艺术家有着系统深入的了解。

由此可见，徐悲鸿长期关注中国现代的艺术与艺术家，他与苏立文的对话并非是突发奇想，一时心血来潮，而是有着客观依据与现实思考的。虽然，徐悲鸿在写给苏立文的信中自谦地说："怎奈才疏学浅，只能

对中国当代艺术大致的演变管窥一二。"但是，在当时能有徐悲鸿这样的文笔、见识、胸襟、人脉以及对艺术的精辟见解的艺术家是不多的。

三、徐悲鸿革新中国美术事业的理论与舆论之需

徐悲鸿怀有撰写中国现代艺术史的情结还应与他就任国立北平艺术专科学校校长以来的北平艺坛氛围有关。

1946年，徐悲鸿就任北平艺术专科学校校长。他在美术教育中主张深入生活，"以造化为师"，并在中国画教学中安排写生课和素描课，试图借鉴西画的写实造型表现手法来解决中国画存在的不足，这种具有创新性的教学方法遭到了一些人士的攻击。

1947年10月，北平艺术专科学校秋季开学不久。南京"国民党中央文化运动委员会"派专人策动了一场"倒徐运动"，由他们控制的"北平美术协会"散发了铅印的"宣言"，攻击、诬蔑徐悲鸿是美术界的罪人。而且，北平艺术专科学校国画系三位兼任教师也站出来宣布"罢教"，北平的一些报纸纷纷刊登攻击徐悲鸿摧残国画的文章，为三位罢教者摇旗呐喊。"北平美术协会"还在中山公园"来今雨轩"举行记者招待会，说明他们是"为个人的美术，为美术的美术和为古人而战"，并认为"中国画应当是超现实的，同时谴责北平美术作家协会是分裂美术界的罪魁祸首"。三位宣布罢教者在会上公开宣称"徐悲鸿摧残国画，毁灭中国艺术"。

这场声势浩大的"倒徐运动"在徐悲鸿看来并不新鲜，因为早在1928年，他担任国立北平大学艺术学院院长时，倡导中国美术的革新事业，但是北平的艺术保守势力强大，不久就爆发了第一次"倒徐"事件，当时他孤掌难鸣，只有离开北京。19年后的徐悲鸿绝非昔日可比，他当机立断，决定在思想观念与社会舆论上给敌人致命一击，进而全面公开自己对于中国新艺术的看法，于是在1947年10月15日举行了中外记者招待会。在会上他宣读了一篇文章，客观冷静地驳斥了保守派的谬论，阐述了自己的艺术主张，他指出："……新国画至少人物必具神情，山水须辨地域，建立新中国画既非改良，亦非中西合璧，仅直接师法造化而已。但所谓师法造化者，非一言既能兑现，而诬蔑重素描便会像郎世宁或日本画者，乃是一套模仿古人之成见。试看新兴作家，如鄙

图 5-10
1948年5月,出席北平美术作家协会美术作品展览会的画家合影

人及蒋兆和、宗其香、叶浅予诸人之作,便可证此中成见之谬误,并感觉新国画可开辟之途径甚多,有待于豪杰之士发扬光大……"这篇名为《新国画建立之步骤》的文章于次日发表于北平《世界日报》。

尽管第二次"倒徐"事件规模盛大,但是徐悲鸿顶着来自官方和美术界的强大阻力,以理论开道,用实践证明,最后获得了成功。当时国民党的政治统治腐败,作为一个有着良知并对人民的水深火热痛心疾首的画家、美术教育家,徐悲鸿以行动表明了自己的立场与态度。他对能够反映广大人民现状和呼声的作品与行为大加赞赏,积极扶持,并且以自己的画、文、诗融入了这股洪流,形成了自身高尚的情操和气节。并以"独持偏见,一意孤行"这样激烈的文字表露自己的坚定立场和以现实主义改造中国美术的决心。毋庸置疑,在当时那种条件下,在众多的美术思想中,他的这种思想无疑是有效的,后来中国美术界发生的巨大变化也证实了这一点。

故而,徐悲鸿向苏立文透露准备撰写中国现代艺术史的计划大约发生在他为了抗击保守派而举行中外记者招待会的半个月之后。符合逻辑

的理解是，他打算借助这本书在思想理论上进一步树立自己鲜明的艺术旗帜，这是符合其一贯性格的。

综上所述，徐悲鸿写给苏立文的信件中所反映的事件是具有现实依据的，而且，就这封信件中的"此书将在春季出版"来看，当时的徐悲鸿可能已经写下了不少文字，并且计划于数月后交稿。然而，就今天留下的徐悲鸿相关资料来看，并没有发现当时的手稿或资料，更未见艺术界关于此事的讨论与研究，这是十分耐人寻味的，因此值得今天的学者抽丝剥茧，深入探究。

笔者认为，若无随后一系列重大事件的接连发生以及新中国美术事业的全面转型，徐悲鸿很有可能会留给后人一部与众不同的《中国现代艺术史》。诚然，历史是不能假设的，但是徐悲鸿在这封短信中所显示出的中国现代艺术史情结为后人真实了解在当时的艺坛背景下徐悲鸿的艺术使命感与社会责任感提供了重要史料。

1948年5月1日至10日，北平美术作家协会在北平中央公园的中山堂举行美术作品展览会，这是当时出席画展的画家们的合影照片（图5-10）。该图正中双手交握者为徐悲鸿，时任国立北平艺术专科学校校长、北平美术作家协会荣誉会长。前排右起为戴泽、李宗津、宋步云、齐振杞、李彝、刘铁华、杨化光；后排右起为艾中信、孙宗慰、吴作人、萧淑芳、董希文、孙竦、杨光化、王合内、徐悲鸿、李苦禅、王临乙、高立芳、高庄、万庚育、卢光照、王静远、陈玲娟、李瑞年。

北平美术作家协会对协会美术作品的展出有着详细的计划，一年分春秋两次举办。徐悲鸿是这些展览的领导者、组织者，更是参与者，美术作品展览得到了齐白石、溥心畲等北平老一辈的画家以及协会的中青年骨干画家们的积极响应。大家纷纷拿出自己满意的作品，和北平广大的美术爱好者进行交流。美术作品展览的定期举办使美术爱好者有机会欣赏到久负盛名的艺术家们精湛的画技，给协会的青年画家提供了可贵的艺术实践与交流的机会，也为协会赢得了广泛的社会声誉。

1948年12月7日，因北平美术作家协会的内部成员有所分化，吴作人等又另外组织了"一二·七艺术学会"，推徐悲鸿为会长。北平美术作家协会遂渐解体。

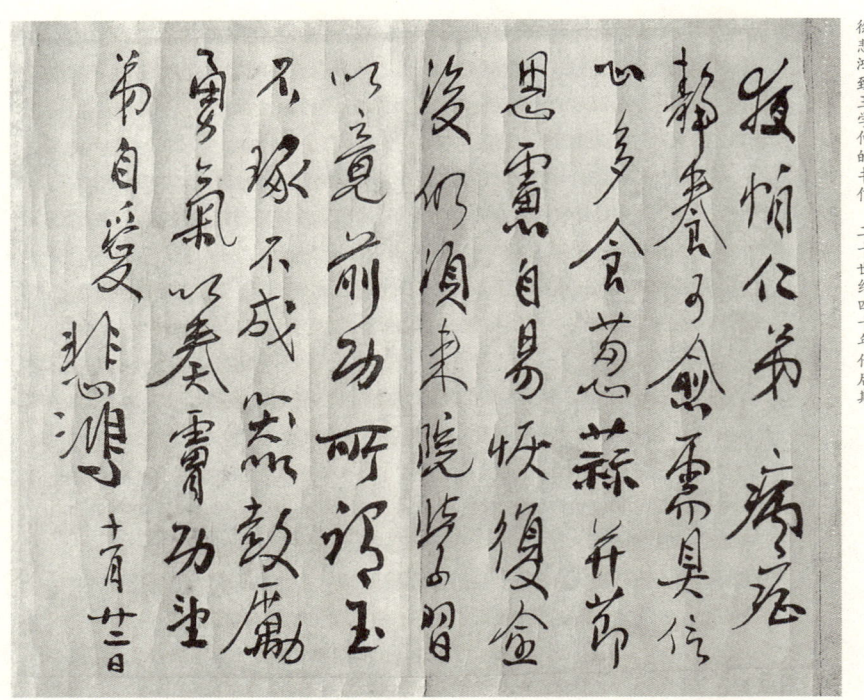

图5-11为徐悲鸿致王学仲的书信。王学仲（1925—2013），1925年生于山东滕州。1946年他考取了国立北平艺术专科学校。他不但勤学绘画，而且苦练书法，受到徐悲鸿的夸赞，说他"诗也怪，画也怪，书也怪"。在同届学生之中，王学仲的书法最受徐悲鸿喜爱。1947年8月，徐悲鸿曾为王学仲的册页作《杨柳喜鹊图》，并复王学仲一封书信，指导其绘事。

在校期间，王学仲不幸得了肺病。这种病在当时也叫肺痨，几乎被视为不治之症。王学仲只得中途辍学回到山东老家休养。在家养病期间，王学仲的精神十分痛苦。不久，他收到徐悲鸿的一封信。徐悲鸿在信中说："夜泊（王学仲的笔名是呼延夜泊）仁弟：病症静养可愈，需具信心，多食葱蒜并节思虑，自易恢复。愈后仍须来院学习，以竟前功，所谓玉不琢不成器，鼓励勇气，以奏肤功。望弟自爱。徐悲鸿十一月二十二日。"王学仲将此信读了一遍又一遍，感动的泪水夺眶而出。恩师的深情厚义比任何药物都有疗效，于是王学仲恢复了信心，在休养之中继续自学。另外，徐悲鸿还让管理学校事务的黄警顽每月固定寄十元给王学仲,作为其医治肺病的费用。在这样的帮助之下,王学仲很快恢复了健康,得以返校继续完成学业。1953年,王学仲毕业于中央美术学院,徐悲鸿特意画了一幅《奔马图》赠给王学仲,叮嘱他在艺术上要不断进取。王学仲同年在天津大学任美术教师,之后成为书画大家。

1953年9月25日,王学仲来北京拟拜见恩师徐悲鸿,但是得知他重病住院。等到次日,却得到徐悲鸿逝世的噩耗。王学仲与其他师生轮流为徐悲鸿守灵。这一期间,他赋诗两首,一为《呈徐悲鸿先生》,曰:"有画不趋时,有诗寡相知。识人以巨眼,当世感徐师。"二为《自笑》,曰:"博得徐公三怪名,微山湖畔一王生。津沽燕市传诗句,自愧才疏倚马缨。"这是一名学生对恩师感激之情的由衷写照。

1948年6月4日,"中印绘画联合展"在北平开幕,图5-12为出席开幕式的北平文化艺术界的人士和印度来宾在北京大学孑民堂前的合影。出席画展开幕式的有徐悲鸿(前排左起第九位,廖静文站在他的身后)、胡适(前排左起第八位)、冯友兰、朱光潜与季羡林等许多文化名人。

此次"中印绘画联合展"在中国的展出得益于徐悲鸿与印度一段不同寻常的缘分。正值中国人民抗日战争期间的1939年底,徐悲鸿结束了在新加坡为祖国抗战募捐的活动之后经缅甸前往印度,他是受印度美术界的邀请前往访问的。在印度逗留的近一年的时间里,徐悲鸿广泛考察了印度古代和当代美术,结识了许多印度著名的文化界和美术界人士。

图5-12 1948年出席"中印绘画联合展"开幕式的北平文化艺术界和印度来宾合影

尤其是与印度哲人泰戈尔的相识相知，堪称是中印文化交流史上光辉灿烂的一页。泰戈尔不仅是著名的诗人、文学家、哲学家，鲜为人知的是，他同时也是一位画家。在徐悲鸿即将离开印度之际，泰戈尔盛情邀请徐悲鸿为自己将要出版的画集选画，这是泰戈尔对徐悲鸿莫大信任的表现。

图5-13　1949年1月31日人民解放军接管北平

印度秀美壮丽的风光和颇具民族特色的古老的文化艺术深深吸引和感染了来自同为文明古国的徐悲鸿。寄寓大吉岭期间，他创作了巨幅国画《愚公移山》，画里的人物形象融合了印度人的模样特征，因为他认为愚公移山的精神是超越民族与国度的。因此可以说，印度是一个与徐悲鸿的生命有着血脉关联的国家！

图5-13是一张广为流传的历史照片，记录的是1949年1月31日人民解放军从国民党傅作义将军手中接管北平，北平宣告和平解放的历史影像。然而大家也许并不熟悉作为画家的徐悲鸿在北平和平解放中发挥的重要作用。

1948年秋，结束了辽沈战役的东北解放军进入山海关与华北解放军完成对北平、天津等大城市的包围。国民党华北军政长官傅作义在天津失守后仍在是战是和的问题上举棋不定，犹豫不决。在毛泽东与蒋介石中间，傅作义要做出一个两全的决定无疑是非常困难的。1948年12月中旬，傅作义在进退维谷之际，决定在中南海邀请在北平的知名学者和社会名流召开座谈会，共商时局。徐悲鸿与马衡、朱光潜等二十余人到会。当傅作义开门见山地抛出是战是和，问计于大家之后，全场一片寂静。因为当时国民党在北平仍有大批的情报特务人员，轻易表态无疑存在极大的风险，所以徐悲鸿前往参加傅作义的座谈会，廖静文及美术界的同仁和朋友们无不为他捏了一把汗。然而徐悲鸿不但毅然与会,并且在座谈会开始短暂的寂静之后第一个站起来,向傅作义和与会的学者、社会名流立场鲜明地表达了自己的观点和主张。他说:"北平二百余万市民的生命与财产,全系于将军一人。希望将军顾全大局,顺从民意,使北平免于炮火摧残。眼下战则败,和则安,这是常识问题。"徐悲鸿此言一出,其他人纷纷表达应该和平解决北平问题的愿望。最终,傅作义采纳了和谈的意见,促成了北平和平解放的实现。因此,徐悲鸿对保留北平这座文化历史名城和使黎民百姓免遭兵燹之灾的历史贡献应该被永远地铭记!

1949年3月,周恩来亲自邀请徐悲鸿参加中国代表团前往巴黎,出席当年4月20日至25日在那里举行的世界保卫和平大会。同行的还有田汉、洪深、许广平、马寅初、郑振铎、程砚秋、古元、曹靖华、翦伯赞、邓初民、戴爱莲等44位著名人士,代表团涵盖了中国文化艺术界的重要人物。如果巴黎之行能够实现,那将是1933年5月徐悲鸿在法国国立外国当代美术博物馆举办中国美术展览会16年之后的故地重游,想必当时的徐悲鸿对此是十分期待的。但是当中国代表团到达莫斯科时,却得到法国政府拒绝代表团入境的消息。原因是此时新中国虽已在积极筹建之

图5—14
1949年4月即将参加世界保卫和平大会的中国代表团合影

中，但毕竟尚未正式宣告成立，自然与法国也没有正式的外交关系。世界保卫和平大会临时做出决定，会议在巴黎和捷克斯洛伐克首都布拉格同时举行，即将成立的新中国代表团参加布拉格分会场的会议。于是世界保卫和平大会在巴黎和布拉格两地同时举行，共有来自72个国家的2000多名代表参加。图5-14是1949年4月即将参加世界保卫和平大会布拉格分会的中国代表团合影照片，后排左起第五位是徐悲鸿，大家手捧鲜花，欢心雀跃的神态已经充分地洋溢在脸上。

图5-15 徐悲鸿绘《田汉像》，素描，纵34.5厘米，横25厘米，1949年

图5-15是1949年4月徐悲鸿在保卫世界和平大会中国代表团转道莫斯科前往捷克斯洛伐克参会的国际列车上为田汉现场写生的《田汉像》。他还为马寅初、翦伯赞等多位代表团的成员画像，除了和其他代表热情地交流，徐悲鸿不放过任何一次写生的机会，他的勤奋感染了代表团的每位成员。这幅素描《田汉像》画得十分简略，具有速写的性质。画中的田汉头戴鸭舌帽，戴着圆框眼镜，目视前方，表情坚韧。其帽子与肩颈部只以数根线条概括性地加以表现，言简意赅。

田汉（1898—1968）是与徐悲鸿志同道合、感情深厚的挚友。他们初识在1926年的上海，那时徐悲鸿刚刚独自一人从新加坡归国抵沪，两人相遇，从此开始了他们长达27年的交往。田汉是充满浪漫与激情的剧作家，徐悲鸿则是才华横溢的画家，两人的性格相近，志趣相投。田汉于1928年在上海创立南国艺术学院，便盛情邀请徐悲鸿来任教。徐悲鸿爽快地接受了田汉的邀请，他每个月的一半时间去南京国立中央大学任教，一半时间在上海执教南国艺术学院，两人度过了一段短暂却是美好的合作时光。1935年夏，田汉遭国民党当局逮捕，徐悲鸿积极奔走，最终与宗白华一起保田汉出狱，足见两人感情的真挚。其后的岁月里两人

图5-16 徐悲鸿绘《马寅初像》(右)、《翦伯赞像》(左),素描,两像均为纵34.5厘米,横25厘米,1949年

始终保持着密切的往来,新中国成立以后直到徐悲鸿去世,田汉与徐悲鸿共同为新中国文化事业的发展做出了巨大的贡献。1949年9月,在中国人民政治协商会议确定新中国国歌的讨论中,作为文艺界代表委员的徐悲鸿率先提出以田汉作词、聂耳作曲的《义勇军进行曲》作为新中国的国歌,最后获得通过。

图5-16是1949年4月徐悲鸿在国际列车上所绘的《马寅初像》和《翦伯赞像》。从迈出国门到抵达莫斯科的十几天旅程中,国际列车上的徐悲鸿利用这些时间为代表团成员画像,这些文化艺术界著名人物的风采被徐悲鸿用画笔捕捉下来,除了前述的挚友田汉,徐悲鸿还给马寅初、翦伯赞等人画像,其勤奋程度可见一斑。

画中的马寅初主要刻画其头部,接近正面,平光,他方脸微胖,温和忠厚,一派学者风范;画中的翦伯赞为三分之二侧面,脸上的光线对比明显,微卷的头发向后梳着,带着圆框眼镜,嘴唇微张,表情恬淡,显示出智者的风度。马寅初、翦伯赞均是对中国的文化建设发挥了重要作用的著名专家。

马寅初(1882—1982),浙江绍兴嵊县(今嵊州市人),中国当代

经济学家、人口学家、教育家。1906年留学美国，获耶鲁大学经济学硕士学位和哥伦比亚大学经济学博士学位。民国时期，长期担任大学教授并从事财政经济方面的研究工作。新中国成立后于1951年任北京大学校长。五十年代末因发表《新人口论》而被错误地划为右派，受到批判，中国共产党十一届三中全会之后得以平反。他一生著作颇丰，对中国的经济、教育、人口学方面的研究做出了杰出的贡献，有"中国当代人口学第一人"之誉。

图5-17 1949年4月徐悲鸿在布拉格出席保卫世界和平大会期间在轮船上的留影

翦伯赞（1898—1968），湖南常德桃源县人。杰出的教育家、社会活动家、历史学家，中国马克思主义历史学科的奠基人之一。二十世纪二十年代，翦伯赞已经开始用马克思主义的观点潜心研究中国社会和历史问题，先后发表了《中国农村社会之本质及其历史的发展阶段之划分》、《前封建时期之中国农村社会》等论文。与吕振羽合著《最近之世界资本主义经济》一书，揭露日本作为帝国主义国家的本质。翦伯赞长期从事统一战线、理论宣传和史学研究工作，为我国马克思主义历史科学的建立做出了重要贡献。他撰写的《历史哲学教程》宣传历史唯物主义，阐明了中国社会的半殖民地半封建性质。另一部重要著作《中国史纲要》则用马克思主义观点剖析了商、西周、春秋时期的社会性质，以及我国自战国至秦汉社会性质的转变，影响深远。

由于政治的原因，中国代表团没有能够前往巴黎，而是经莫斯科转道参加了捷克斯洛伐克布拉格分会场的世界保卫和平大会。这一变故虽令人遗憾，但却使包括徐悲鸿在内的中国代表团的成员们能够在1949年的春夏之交有较多的时间游览了苏联和东欧社会主义国家美丽的自然风光，亲身体会这些国家社会主义建设所取得的一系列成就。包括徐悲鸿在内的代表团成员们走进当地的城市、乡村，参观工厂、矿山和学校，

图5-18
徐悲鸿绘《在世界和平大会听到南京解放的消息》，中国画，纵352厘米，横71厘米，1949年

近距离地接触工人、农民、市民，了解他们的工作和生活。图5-17是1949年4月徐悲鸿在布拉格出席保卫世界和平大会期间在轮船上的留影。代表团的成员们为苏联和东欧国家那些极富民族特色的文化和艺术激动不已，创作了一些优秀作品。他们通过这次难得的文化艺术之旅，迸发了发展新中国文化艺术事业的强烈愿望和崇高使命感。此次出席世界保卫和平大会也增进了即将成立的新中国和苏联、东欧等社会主义国家在文化艺术上的沟通和交流，是新中国对外文化艺术交流的重要前奏！

1949年4月24日，正在捷克斯洛伐克首都布拉格参加世界保卫和平大会的中国代表团收到了中国人民解放军已于4月23日渡过长江，占领国民党首都南京的重大消息。当大会执行主席当众宣布这个消息时，会场顿时欢腾起来，爆发了长达十五分钟的起立、鼓掌与欢呼的场面。中国代表团的44位成员欢欣鼓舞，高声歌唱，各国代表团成员也争先恐后地与中国代表团成员热情地握手、拥抱，并挽着他们的手臂游行起来。大会高唱《自由中国万岁》歌，中国代表团团长郭沫若宣称："中国人民的胜利是整个和平阵营的胜利！"徐悲鸿作为代表团成员中的一员，那时想必也在高声歌唱，振臂欢呼。

徐悲鸿深深地被这个场景所感染，以至于会议结束回国到了北平后，其心情仍久久不能平静下来。他饱含热情地投入了《在世界保卫和平大会听到南京解放的消息》的中国画创作，此作（图5-18）是徐悲鸿一生罕

见的直接与时政相关的巨幅作品。

该画纵352厘米，横71厘米，这样一个十分夸张的纵横比是徐悲鸿特意为之，为的是还原会场共计三层楼的盛大场景以及突出由二楼垂挂下来的中国代表团的巨大条幅，上面书写着"全世界和平力量团结起来，粉碎战争挑拨者的阴谋"。

徐悲鸿在作品中共计画了一百多人，他努力地把当时会场上人物的真实神态细腻地记录其中，徐悲鸿自己、田汉、马寅初、翦伯赞等均可以被识别出来。中外代表的互动被描绘得最具特点，画中的外国代表们也为中国的喜事激动不已，甚至有几位外国友人将一位中国代表举托起来，欢呼雀跃。从这幅不同寻常的作品中，我们还可以阅读到徐悲鸿虽然已是当时全国美术界公认的领袖，但是他依然不重复自我，力图开拓创新，显示出努力跟上伟大时代步伐的决心。

南京解放后，徐悲鸿的得意弟子吴作人也以南京解放为题材创作了一幅油画《捷报》，想必是也得到了老师的启发与指导。1949年7月，徐悲鸿《在世界保卫和平大会听到南京解放的消息》、吴作人《捷报》参加了中国共产党主办的"中华全国文学艺术工作者代表大会美术展览会"（即第一届全国美展）。从展览会的名字可见，展览目的是为了配合中华全国文学艺术工作者代表大会（即第一次文代会）。大会于1949年7月2日召开，7月19日闭幕。

图5-19是1949年8月，即将出席中国人民政治协商会议的部分文化艺术界代表的合影，后排第三人为徐悲鸿。其他的文艺界代表还有：前排左起艾青（诗人）、巴金（作家）、史东山（电影编剧）、马思聪（音乐家），后排左起曹靖华（作家）、胡风（文艺理论家）、郑振铎（作家）、田汉（剧作家）、茅盾（作家）。这张珍贵的照片为蔡楚生（电影编剧、导演）所摄。

1949年9月，政治协商会议在北平召开，会议的中心议题是建立新中国。大会决定成立中华人民共和国，通过了《中国人民政治协商会议共同纲领》，选举了中央人民政府委员会，决定改北平为北京，并作为新中国的首都，还确定了新中国的国旗、国徽、国歌。

在确定新中国国歌的讨论中，文艺界的徐悲鸿委员第一个提出用田

图5-19 1949年8月,即将出席中国人民政治协商会议的部分文化艺术界代表合影

汉作词、聂耳作曲的《义勇军进行曲》作为新中国的国歌。《义勇军进行曲》是1935年上海电影公司拍摄的电影《风云儿女》的主题歌,作品问世之时正值中国民族生死存亡的峥嵘岁月,歌曲迅速传遍大江南北与长城内外,在抗击日本帝国主义侵略战争中起到了震撼人心、鼓舞士气的巨大作用。歌中那句"中华民族到了最危险的时候"振聋发聩、催人猛醒。而把《义勇军进行曲》作为新中国的国歌,有些委员认为已不合时宜,建议修改,讨论会上发生了激烈的辩论。徐悲鸿坚持认为,法国《马赛曲》也是反映民族危亡的歌曲,依然被确定为法国国歌,世界闻名,《义勇军进行曲》具有同样的性质。最后毛泽东一锤定音地说:"就这样定下来,一个字也不改!"就这样,《义勇军进行曲》被确定

为中华人民共和国国歌。

徐悲鸿以国家主人翁的情怀积极参与此次中国人民政治协商会议,在确立国歌的过程中写下了不应被历史遗忘的重要一页!

图5-20是1949年徐悲鸿、廖静文夫妇与儿子徐庆平(右一)、女儿徐芳芳(右二)在北平家中院子里的合影。徐悲鸿、廖静文相互依靠坐在台阶上沐浴着阳光,廖静文将女儿徐芳芳抱在怀中,儿子徐庆平紧挨着母亲,一家人其乐融融,温馨幸福。

1946年元月14日,由郭沫若先生做证婚人,51岁的徐悲鸿与23岁的廖静文在重庆结为夫妻,婚后仍居住在重庆盘溪。是年春夏之交,随徐悲鸿告别了战时的陪都重庆北上接收国立北平艺术专科学校时,廖静文已身怀六甲。抵达北平后的9月28日,他们的第一个孩子悄然出生,取名"庆平",一是因为他出生在北平,二是含有期盼儿子一生平安之意。翌年的11月,徐悲鸿和廖静文的第二个孩子出生,取名"芳芳",因是女儿,取名芳芳,寄托了徐悲鸿夫妇心中美好的愿望。

长期饱受婚姻纷扰和时事艰难的徐悲鸿自抗战胜利与廖静文结婚,

图5-20 1949年徐悲鸿廖静文全家福

图5-21
1949年中秋,徐悲鸿(前左二)、齐白石(前左三)、李苦禅(后左七)、李可染(后左三)等摄于国立北平艺术专科学校

并且有了他们的一双儿女之后,在北平度过了一段难得的美好时光。相比于抗战时期的艰难,北平的生活显得安稳而平静。徐悲鸿出任国立北平艺术专科学校的校长,使得经济条件有了很大的改善。徐悲鸿还兼任北平美术作家协会荣誉会长,领导着北平的美术工作。尽管工作繁重又忙碌,但是家庭生活的和谐安宁给了他莫大的慰藉,这段时光在他几十年起伏跌宕、辗转漂泊的人生中是难能可贵的。由于得到了多方面的支持,徐悲鸿在国立北平艺术专科学校的工作也开展得较为顺利。图5-21为1949年中秋,徐悲鸿、齐白石、李苦禅、李可染、田世光、骆拓等师生在国立北平艺术专科学校团圆并合影留念。那时国立北平艺术专科学校的校舍分为两个部分,教学部分是在东总布胡同10号,教员宿舍与学生宿舍在贡园西大街,此处原来是个日本两层洋行,经过改造之后,楼上住教员,楼下住学生。

1949年7月2日—19日,中华全国文学艺术工作者代表大会在北平召

图5-22 1949年第一届中国人民政治协商会议全体文联代表合影

开，共有648名作家、艺术家参加了此次大会，全体代表济济一堂，为即将成立的新中国而欢欣鼓舞，会议气氛热烈而隆重。7月6日，中国共产党的领导人毛泽东、周恩来到会，毛泽东发表了重要讲话。大会根据毛泽东重要讲话的精神，明确了即将成立的新中国文艺工作的发展方向，特别强调了文艺要为广大工农兵服务的宗旨，号召广大文艺工作者积极投入到新中国的文艺事业中去。周恩来还做了大会动员讲话。会议的另一项重要工作是选举了全国文联委员会，选举郭沫若为主席，茅盾和周扬为副主席，徐悲鸿等87人为委员，并选举出16名代表出席第一届中国人民政治协商会议。徐悲鸿当选为16名代表之一。图5-22为全体文联代表合影，前排左起第一人为徐悲鸿。

徐悲鸿能够出席中国人民政治协商会议直接参与新中国的创立，无疑是其巨大的政治荣誉。徐悲鸿从一个出身贫寒的农家子弟发展到中国的著名画家、美术界的领袖，可谓是幸运儿。然而只有在新中国，他才有了国家主人公的自豪感，中国人有一种"士为知己者死"的传统思想，徐悲鸿也不例外，这时的他以满腔热情投入到那场伟大的社会变革中去。

1949年7月召开的中华全国文学艺术工作者代表大会明确了即将成

立的新中国的文艺为最广大工农兵服务的宗旨与方向，号召广大文艺工作者行动起来投入到这场轰轰烈烈的文学艺术实践中去。

作为全国美术界领军人物的徐悲鸿自然也不例外，参加完政治协商会议以及见证了新中国的成立以后，他为成立中央美术学院和中国美术工作者协会繁忙地工作着。转眼到了1950年的春天，徐悲鸿又亲自带领美术界的同仁们深入到祖国的工厂、矿山和部队，用他们手中的画笔描绘热火朝天的生产场景，美丽如画的乡村，面貌一新的城市以及不断涌现出来的各行各业的英雄模范人物。

图5-23是1950年徐悲鸿为解放军战士画像时的照片，照片右边执笔作画者为徐悲鸿。这张珍贵的照片由中国人民解放军的第一位海军司令员张爱萍将军拍摄。从照片中可以观察到解放军战士身着海军士兵服，徐悲鸿在写生，旁边其他的画家也在画像。当时的海军是人民军队新建立的军种，徐悲鸿也为年轻而充满活力的士兵所感染，他带领画家不辞辛劳地记录部队火热的生活，成为推动艺术与社会生活结合的楷模。

1949年11月2日，国立北平艺术专科学校与华北大学三部美术系（主要由来自解放区的美术工作者组成）合并，成立国立美术学院。1950年2

图5-23
1950年徐悲鸿为解放军战士画像

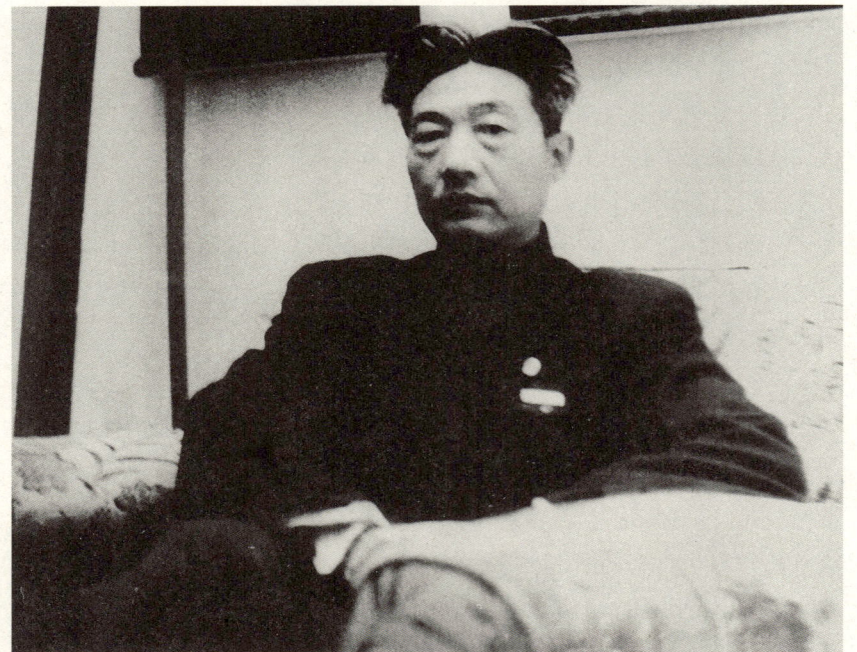

图5-24 1950年初徐悲鸿任中央美术学院院长时的留影

图5-25 徐悲鸿在中央美术学院主持大会

月,经中央人民政府正式批准,国立美术学院更名为中央美术学院,政务院总理周恩来颁布委任状,徐悲鸿实至名归,出任第一任院长(图5-24、图5-25)。他既有留学背景,又有办学经验,其艺术上也达到了挥洒自如、游刃有余的境界,因此由他担当这一重任,是众望所归。1950年4月1日,徐悲鸿亲笔书写《中央美术学院成立献辞》

（图5-26），内容如下：

> 我国数千年来受专制封建长期统治，人民自无幸福可言，但在文化部门、造型美术上是有成绩的，当然这是劳动者的成绩。诚如周扬同志所说，皇宫虽是皇帝要盖的，但她是由劳动人民的手造成的。我以为对于我国文化大半可以用如此看法。现在人民做了主人，一切为人民服务，毛主席指示我们首先应为工农兵服务，因为世界是他们创造的。我们又有共同纲领，启发人民的政治觉悟，鼓励人民的劳动热情，方向明确。我们再来整理批判承继我们祖先遗产，以及吸取世界遗产，以创造出大众的科学的民族的新中国美术，这是我们必须肩负的责任。以往我们为专制的统治者服务，且有如此业绩，我们现为人民服务，应当有更进步的收获，更辉煌的成就，以迎接新中国的胜利和文化建设高潮的到来。我以无限兴奋和愉快的心情庆贺中央美术学院成立，并预祝其中工作的同志及全体同学有光辉灿烂的前途。

在这篇献辞中，徐悲鸿旗帜鲜明地表达了自己对中国美术乃至中国文化的看法，提出了人民是伟大的历史和伟大的艺术的创造者，阐述了美术为工农兵服务是美术工作者的历史责任，彰显了他努力地跟上新时代步伐的强烈愿望。在这一天的成立典礼上，徐悲鸿满怀深情地说：“这是我一生中感到最光荣、最愉快的一天，我决心在党的领导下，为进一步发展美术教育事业竭尽全力。”我们相信这是他历经苦难，上下求索，不懈奋斗，登上人生巅峰时的肺腑之言。

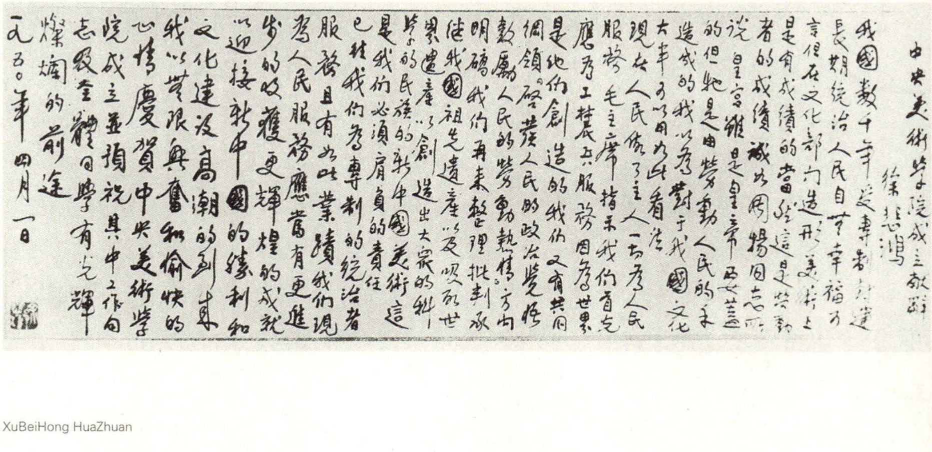
中央美術學院成立獻辭
徐悲鴻
我國數千年來專制封建長期統治人民自無幸福可言但在文化部門造型美術上是有成績的當然這是勞動者的成績誠如周揚同志所說皇宮雖是皇帝要蓋的但她是由勞動人民的手造成的我以為對于我國文化大半可以用如此看法現在人民做了主人一切為人民服務毛主席指示我們首先應為工農兵服務因為世界是他們創造的我們又有共同綱領啟發人民的政治覺悟鼓勵人民的勞動熱情方向明確我們再來整理批判承繼我國祖先遺產以及吸取世界遺產以創造出大衆的科學的民族的新中國美術這是我們必須肩負的責任已往我們為專制的統治者服務且有如此業績我們現為人民服務應當有更進步的收穫更輝煌的成就以迎接新中國的勝利和文化建設高潮的到來我以無限興奮和愉快的心情慶賀中央美術學院成立並預祝其中工作同志及全體同學有光輝燦爛的前途
一九五〇年四月一日

图5-26
1950年4月1日徐悲鸿书写的《中央美术学院成立献辞》

图5-27 书写中的徐悲鸿,二十世纪五十年代

  这幅长篇献辞不仅是徐悲鸿一篇热情激昂的文章,同时在书法上笔走龙蛇,潇洒畅达,堪称徐悲鸿书法的精品力作。在对待中国传统艺术方面,他是兼收并蓄的。他始终酷爱中国传统艺术的另一瑰宝——书法,平时勤加练习(如见图5-27)并取得了杰出的成就。值得大力研究的是,在这一点上,当今美术界一直未见争议。

  徐悲鸿年轻时就在书法上用功不辍,二十二岁时受业于一代书法大家康有为,故深受碑学思想影响,并勤练《石门铭》、《张猛龙》、《郑文公碑》等碑不已,对《魏灵藏造像》等天真朴实的造像书法情有独钟,用力甚多。流居国外时仍苦临魏碑。甚至在其病危时期,床头还展放《散氏盘》拓片。他同时对唐宋元明清等历代书法也都认真系统地加以研究。由于他在书法上的刻苦钻研与独到见解,形成了他独特的书风。徐悲鸿的书法,飘逸自如、平淡精深,具有不凡的魄力,可以说是取精用宏,厚积薄发。说徐悲鸿是一代书法大家,并不为过,同辈书法家能与之相比者亦寥寥无几。只是徐悲鸿的书名被其画名所掩。众所周知，自古以来中国书法对绘画的影响就是潜移默化的，徐悲鸿在书法上的过人造诣为他在绘画上的借鉴、创作与品评同样产生了不可小视的影响。我们有理由相信，随着岁月的洗礼，徐悲鸿书法艺术所蕴含的价值将会越发彰显。

图5-28为二十世纪五十年代徐悲鸿与齐白石的合影。徐悲鸿和齐白石作为中国现代画坛上的两位巨匠，他们之间的交往及友谊是中国美术史上光辉的篇章。在中国现代画坛，徐悲鸿与齐白石的一段金兰之交与忘年友谊被一直传颂至今。

齐白石（1864—1957）比徐悲鸿年长31岁，徐悲鸿出生的时候，齐白石是在湖南老家为人描画刻花的乡间木匠。他五十七岁时寄寓北京，卖画为生，成为一名职业画家。

徐悲鸿和齐白石的交往是从徐悲鸿任北平大学艺术学院院长后开始的。1928年，北京大学改名为北平大学。这一时期执掌北平大学的是李石曾，他曾与蔡元培、吴稚晖发起赴法勤工俭学的运动。李石曾推举徐悲鸿任该大学艺术学院的院长。

来到北平后，徐悲鸿大力把自己的现实主义艺术主张推介给师生，号召大家把写实思想融入到中国绘画之中，从而创造出造型准确、形象生动的中国画。徐悲鸿在这里还进行了大胆的人才聘用，举贤任能，不拘一格。齐白石的画风和深厚的笔墨功夫备受徐悲鸿推崇。于是徐悲鸿亲自拜访齐白石，力邀他到艺术学院教授中国画。当三十三岁的徐悲鸿来到齐白石家，受到了热诚的接待，两人谈画论字，品诗读艺，一见如故，相见恨晚。徐悲鸿提出了想请齐白石来校任职的意愿，但被他婉言拒绝了。过了几天，徐悲鸿又来到了齐白石家，还是被拒绝了。徐悲鸿数日后再一次去了齐家。也许是徐悲鸿的真情打动了齐白石，此刻，齐先生才说出了不想去任职的原由，他说："我不是不领您的情面，我从未上过洋学堂，怎敢贸然去大学上课呢！要是遇到个学生不服或者起哄什么的，我可如何是好啊？"为消除齐白石的担心，徐悲鸿对他做出了承诺，说："齐先生到我那里去任职，不需要登台多费言语，只要一次给学生做一张示范画即可。您去上课，我一同陪

图5-28
徐悲鸿与齐白石合影,二十世纪五十年代

您,给您做助教。我还派专车接您来校,冬天给您生好火炉子,夏天给您准备电风扇。"有感于徐悲鸿"三顾茅庐"的真诚,齐白石同意了徐悲鸿的邀请。

安排好齐白石的教学计划后,徐悲鸿亲自来到齐家,接他前去上课。走进教室,徐悲鸿向学生介绍了齐白石,齐先生便开始做起示范。他运笔肯定,速度缓慢。看似点点画画,实则精雕细琢;看似大气落笔,实则成竹在胸。学生们看得目不转睛,被其高超的技艺所折服。画后,齐白石和学生们谈起自己的心得,他告诉学生说,不要死学我,画要自然。画梅花时,花似开而未开时色泽最浓,开后而淡。花瓣不可全画圆圈,圆圈多了看上去匠气。下课后,徐悲鸿又亲自把齐先生送回家中。在路上,齐白石对徐悲鸿说:"徐先生,您没有骗我,以后我可以在您的学校任教了。"此后二人结成了忘年的莫逆之交。

就这样,徐悲鸿一方面打消了齐白石的顾虑,促成这位民间大师登上大学课堂,为艺术学院带来了清新之风;另一方面又不得不承受当时北平美术界陈旧保守势力的责难,徐悲鸿所推介的现实主义遭到了一些顽固画家的攻击,一时之间徐悲鸿和齐白石成为了众矢之的,流言蜚语,明枪暗箭,齐发过来。徐悲鸿只得离开北平大学艺术学院而功败垂成。

齐白石一首答谢徐悲鸿的诗可以视为二人友谊在当时的真实写照:"少年为写山水照,自娱岂欲世人称?我法何辞万口骂,江南倾胆独徐君。谓我心手出怪异,鬼神使之非人能。最怜一口反万众,使我衰眼满汗淋。"1928年二人在北平短暂的交往,不仅让徐悲鸿与齐白石结下了真诚的忘年友谊,也为十八年之后徐悲鸿再请齐白石出山做了有力的铺垫。

回到南京后,徐悲鸿和齐白石一直保持着书信来往,齐白石每有佳作寄给他,徐悲鸿便按齐白石的润格寄送画酬。那时正是齐白石创作的成熟期,精品很多,徐悲鸿后来收集的齐白石的精品多出自这一段时期。

抗日战争结束后,1946年徐悲鸿又一次来到北平,任国立北平艺术专科学校校长。赴任之后徐悲鸿开始聘请教授,徐悲鸿首先邀请的就是齐白石,此后齐白石成为该校的终身教授。

图5-29
徐悲鸿、齐白石与中央美术学院学生合影，二十世纪五十年代

继陈师曾之后，徐悲鸿在宣传齐白石书画艺术上做出了决定性的贡献，他为齐白石出画集、办展览，收藏、收购了齐白石大量的精品力作，并在生活上给予了真切地关心和帮助，齐白石曾经发自肺腑地说："生我者父母，知我者徐君也。"

1949年北平和平解放前期，齐白石担心自己留在北平将不能继续职业画家的生涯，一度想南下，徐悲鸿极力劝说齐白石留下，并担保老人可以继续卖画，齐白石这才放心地留在北平。新中国成立以后，两人在中国美术工作者协会和中央美术学院共事直至1953年秋徐悲鸿逝世。

图5-29为二十世纪五十年代徐悲鸿、齐白石与中央美术学院学生的合影。图5-30为1953年齐白石、徐悲鸿与新凤霞（前排右一）、胡絜青（二排左三）、廖静文（二排左四）等人的合影。

徐悲鸿去世之后，大家因齐白石年纪太大而不敢告诉他。后来老人觉得徐悲鸿许久没来看自己了，感到十分奇怪。于是坐着马车到了徐宅，这才发现徐悲鸿已去世一段时间了。他十分悲伤，问廖静文徐悲鸿的灵位在哪里，然后他站在徐悲鸿的遗像前待了很久，独自悲伤地流泪。可以说,徐悲鸿和齐白石是一对惺惺相惜的忘年交、真诚与共的艺术知己。

图5-31为徐悲鸿与齐白石、吴作人(后排右)、李桦(后排左)的合影。早在1928年,徐悲鸿在上海南国艺术学院任教时,就发现了吴作人的绘画才华,常叫他来自己家中,以便于随时指导。徐悲鸿还画过一幅吴作人的素描头像赠送给他。

1930年吴作人来到国立中央大学艺术科当了一名旁听生,后因参加进步活动被取消了旁听资格。爱才若渴的徐悲鸿安排吴作人出国。在他的联系之下,吴作人考上了徐悲鸿自己曾经留学的巴黎国立高等美术学院,吴作人去巴黎的水手票是徐悲鸿帮买的。到了法国之后,吴作人在经济上实在困难,只得向恩师徐悲鸿求援。徐悲鸿又托人为吴作人在比利时布鲁塞尔皇家美术学院获得奖学金。吴作人不负师望,勤奋学习,在其入学的第二年,即在全院暑期油画大会考中获金奖和桂冠生荣誉。

吴作人掌握了熟练的专业技能,创作了大量的油画作品,表现出非凡的艺术才能。白思天院长称赞他"既不是弗拉曼画派,又不是中国传统,乃是充满个性的作者"。1935年吴作人学成回国,受徐悲鸿邀请在国立中央大学艺术科任教。1936年2月23日,徐悲鸿写信给好友、中

图5-30
1953年齐白石、徐悲鸿与新凤霞(前排右一)、廖静文(二排右三)、胡杰青(二排左三)等人的合影

图5—31 徐悲鸿与齐白石、吴作人、李桦的合影

华书局编辑所所长舒新城,推荐吴作人的新作《北极阁下》刊入中华书局所主办的《新中华》,并在信中称"吴作人君为吾国洋画界杰出之人物"。抗战期间,吴作人随校西迁重庆。1943年至1944年,赴陕甘青地区写生,临摹敦煌壁画。1944年至1945年初赴康藏高原,深入少数民族

地区，大量写生，举行多次展览。

1946年当徐悲鸿即将执掌国立北平艺术专科学校之时，首先想到请吴作人担任十分重要的教务主任之职。他写信给吴作人道：

作人吾弟：

吾已应教育部之聘，即将前往北平接办（日伪的）北平艺专。余决意将该校办成一所左的学校，并已约叶浅予、庞薰琹、李桦诸先生来校任教。至于教务主任一职，非弟莫属。务希见就，千祈勿却，至盼！

1947年，吴作人在北平与徐悲鸿的弟子萧淑芳结婚，萧淑芳毕业于国立中央大学，吴作人1929年在南京国立中央大学徐悲鸿工作室旁听时与萧淑芳相识。徐悲鸿画了一幅《双马图》送给这对新人，并在画上题跋："百年好合休嫌晚，茂实英声相接攀。譬如行程千万里，得看世界最高山。"徐悲鸿在画中画了一匹黑马与一匹红马，一起奋蹄向前奔行，以此象征吴作人与萧淑芳百年好合，一同发展。1950年吴作人任中央美术学院教授兼教务长，1955年任副院长，1958年任院长，1985年当选为中国美术家协会主席。吴作人是继徐悲鸿之后中国美术界的另一位领航者。

图5-32 二十世纪五十年代，徐悲鸿与中央美术学院的学生们在一起

1949年10月新中国成立后，徐悲鸿担任中央美术学院第一任院长，同时还任中国美术工作者协会主席，是新中国美术教育和美术工作的领军人物。这一时期徐悲鸿繁忙而辛劳，各种社会活动不断，而且中央美术学院具体的教学方案，各科教师的遴选以及招考学生，他都亲力亲为。图5-32是那一时期徐悲鸿与中央美术学院的学生们在一起的合影。除了中央美术学院的工作，徐悲鸿更是率先垂范，努力践行文艺为广大工农兵服务的宗旨。他奋笔不辍，丝毫没有放松创作，用手中的如椽画笔描绘工农兵的生动形象和他们火热的生产生活。新中国成立之初的徐悲鸿身体状况并不好，饱受高血压病的困扰，但勤奋而不畏艰苦似乎是他与生俱来的品格，并且伴随了他传奇的一生。图5-33是一张摄于1950年的照片，照片中的徐悲鸿右手拿笔，左手伏案，正在琢磨画面，就画案上的作品呈现而言，应是一幅立马图。

　　图5-34是1950年2月徐悲鸿给董寿平的一份回信。1939年3月，三十六岁的著名画家董寿平（1904—1997）迁往四川灌县（今都江堰市）西街玉垒关前居住，隔江为青城山，自此在这里作画长达12年，创作作品多达千余幅。后来董寿平分别在重庆、成都举办个人画展，与徐悲鸿、张大千、赵少昂、赵望云等交往甚密，并互有书画诗题赠与唱和。从立志学画起，董寿平最希望得到的职位是大学教授，这样既可教画，又可卖画，但是由于新中国成立前国家的内忧外患，终成泡影。1949年，中国人民解放军势如破竹，节节胜利。1950年1月1日，四川成都解放。之后，董寿平给徐悲鸿写信打听有关情况，并询问艺术改造，绘画与政治的关系，以及新年画问题。1950年2月9日，徐悲鸿给董寿平复信。内容如下：

　　　　寿平先生惠鉴：
　　　　　承手教询及艺术改造之事，弟不敏，自己亦在转变之中，简单言之，即今后一切均当服从政治。政治则由忘我思想之无产阶级领导，故为人民服务乃天经地义。其实中国自有文人画以来，绘画即丧失其独立性，昔日为文学诗词服务，今乃转向为人民服务。旧形式倘有可用处，尽量利用；如不可用者，则扬弃毋惜，以求革新。鄙见如此，

图5-33 1950年,创作中的徐悲鸿

图5-34 1950年2月徐悲鸿给董寿平的回信。山西太原晋祠博物馆董寿平美术馆藏

未知有当否？

新年画各地区出者有百余种，美协已寄一份与重庆，令往成都等地展览，先生当能见及。

敬祝春祺！

弟徐悲鸿顿首
二月九日

徐悲鸿这封信言简意赅，主要谈新中国成立后画家的思想和艺术改造观念，特别提出："旧形式倘有可用处，尽量利用；如不可用者，则扬弃毋惜，以求革新。"这是徐悲鸿一以贯之的思想。此信写于1951年—1952年中国共产党领导下进行的以解放旧知识分子为主要对象的"知识分子思想改造运动"一年之前，说明徐悲鸿对自己的处境早有先见之明，并做好了准备。这份徐悲鸿给董寿平的回信现藏于位于山西太原晋祠博物馆中的董寿平美术馆。

1950年2月，董寿平接到徐悲鸿的回信之后，随即做好了北上的打算。此年4月，董寿平从四川成都移居西安。1951年2月，已经四十八岁的董寿平从西安移居北京，住西单西铁匠胡同。1953年元旦，董寿平被荣宝斋录用为编辑。在荣宝斋上班后，董寿平就想搞木版水印，认为这一业务具有前途，大有发展，将来还有可能赶上日本。但是当时上面有的人反对此事，幸运的是荣宝斋经理侯恺跟董寿平思想一致，董寿平出主意，侯恺顶着。人们说董寿平是侯恺的"活字典"，因此董寿平在荣宝斋的成绩与侯恺的支持大有关系。1953年四五月中的一天，徐悲鸿拿来他的作品《奔马》，对经理侯恺说："一个英国朋友想要这匹马，但这匹马我也很喜欢，有点舍不得。不知你们可不可以用木版印一下？我再送给他。"侯经理表示可以试试，随即领他到刻印车间，看了勾、刻、印的全过程，使徐增强了信心。半个多月后，荣宝斋的首幅木版水印的徐悲鸿《奔马》印成了。徐悲鸿非常满意，还谢绝稿费，并在开始售卖时亲笔签名以表示支持。后来，徐悲鸿又拿来一幅《奔马》，对侯恺说："这幅《马》我觉得还不错，只是这条后腿长了点，有没有办法给修修，再印。"侯恺说："这容易，复制勾画时，把腿缩短些就成了。您看去掉多少合适？"徐悲鸿用手指甲在那条略显得长些的马腿中间上下画了两条印。

在制版、印制的过程中，徐悲鸿不时来观看，当他看到试印出《马》的局部样张时，高兴地说："修改得简直天衣无缝，真是好手艺！中国画一笔下去就见效果，发生一些笔误在所难免。往往整幅画看上去很好，可是一旦发生笔误，去也去不掉，很影响作画情绪，丢弃又可惜。用这种方法，可加可减，可把笔误补正过来，这真是一门好技术。"

经过荣宝斋木版水印的《奔马》效果生动，很是成功，各大宾馆、饭店以及书画爱好者争相购买，荣宝斋从徐悲鸿的这幅奔马上赚了大钱，每幅能卖15万元（当时的货币），可谓是十分畅销。其主要原因是徐悲鸿的《奔马》与新中国成立时人们奋发向上的时代风貌甚是吻合，荣宝斋的水印木刻复制技术又好。接着，荣宝斋又木版水印了徐悲鸿的山水画《漓江春雨》，也较为成功。

在二十世纪五十年代，荣宝斋还先后印制了徐悲鸿的《芋叶双鸡》、《鱼鹰》、《风雨鸡鸣》等共18幅画，大小不同规格版本20多种。

帮助徐悲鸿水印画作获得成功的荣宝斋经理侯恺（1922—）是山西左权县（当时为辽县）人，1938年参加革命，先后在太行《新华日报》、《胜利报》、中共太行区党委、129师及野战军政治部从事宣传工作，并在前方鲁艺任教务干部。1948年，侯恺在石家庄参与创办大众美术社，接收了华北大学的木刻工厂，基本业务是印年画、门神、灶王、农历等，业绩较好。新中国成立以后，大众美术社的出版物在北京展出，徐悲鸿看了以后评价很高，认为独到而有趣，于是向国家出版总署推荐，并将侯恺调到国家出版总署，还成立了木版印刷科，由侯恺担任科长，其班底基本上是石家庄大众美术社的员工。北京解放前后，著名的老字号画店荣宝斋遭遇了困境，负债累累。老板张幼林拍卖了部分家当，赔偿了债务，并遣散了大部分人员，只留十来个维持营业。但仍是举步维艰，濒临倒闭。在万分困难中，荣宝斋通过时任国家文物局局长的郑振铎向国家出版总署求助。1950年5月，国家投资10万斤小米（折合人民币9000万元，后又追加到1亿元），让出版总署木版印刷科与荣宝斋实行公私合营，原来的东家张幼林占一半股份，出版总署占一半股份，称为"荣宝斋新记"。公方派出版总署木版印刷科科长侯恺去当经理、党委书记，私方张幼林仍派原掌柜王仁山担任副经理。1952年11月，因私方还是还不起旧债，出版总署就把张家的股份全部收购，于是荣宝斋成了国营企事业单位。总的看来，荣宝斋的起死回生，焕发新机，就一定意义而言，与徐悲鸿推荐的侯恺，以及董寿平在荣宝斋的作为密不可分。

图5-35是1950年初，徐悲鸿与李可染在中央美术学院工作时的照片，伏案书写者是徐悲鸿，桌旁恭敬地站立者是时年四十三岁的李可染。

李可染（1907—1989），江苏徐州人，中国现代杰出的山水画家。李可染两度在徐悲鸿的领导下工作，第一次是1946年秋在国立北平艺术专科学校任教，另一次是1950年任中央美术学院中国画系副教授。1947年春，正是在徐悲鸿的引荐之下，李可染得以拜齐白石为师，并且相随左右十年。同年稍晚时候，李可染又得黄宾虹先生指点传授，尽悟黄氏积墨妙法。在当代中国画坛，李可染与徐悲鸿两度共事，多有请益，又能得齐白石、黄宾虹两位人艺俱老的画坛大师指教，实属三生有幸。李可染在其后的写生过程中，深切领悟到风景画中前亮后暗的阴影处理方法，并以"用最大的勇气打进去，再用最大的勇气打出来"的苦学精神，最终形成了自己雄厚拙朴的艺术风格。

在抗战时期的重庆，李可染结识了徐悲鸿的学生宗其香以及得到徐悲鸿提携的傅抱石。很有可能是通过他们结识了徐悲鸿。1942年，李可染在重庆参加当代画家联展，所作水墨写意人物《屈原》、《王羲之》，山水画《风雨归牧》等得到郭沫若、沈钧儒、田汉等人的好评，

图5-35 1950年初，徐悲鸿与李可染（左）在中央美术学院工作

并为之题诗。水墨写意画《牧童遥指杏花村》为徐悲鸿订购。

1944年，李可染在重庆中苏友好协会举办中国画个展，其创作的人物画线条洗练，往往寥寥数笔，形神立现。徐悲鸿为他作序加以推荐，说："徐天池之放浪纵横于木石群卉间者，李君悉置诸人物之上，奇趣洋溢，不可一世，笔歌墨舞，遂罕先例。假以时日，其成就诚未可限量。"称赞李可染的人物画创作能够创造性地借鉴明代徐渭（天池山人）的花鸟画风。

徐悲鸿也欣赏和爱惜李可染的刻苦和才华，鼓励他学习石涛的同时也要大量写生，李可染从这一时期接受了徐悲鸿的教育思想，开始了注重山水写生的道路。那时，李可染的住处和徐悲鸿相距不远，每次李可染去见徐悲鸿，他都会有收获。一次，徐悲鸿拿出珍藏的数十幅白石老人的精品让李可染欣赏。徐悲鸿说，白石老人艺术造诣深厚，在绘画上有独创精神。李可染被其笔墨深深打动了，说日后有机会一定要去拜望老人。徐悲鸿说他日若有可能，一定为李可染引见。

李可染还帮助徐悲鸿与林风眠这两位画坛大师进行过沟通。抗战时期的林风眠与徐悲鸿虽同住重庆，但无往来。有一次林风眠在李可染的陪同之下先去拜访了徐悲鸿，三天之后徐悲鸿则设宴回请了林风眠。李可染后来曾回忆说："从前的大艺术家是互相瞧不起的，你叫我先去看他，这怎么能行呢！这说明林风眠的心胸很开阔，很不容易！而徐悲鸿的胸襟也很开阔。所以这件事情，我认为应当在美术史上大书特书。"

抗战胜利后，1946年徐悲鸿到国立北平艺术专科学校担任校长。为了建立完整的教学体系，徐悲鸿大力延揽人才，自然地想到了才华过人的李可染。此时李可染正面临两个选择：一是跟国立艺专一起回杭州任教，一是应徐悲鸿之邀去北平。凭着他对杭州的好感，还有妻子邹佩珠也是杭州人，他理应回杭州。然而，想起提携自己的徐悲鸿，想到北平还有自己仰慕已久的白石老人，他和妻子反复商量，最后决定北上。1946年底，李可染携夫人以及爱子李小可到了北平，被安顿在贡院西大街的艺专宿舍。随后，他被聘为北平艺术专科学校中国画系副教授。当时受聘的国画专业教师仅有蒋兆和、宗其香、叶浅予、李可染四人，只有蒋兆和、宗其香是徐悲鸿的学生，因此聘请李可染时曾引起徐悲鸿一些弟子的不满，因为当时生活艰苦，众多艺术家没有工作，北平艺术专

科学校的教职是十分令人
羡慕的,由此可见徐悲鸿
用人并无门户之见。

　　1947年,李可染的第
二个画展在北平展出,同
时宗其香的第三个个人画
展也在北平美国大使馆区
举办,徐悲鸿为两个画展
均写了序,并主持了画展
开幕式。徐悲鸿收藏李可
染的《拨阮图》、《怀素
书蕉》等人物画近10幅。

　　李可染在北平艺术专
科学校除了教书、创作,
闲暇时他常去东单的旧货
市场寻宝,徐悲鸿也常把他喊上一起去。1948年夏天,李可染在旧货市
场购得一套《张猛龙碑》拓本,非常精美。徐悲鸿看了连说:"好碑好
碑!"拓本封面写的是《宋拓张猛龙碑》,为河北滦阳人端氏所藏。李
可染和徐悲鸿经过认真研究,通过对字数和没有翻刊痕迹等进行论证,
认为不是宋拓,而是明拓。徐悲鸿还在拓本空白处题道:"此本以后段文字
证之,尚是明拓……可染道兄得之深以为贺。三十七年大暑徐悲鸿题。"二
人默契的嗜好以及深厚的情谊由此可见。

图5-36、图5-37、图5-38是1951年徐悲鸿在创作大型油画《鲁迅与
瞿秋白》时留下的一组珍贵照片。

　　这组照片真实地反映了1951年徐悲鸿创作油画《鲁迅与瞿秋白》的
情景。左起第一张照片,图5-36展现的是徐悲鸿坐在北京寓所庭院里的
一把藤椅上,右腿放在左腿上,右手夹着烟卷,左手扶在藤椅的扶手上。
这是为了反复体验与推敲《鲁迅与瞿秋白》的构图,因为徐悲鸿拿烟卷的
坐姿同《鲁迅与瞿秋白》草图中鲁迅的姿势几乎一致,徐悲鸿创作的敬业
精神可见一斑。

图5-36 1951年徐悲鸿模拟《鲁迅与瞿秋白》中鲁迅姿势的照片

图5-37是徐悲鸿绘制的《鲁迅与瞿秋白》草稿。从草图左边的两行小字中可以看到，徐悲鸿为了创作这幅作品做了相当细致的准备工作。尽管早在二十世纪三十年代，徐悲鸿就与鲁迅和瞿秋白有过交往，但为了更好地完成这幅构思许久的作品，他还是专门向鲁迅夫人许广平、鲁迅的弟弟周建人及瞿秋白夫人杨之华认真请教，不放过任何一点对创作有用的细节，力争完整、准确地把握人物形象与性格特征。

图5-37
1951年徐悲鸿创作《鲁迅与瞿秋白》的草图

图5-38 1951年徐悲鸿在创作油画《鲁迅与瞿秋白》时的照片

图5-38是徐悲鸿创作《鲁迅与瞿秋白》时的工作照。他坐在椅子上，双手持笔，聚精会神地在竖起的画板上进行创作。徐悲鸿对创作《鲁迅与瞿秋白》投入了极大的热情和精力，这也是他在新中国成立后酝酿的为数不多的重要作品。徐悲鸿选择鲁迅和瞿秋白作为自己创作的对象，表明了他在人格魅力和文化成就上对鲁迅和瞿秋白的高度敬仰。

然而，这是一幅没有完成的作品，是遗憾的。另一方面，它躲过了一场又一场的政治风暴而得以保存至今，无疑又是幸运的。其中的原委，经过了那个时代的人们是不难理解的。表现真实的鲁迅与瞿秋白，是徐悲鸿创作这幅作品的本来愿望。作为两个瘦弱而坚定的文化人，他们以一支笔、一根烟展示着作为文化人的本真面目。徐悲鸿这幅没有完成的画作的令人回味之处并不少于其任何一幅完整作品，自然也引发后人更深的思考。

图5-39是徐悲鸿创作于1951年春的作品《九州无事乐耕耘》，这是新中国成立后徐悲鸿为数不多的巨幅国画作品。此画为设色纸本，镜心，纵150厘米，横249厘米，钤印：徐悲鸿之画，作新民，吞吐大荒。在左上角题画名"九州无事乐耕耘"，画名左边的款识为："沫若先生为世界和平奔走，席不暇暖，兹届出席第三次和平大会归来，特写欧阳永叔诗意

赠之,和固所愿,但农夫农妇皆英勇战士也。1951春,徐悲鸿。"

徐悲鸿赠予郭沫若的《九州无事乐耕耘》画风质朴,表现的是初春田间的景色。在一棵刚刚发芽的老柳树下,三位农民正在田地里辛勤地耕耘。左面近景画有一位身体健壮的中年农夫扶着老黄牛拖拉的铧犁在耕地。其身后的一位中年农妇正在锄地,农妇右面的远处有一位老农正在掘土。

老柳树占据画面的主导位置,沐浴着和煦的春风,在空中随风飘动着的垂枝吐出嫩芽,显示出勃勃生机。柳树的枝干以浓重的墨色描绘,笔墨粗壮强健。柳枝敷以淡绿与浅黄,轻盈柔韧。

人物、牲畜主要以线条表现,造型与结构准确,赋以淡色,土地、草木则用写意笔法进行描绘与渲染,两者虚实结合得恰到好处。

徐悲鸿为郭沫若创作此画,具有多方面的原因:徐悲鸿与郭沫若之间的友谊深厚,他们有共同的社会理想和政治主张,长期以来为国家和平与进步的事业共同奋斗。郭沫若和沈钧儒还是徐悲鸿与廖静文婚礼的证婚人。

1945年,郭沫若曾受周恩来的嘱托,起草了一个当时的文化界人士对于时局进言的文稿,邀请进步的文化人签名。其中特别有影响的一些大家,郭沫若亲自登门拜访,徐悲鸿是其中之一。当时徐悲鸿的身体不好,周恩来知道这一情况之后,就特别委托郭沫若带着延安的特产小米和红枣去看徐悲鸿。徐知道郭的来意之后,欣然签名,廖静文也签了名。1945年2月22日的《新华日报》发表了由郭沫若起草的《陪都文化界对时局进言》,多达312位文化名人的签名对当时的社会产生了很大的震动与影响。

新中国成立后,郭沫若与徐悲鸿都定居在北京。廖静文曾回忆说:"郭沫若夫人于立群曾亲手给我的小女儿芳芳缝制了一条花色和式样都很美丽的连衣裙。"可见两家的往来非常密切。徐悲鸿曾是郭沫若率领的中国代表团团员,参加了1949年在捷克斯洛伐克首都布拉克举行的保卫世界和平大会。

虽然在徐悲鸿的题跋中写有郭沫若"出席第三次和平大会归来",而实际上,1951年2月,郭沫若出席的是在柏林召开的世界和平理事会,这一会议通过了《要求五大国(中、苏、英、美、法)缔结和平公约的宣言》,掀起了全世界范围内的和平签名运动。这次活动对裁减军备、争取国际安全、民族独立、禁止原子武器以及缓和国际紧张局势发挥了积极作用。徐悲鸿应该是在郭沫若从世界和平理事会回国后,即1951年

图5-39
徐悲鸿绘《九州无事乐耕耘》,中国画,纵150厘米,横250厘米,1951年。
曾藏于郭沫若纪念馆,现为国内私人藏

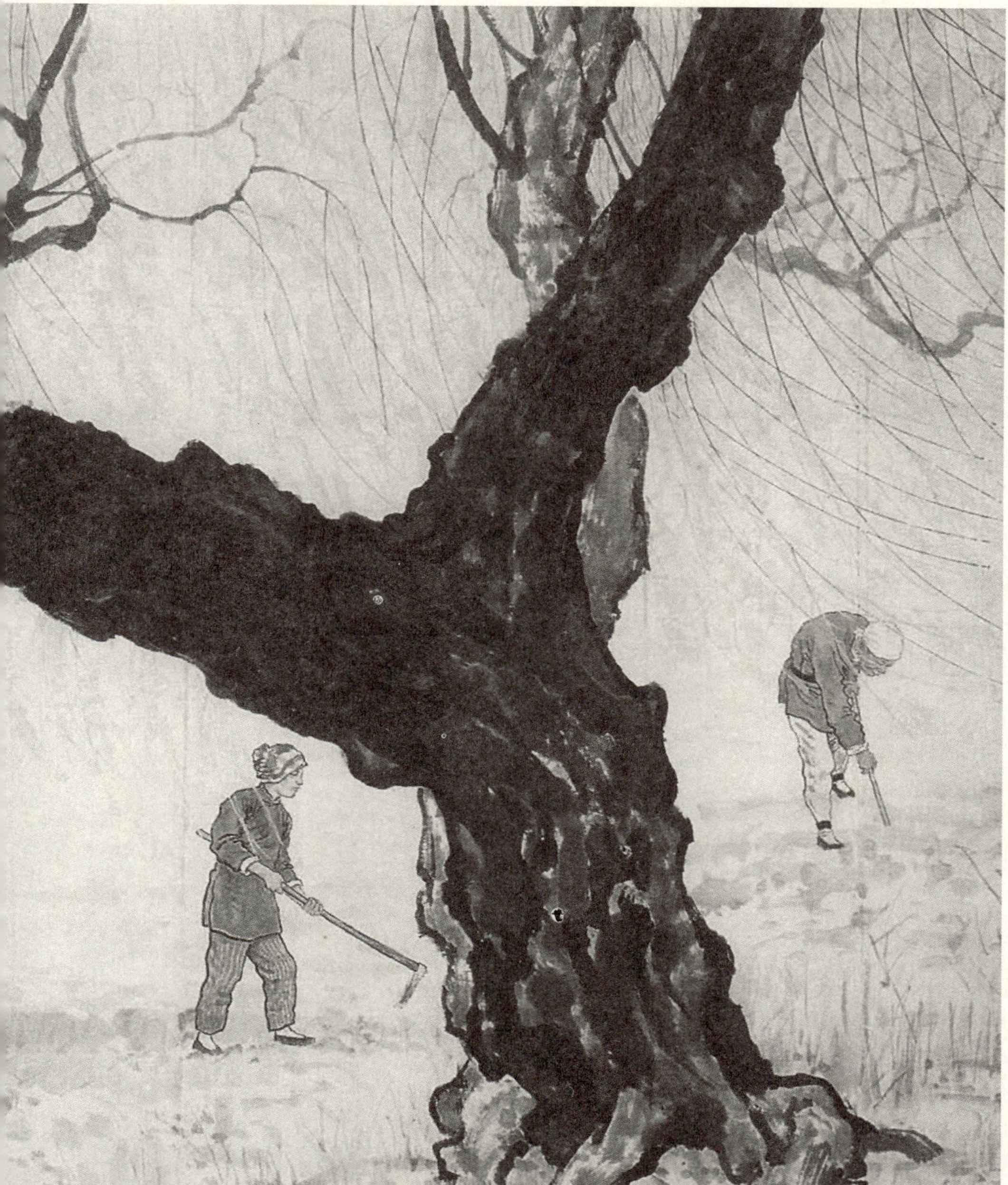

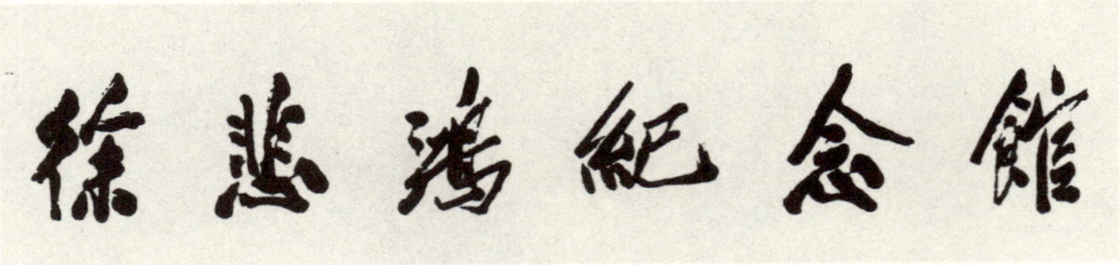

图5-40 郭沫若题写的《徐悲鸿纪念馆》

2—4月之间完成《九州无事乐耕耘》的创作的。由于世界和平理事会从属于保卫世界和平大会的机构，徐悲鸿误认为郭沫若参加在柏林举行的世界和平理事会是第三次保卫世界和平大会，因此才有了画中的题跋。

从这幅作品可见徐悲鸿在新中国成立后跟上时代步伐的愿望和努力。这个时期的徐悲鸿经常带领中央美术学院的师生和美术界同仁深入到广大的工农兵中间去，观察体验他们的生活，用手中的画笔反映他们的生活和新中国成立之初百废待兴又充满热情的时代风貌。

在当时的艺术家中，徐悲鸿与郭沫若是少有的惺惺相惜的知己。徐悲鸿去世的1953年9月26日凌晨，郭沫若是最早前往医院吊唁的北京文化界人士。徐悲鸿纪念馆建好后，郭沫若为纪念馆题写了馆名（图5-40）。

《九州无事乐耕耘》创作的历史背景是新中国成立之后全国呈现出欣欣向荣的和平景象和不久前突发的美国侵朝战争构成了鲜明的对比。徐悲鸿以赠画的方式赞扬郭沫若为保卫世界和平所做的卓越贡献，并以北宋政治家、文学家欧阳永叔的诗意歌颂新中国社会的安宁，对美国扩大战火到中国边界进行严正警告："和固所愿，但农夫农妇皆英勇战士也。"表明爱好和平的中国人民随时准备抗击来犯的侵略者。

此画原为郭沫若纪念馆收藏，在1996年中国嘉德第一次推出的"1949—1979新中国美术作品专场"上出现，以创下徐悲鸿作品市场最成交高价走入民间。

2011年12月，北京保利"中国近现代十二大名家书画夜场"引起媒体关注。徐悲鸿代表作《九州无事乐耕耘》以2.668亿元人民币成交，刷新其作品拍卖成交价世界纪录。

附：《九州无事乐耕耘》题跋中的欧阳永叔，即欧阳修（1007—1072），吉州庐陵（今江西吉安）人。北宋著名的政治家、文学家。其《寄秦州田元珍》诗云："近来边将用儒臣，坐以威名抚汉军。万马不嘶听号令,诸蕃无事乐耕耘。梦回玉帐闻羌笛,诗就高楼对陇云。莫忘镇阳遗爱在,北潭桃李正氤氲。"徐悲鸿画中题跋的"特写欧阳永叔诗意"正是取自《寄秦州田元珍》中的第二句"诸蕃无事乐耕耘",只是用作画名时改"诸蕃"为"九州"。

1951年4月,华北大地春暖花开、万象更新之际,徐悲鸿自北京启程,前往山东导沭整沂水利工程工地写生。导沭整沂是新中国成立之后第一个大型水利工程,徐悲鸿暂时放下《鲁迅与瞿秋白》的创作,他想亲眼看看水利工作的现场,因为他也在构思大幅画作《新愚公移山》。在水利工程工地现场,徐悲鸿认真了解水利工程情况(图5-41),为画作的整体布局和背景做宏观上的准备。他经常头戴白色遮阳帽,手拿素描本,不停地为工地上的人们写生画像(图5-42),为画作中的人物创作积累素材。徐悲鸿是和自己的学生一起坐硬卧从北京到山东水利工程工地的,到达工地之后他和工人师傅同吃同住,常常不知疲倦地辗转奔走于各个工地之间进行写生,并没有大艺术家的架子,徐悲鸿的平易近人感动了所有和他接触过的人。

从山东工地回到北京之后,徐悲鸿在繁忙的教学和社会活动之余,抓紧构思反映这一宏大水利工程的油画。另外,还为战斗英雄画像(图5-43),在时间上见缝插针,积极利用自己的一技之长服务于人民大众。

1951年7月间,徐悲鸿终因

图5-41 1951年春,徐悲鸿(中)在山东水利工地

图5-42 1951年春,徐悲鸿(左下)在山东水利工地写生

图5-43 1951年徐悲鸿为战斗英雄画像

劳累过度突发脑溢血，住进了医院，开始了需要长期卧床的生活。自此疾病严重地困扰着他，直至他生命的最后一刻。

图5-44为1952年徐悲鸿全家福，照片中的徐悲鸿廖静文夫妇面带微笑，搂着庆平和芳芳，徐悲鸿的头发已经花白，面色也苍老了许多，可见他的身体状况并不太好。

过了"知天命"年纪的徐悲鸿尽管身体不好，但是有妻子的照顾，儿女的陪伴，享受着家庭生活给他带来的天伦之乐。

图5-44 1952年徐悲鸿全家福

这一时期，徐悲鸿的工作繁忙而辛劳，孩子们尚年幼，但悉心照料徐悲鸿和一双儿女的廖静文仍然感到这份幸福的难得和可贵，徐悲鸿则更多地流露出对年轻的妻子和儿女的关爱之情以及对安定的家庭生活的满足。

徐悲鸿在他短短三年多的院长任期里倾注了几乎所有的心血，他常常废寝忘食，以一种时不我待的精神投入到中央美术学院的建设中。

徐悲鸿积极招揽学院所需的各种人才充实到教师队伍中来，在美院创立之初，吴作人、艾中信、冯法祀、陈晓南、萧淑芳、李可染等一大批优秀的人才相继来到中央美术学院聚集在徐悲鸿身边，由此可见他的人格力量和凝聚力。最为重要的徐悲鸿坚定而清晰地确定了中央美术学院教学的方向和宗旨，即大力提倡现实主义，强调从自然、社会和生活实践中汲取和积累创作素材，反对脱离实际一味地摹拟古人和不加甄别地学习西方绘画，徐悲鸿的这一主张奠定了中央美术学院乃至几乎所有中国美术院校一以贯之的教学基础。

徐悲鸿出生于贫寒人家，他的青少年时代由于颠沛流离、朝不保夕的生活和勤勉不辍的用功，落下了肠胃病根，到了中年患了心脑血管疾病，这对徐悲鸿的身体健康构成了直接威胁。

徐悲鸿是那种工作起来不顾疲倦甚至废寝忘食的人，经常连续十几个小时地工作或创作。尤其是新中国成立以后，徐悲鸿担任中央美术学院院长和全国美术工作者协会的主席，平时学院的管理和教学以及事物性的社会活动非常多，而他几乎没有较长时间进行好好休息。心脑血管病最怕过度的劳累，病魔始终折磨着本已十分虚弱的徐悲鸿。

图5-45是1953年暑假，徐悲鸿为中央美术学院本院和华东分院教师油画进修班上课时与学员们的留影。正中的坐立者是徐悲鸿，围绕着徐悲鸿的有艾中信、王式廓、关良、倪贻德、董希文、冯法祀、李宗津、戴泽、刘继卣等，这是徐悲鸿一生中的最后一次教学活动。前排左一将右手扶于沙发上者为时任中央美术学院党委书记的江丰。

自1949年新中国成立以后，徐悲鸿热爱倾注了几十年心血的美术教育工作，他热爱那些追随着他一起为美术事业奋斗的同事和学生们，即使饱受疾病困扰，依然时刻关心学校的教学和师生们在艺术上的成长。

1953年的暑假，是徐悲鸿光辉生命的最后一个暑期。8月，中央美术学院举办了一个进修班，分素描和油画两个小组，参加的教师为美院北京本院和华东分院的优秀画家。徐悲鸿应大家的请求，在两个小组都进行了相关辅导，进修班虽然只有一个月的时间，但他依然认真备课，这是他一贯的严谨的风格。在课堂上他和这些已经在中国美术界享有名望、才华横溢的画家在一起，教学相长，寻求着美术教学新的突破。徐悲鸿以其精湛的绘画技艺，勤奋的探索精神，高尚的师德与人格魅力，作品和教学中蕴含着的人文力量，深深地感染着身边的家人、朋友、同事、学生。

图5-45
1953年8月，徐悲鸿为中央美术学院本院和华东分院教师油画进修班上课时与学员们的合影

1953年夏，和平主义战士、日本著名女画家赤松俊子携《原子弹灾害图》前三部来到北京举行观摩会，身着白色长衫的徐悲鸿参观了赤松俊子的画展并与她合影留念（图5-46）。

1945年8月上旬，在第二次世界大战太平洋战场，由于日本军国主义负隅顽抗美国先后在日本的广岛和长崎两次投下了原子弹，给日本人民带来了巨大的伤害。日本作为世界上唯一遭受过原子武器侵害的国家，其国民对于和平有着更深层次的理解，用艺术的手段表现和反映这样的一种理解是有良知的日本艺术家的责任所在。作为曾经饱受战争创伤的千千万万中国人民的一员，徐悲鸿与同样经历过残酷战争的赤松俊子的内心一样，都能深深地体会到和平的可贵，希望以手中的画笔描绘战争给人类带来的巨大伤痛，珍惜当前安静美好的生活。从这点上看，艺术家的心灵是相通的。

1956年，赤松俊子二度来华，与她的丈夫，同为日本著名画家的丸木位里，在北京举办"原子弹灾害图及旅华写生作品展"，得到中国美术界、文化界及广大美术爱好者的欢迎，遗憾的是此时距徐悲鸿逝世已经三年了。

图5-46 1953年，徐悲鸿与创作《原子弹灾害图》的日本画家赤松俊子合影

1953年初夏，徐悲鸿、廖静文与罗铭（左）、骆觉民（右）来到北京北海公园散心，并合影纪念（图5-47）。罗铭时任中央美术学院国画系讲师，骆觉民是徐悲鸿好友骆清泉的次子。

自徐悲鸿患病之后，夫妇俩难得有此闲暇。徐悲鸿尽管面容憔悴，

图5-47 1953年初夏,徐悲鸿、廖静文与罗铭(左)、骆觉民(右)合影于北京北海公园

图5-48 1953年夏,徐悲鸿全家与外宾的合影

力不从心,左手拄着手杖,右手拿着遮阳帽,但是他仍然勉力在妻子以及友人的陪同之下来到公园走一走,廖静文也希望通过变换环境来缓解疾病给徐悲鸿带来的痛苦。谁知仅仅过了数月,徐悲鸿即在是年的9月逝世,这是廖静文未曾预料到的。

图5-48是徐悲鸿夫妇在家中接待国际友人的照片,这时的徐宅时有国际友人来造访。他们的两个孩子徐庆平、徐芳芳已渐渐长大,廖静文的脸上洋溢着笑容,然而此时徐悲鸿的人生已是日薄西山之际。

1953年9月23日,第二届全国文艺工作者代表大会隆重开幕。这一天从早到晚徐悲鸿都在不停地忙碌着,他担任大会执行主席,主持当天的会议,为全国的文艺工作者相聚在一起的热烈场面而激动不已,主席台上他发表了热情洋溢的讲话,台下又和来自全国各地的代表们交流参加会议的心得。由于过度的辛劳,徐悲鸿猝然倒在了晚间欢迎波兰文化代表团的宴会上,旋即被送往北京医院抢救。但不幸的是就在三天以后,即1953年9月26日凌晨三时,徐悲鸿离别人世,时年五十八岁。

这一次徐悲鸿终于可以休息了,不再那么辛劳,当然他也永远离开了他为之奋斗一生的美术事业,离开了同事、学生和朋友们,离开了妻子和儿女。然而,作为一代大师,徐悲鸿自强不息、爱国明志、壮心不已的艺术人生却照亮了中国现代美术发展的进程!

附图

徐悲鸿
1895—1953

徐悲鸿创作图像

二十世纪三十年代，徐悲鸿为友人作画

二十世纪三十年代，徐悲鸿在创作

二十世纪四十年代，徐悲鸿在写生风景

二十世纪三十年代，徐悲鸿在画鹰

1935年，徐悲鸿在画室

二十世纪四十年代，正在作画的徐悲鸿

二十世纪三十年代，徐悲鸿在中央大学画鹰

二十世纪四十年代后期，徐悲鸿在创作中

二十世纪五十年代，徐悲鸿在画马

徐悲鸿风采

二十世纪三十年代，在国立中央大学任教的徐悲鸿

二十世纪三十年代，在国立中央大学任教的徐悲鸿

1938年，徐悲鸿赠弟子冯法祀的个照

二十世纪三十年代，在国立中央大学任教的徐悲鸿

二十世纪四十年代的徐悲鸿

1941年，徐悲鸿在槟城送给马骏的照片

1942年，徐悲鸿在重庆盘溪石家祠堂前

二十世纪四十年代后期的徐悲鸿

二十世纪四十年代后期的徐悲鸿

二十世纪四十年代后期的徐悲鸿 　　　　　　　二十世纪五十年代初的徐悲鸿

二十世纪五十年代初的徐悲鸿 　　　　　　　1951年冬，病中的徐悲鸿

徐悲鸿与廖静文

二十世纪四十年代，徐悲鸿与廖静文

1948年，徐悲鸿、廖静文与徐庆平

二十世纪四十年代，徐悲鸿与廖静文

1946年，徐悲鸿与廖静文

1948年，徐悲鸿、廖静文与徐庆平

二十世纪四十年代后期，徐悲鸿与廖静文在北京

1950年，徐悲鸿、廖静文与徐庆平

二十世纪五十年代初，徐悲鸿与廖静文

1952年，徐悲鸿、廖静文与徐庆平、徐芳芳

二十世纪五十年代初，徐悲鸿与廖静文及儿女合影

1953年初夏，徐悲鸿与廖静文

徐悲鸿与齐白石

二十世纪五十年代初,徐悲鸿与齐白石合影

二十世纪五十年代初,徐悲鸿与齐白石合影

二十世纪五十年代初，徐悲鸿与齐白石合影

徐悲鸿与朋友们

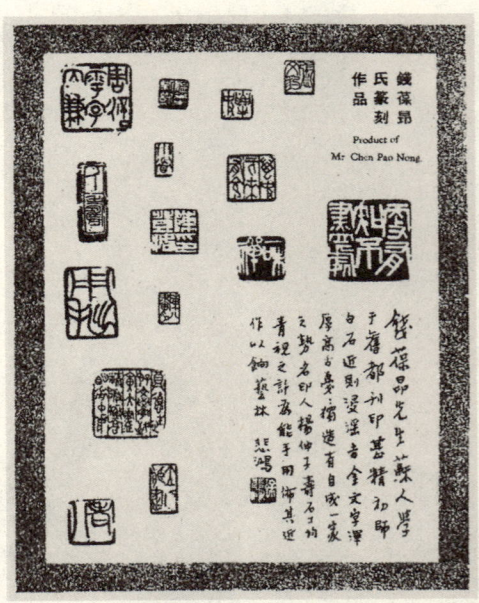

1932年6月，上海《良友》画报第66期推介江苏泰兴篆刻家钱葆昂的印章艺术，徐悲鸿特别为之加以题识

1936年，徐悲鸿与王临乙、华林、汪亚尘夫妇（从左至右）在上海合影

1935年11月23日，徐悲鸿与画家王少陵摄于香港

1939年，徐悲鸿与林谋盛

二十世纪三十年代，徐悲鸿（中）与郑健庐（右三）、徐咏青（右一）、黎工伙（右二）、陈真如（右三）、李任潮（左四）、杜其章（左三）、程雪门（左二）、丁荞气（左一）合影

1939年，胡载坤医生（右一）在家中宴请徐悲鸿（左三），与刘抗（左一）、何光耀（左二）、张汝器（左四）、徐君濂（右二）、黄葆芳（右三）、黄曼士（右四）等合影

1939年，徐悲鸿（左二）受邀与新加坡华人美术研究会在芽茏路167号二楼聚会，左四是会长张汝器

1939年夏，徐悲鸿与新加坡友人合影于新加坡。自左至右：1.刘抗、2.何光耀、3.徐悲鸿、4.张汝器、5.胡载坤夫人、11.黄曼士、12.黄葆芳、13.徐君濂、14.胡载坤

二十世纪四十年代后期，徐悲鸿、廖静文与同事们在北京

二十世纪四十年代，傅抱石（一排左一）、徐悲鸿（一排左二）、戴泽（后排左四）等合影

1941年，徐悲鸿与李曼峰、黄孟圭在新加坡敬庐学校前合影，他们身后横匾上的"敬庐"二字为徐悲鸿手书

1941年，徐悲鸿与马骏（左一）、王再造（右一）、张瑞亭（后排右立者）在马来西亚槟城的合影。战后，徐悲鸿在写给马骏的信中感慨地说："阔别五年，天翻地覆而各无恙，诚天幸也。"

二十世纪四十年代后期，与朋友们一起欣赏画作的徐悲鸿

1949年，徐悲鸿（右）与胡一川

二十世纪五十年代，徐悲鸿欢迎朝鲜美术家卓之吉

二十世纪五十年代，徐悲鸿回答记者朋友们的问题

二十世纪五十年代，徐悲鸿与战斗英雄

1952年冬，徐悲鸿和任赦孟合影于北京寓所

徐悲鸿故居、纪念馆等

徐悲鸿之墓

徐悲鸿纪念馆新馆揭幕仪式

徐悲鸿纪念馆内的徐悲鸿起居室

1953年12月，徐悲鸿遗作展在中山公园开幕

徐悲鸿纪念馆内的徐悲鸿铜雕

徐悲鸿纪念馆外景

2005年，江苏省徐悲鸿研究会创会会长范保文（左五）等主要负责人和廖静文先生（右六）于南京徐悲鸿纪念馆徐悲鸿塑像（吴为山塑）前合影

2010年，徐悲鸿之子徐庆平（中）与江苏省徐悲鸿研究会会长毕宝祥、副会长兼秘书长邵晓峰合影于宜兴徐悲鸿故居

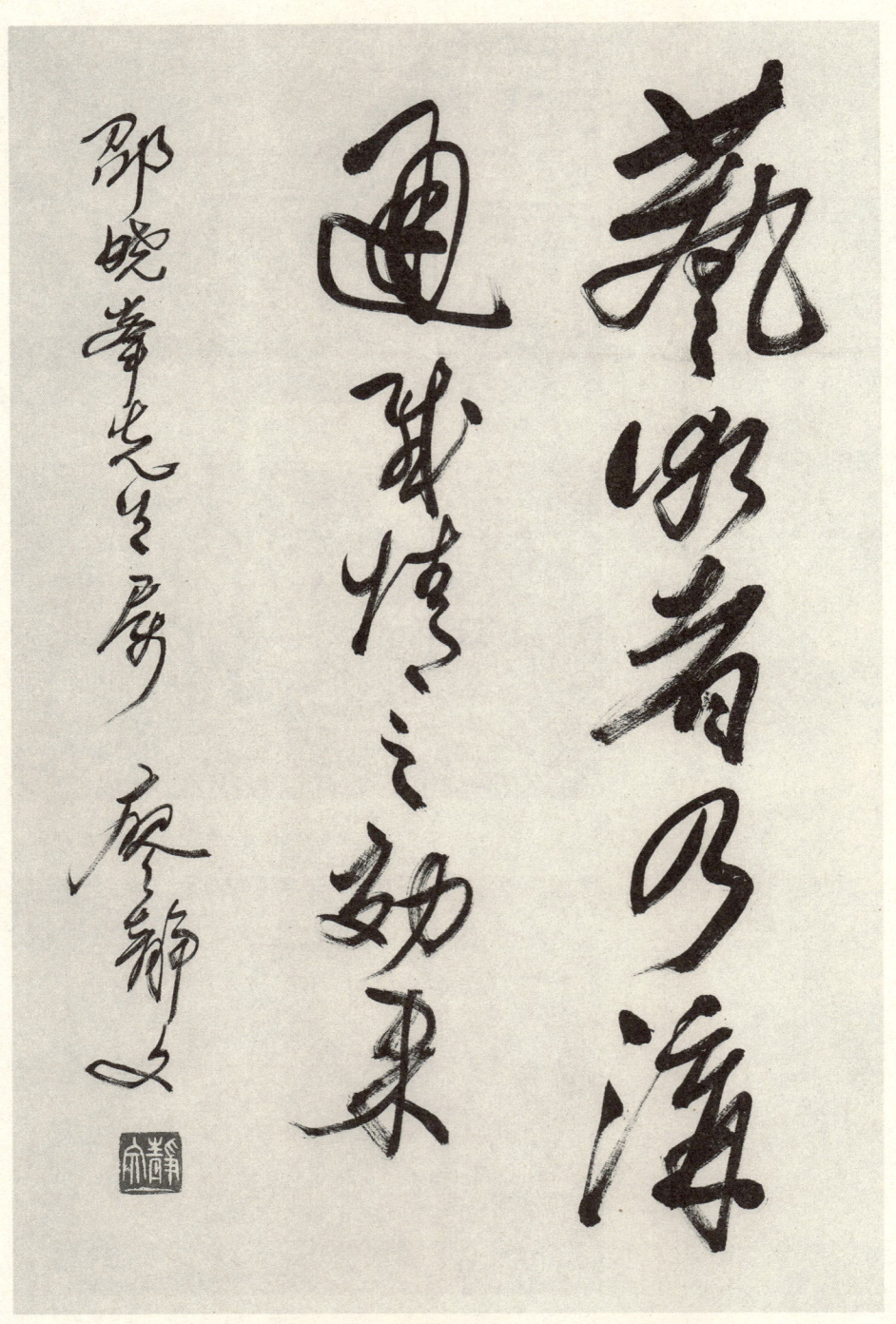

1997年，廖静文先生为邵晓峰题写"艺术者乃沟通感情之效果"

后记

目前在国内外已经形成"徐悲鸿热",但是与之形成鲜明对比的则是关于徐悲鸿身前的图像资料并不多见,一些较为珍贵的图像多散见于其他著述与图册之中。一般读者能够看到的主要是北京徐悲鸿纪念馆公开发表的图像,而这些约占笔者搜集到的徐悲鸿图像资料的三分之一。

如何从学术的高度、可读性的角度对这些图像进行合理地描述、分析与诠释则是我们这一代艺术家应该关注的中国现代美术史的重要议题。因此,笔者不揣简陋,利用这些年从各方面搜集到的图像资料试做解读,抛砖引玉,以求学界对徐悲鸿图像继续进行更为系统深入的研究与阐释。这部著作中的一些图像由于拍摄年代较早,如今看来并不清晰,但它们已是笔者在各类资料中找到的相对而言最为清晰的了,故而也希望有识之士日后能在持续的关注与发现之中获得新的成果。

此书在撰写的过程中,得到了徐悲鸿纪念馆馆长廖静文先生的帮助与指导,并为其题写书名。今年廖先生已驾鹤西去,享年九十二岁。1945年她与徐悲鸿结婚,1953年徐悲鸿去世后,她将徐悲鸿遗作一千二百五十余幅,徐悲鸿收藏的古代、近代名家书画作品一千二百余幅及珍贵图书、碑帖等万余件全部捐赠给国家。廖静文在之后的大半生里不遗余力地为弘扬徐悲鸿的艺术思想与精神而奔波努力!对于笔者所在的江苏省徐悲鸿研究会的事业也格外关心,不仅为江苏省徐悲鸿研究会题写会名,还数次出席江苏省徐悲鸿研究会举办的艺术活动,感人肺腑!

谨以此书献给廖先生。

2013年8月24日，邵晓峰与廖静文先生合影于中国人民大学

近年来，江苏省徐悲鸿研究会不仅与中国美术家协会合作，承办了"悲鸿精神"全国中国画作品展，还主办了两届全国性"徐悲鸿奖"学术研讨会，三届"徐悲鸿奖"中国画作品展、三届"徐悲鸿奖"中国画作品提名展，颁发了两届"徐悲鸿奖"助学金，这些举措使"徐悲鸿奖"这个文化品牌更具影响力。对于一个省级艺术团体而言，这是弘扬徐悲鸿精神、向徐悲鸿诞辰120周年献礼的实实在在的表现。

周积寅先生向江苏凤凰文艺出版社大力推荐由笔者撰写《徐悲鸿画传》，蔡晓妮副编审精心构划，与笔者反复沟通，悉心校读，对他们表示由衷感谢！

衷心感谢徐悲鸿之子徐庆平先生，他一向对江苏省徐悲鸿研究会的工作以及本人的艺术事业进行多方位的关心。陈海燕女士以及中国人民大学艺术学院美术学系主任王文娟为笔者提供了重要的徐悲鸿资料，在此一并致谢，也祝愿文娟的徐悲鸿研究事业蒸蒸日上。

笔者的研究生李汇龙、南京市青年美术家协会办公室主任戴勇以及好友赵澄为这部书的资料搜集与撰写、校对发挥了重要作用，特此鸣谢！

2015年12月28日邵晓峰写于金陵尚书堂

图书在版编目（CIP）数据

徐悲鸿画传 / 邵晓峰著. —— 南京：江苏凤凰文艺出版社, 2016

ISBN 978-7-5399-8884-9

Ⅰ.①徐… Ⅱ.①邵… Ⅲ.①传记文学—中国—当代 Ⅳ.①I25

中国版本图书馆CIP数据核字（2015）第260063号

书　　　名	徐悲鸿画传
著　　　者	邵晓峰
封面题字	廖静文
责任编辑	蔡晓妮
装帧设计	观止堂
版式设计	老　卞
出版发行	凤凰出版传媒股份有限公司
	江苏凤凰文艺出版社
出版社地址	南京市中央路165号，邮编：210009
出版社网址	http://www.jswenyi.com
制　　　作	江苏赐百年文化传播有限公司
经　　　销	凤凰出版传媒股份有限公司
印　　　刷	南京精艺印刷有限公司
字　　　数	240千字
开　　　本	787×1092　1/16
印　　　张	16.5
版　　　次	2016年1月第1版　2016年1月第1次印刷
标准书号	ISBN 978-7-5399-8884-9
定　　　价	40.00元

（江苏凤凰文艺出版社图书凡印刷、装订错误可随时向承印厂调换）